UWE KLAUSNER

Odessa-Komplott

TÖDLICHE SEILSCHAFTEN Berlin, 31. August 1948. Die verstümmelte Leiche einer Stadtstreicherin wird in der Nähe des Lehrter Bahnhofs gefunden. Nichts Besonderes im Berlin der Nachkriegszeit und so glaubt Hauptkommissar Tom Sydow zunächst an einen Routinefall. Die Obduktion des Leichnams und die Überprüfung der Behausung der Toten überzeugen ihn jedoch rasch vom Gegenteil. Das Auffällige daran: Die Frau hatte Zeitungsausschnitte gesammelt, die sich samt und sonders mit Paul Mertens, einem stadtbekannten Kriegsgewinnler, Schieber und Spekulanten, beschäftigen.

Die Ermittlungen kommen nur schleppend in Gang. Doch dann wird der Mann mit »besten Verbindungen« selbst Opfer eines Mordanschlags in seiner Nobelvilla am Wannsee. Um dem flüchtigen Täter auf die Spur zu kommen, muss Kommissar Sydow nicht lange suchen: Die Tätowierung unter der linken Achsel Mertens ist auffällig genug …

© privat

Uwe Klausner wurde in Heidelberg geboren und wuchs dort auf. Sein Studium der Geschichte und Anglistik absolvierte er in Mannheim und Heidelberg, die damit verbundenen Auslandsaufenthalte an der University of Kent in Canterbury und an der University of Minnesota in Minneapolis/USA. Heute lebt Uwe Klausner mit seiner Familie in Bad Mergentheim. Neben seiner Tätigkeit als Autor hat er bereits mehrere Theaterstücke verfasst, darunter »Figaro – oder die Revolution frisst ihre Kinder«, »Prophet der letzten Tage«, »Mensch, Martin!« und »Anonymus«, ein Zweiakter über die Autorenschaft der Shakespeare-Dramen, der 2019 am Martin-Schleyer-Gymnasium in Lauda uraufgeführt wurde.

UWE KLAUSNER

Odessa-Komplott

Tom Sydows zweiter Fall

GMEINER

Ähnlichkeiten mit lebenden oder toten Personen
sind rein zufällig und nicht beabsichtigt.

Im Ehnried 5, 88605 Meßkirch
Telefon 07575/2095-0
info@gmeiner-verlag.de

5. Auflage 2022

Lektorat: Claudia Senghaas, Kirchardt
Herstellung / Korrekturen: Katja Ernst / Katja Ernst, Sven Lang
Umschlaggestaltung: U.O.R.G. Lutz Eberle, Stuttgart
unter Verwendung eines Fotos von GettyImages, Fotograf: Walter Sanders
Druck: Custom Printing Warschau
Printed in Poland
ISBN 978-3-8392-1053-6

Für die Männer und Frauen der Luftbrücke
und die betagte Dame Berlin-Tempelhof,
die man einfach ins Altersheim gesteckt hat.

Reale Hauptfiguren

Heinrich Himmler (1900–1945), Reichsführer-SS

Martin Bormann (1900–1945), Reichsleiter und Sekretär Hitlers

Wassili Danilowitsch Sokolowski (1897–1968), Chef der Sowjetischen Militäradministration in Deutschland (SMAD)

Josef Stalin (1878–1953), sowjetischer Diktator

Lawrenti Berija (1899–1953), Geheimdienstchef der UdSSR

Harry S. Truman (1884–1972), Präsident der USA

James V. Forrestal (1892–1949), US-Verteidigungsminister

Lucius D. Clay (1897–1978), Militärgouverneur der amerikanischen Besatzungszone und Befehlshaber der US-Landstreitkräfte in Europa, ›Vater der Luftbrücke‹ nach West-Berlin

Fiktive Hauptfiguren

Tom von Sydow, 35 Jahre, Hauptkommissar der Kripo Berlin

Nikolai Borodin, 21 Jahre, Überlebender des Massakers von Babi-Yar

Lilian Matuschek, 27, Stenotypistin

Juri Andrejewitsch Kuragin, 32, Major des MGB (russ. Ministerium für Innere Angelegenheiten)

Luise von Zitzewitz, 74, Toms Tante

Kurt Bechtel, 34, Polizeifotograf

Eduard Krokowski, 20, Kriminalassistent

Gladys McCoy, 28, Agentin des britischen MI6

Erwin Hattengruber, 48, Kriminalrat und Sydows Vorgesetzter

Hartmuth von der Tann, 43, Justizrat und Mitglied des Berliner Senats

›Sämtliche Juden der Stadt Kiew und Umgebung haben sich am Montag, dem 29. September 1941, bis 8 Uhr an der Ecke der Melnik- und Dokteriwski-Straße (an den Friedhöfen) einzufinden. Wer dieser Aufforderung nicht nachkommt und anderweitig angetroffen wird, wird erschossen.‹

Plakatanschlag vom 28.09.1941

PROLOG

(Kiew/Ukraine, September 1941)

1

Kiew/Ukraine, Babi-Yar-Schlucht | *29.09.1941, 17.55 h*

Am Tag, als das Morden begann, wurde Nikolai 15. Als es zu Ende ging, war er zum Greis geworden.

Und das binnen einer Viertelstunde.

Es war kalt an diesem Abend, und der Wind, welcher über das Brachland in der Nähe der Friedhofsmauer fegte, ließ Nikolai Borodin frösteln. Dies hier war ein unwirtlicher Ort. Kein Platz zum Verweilen. Der Vorhof des Todes. Wäre es nach ihm gegangen, hätten Vater und er sich aus dem Staub gemacht. Wie so viele, die der Aufruf vom Vortag in Furcht und Schrecken versetzt hatte. Doch Vaters Wille war nun einmal Gesetz. Und dagegen kam er mit seinen 15 Jahren nicht an.

Der dunkelhaarige, schlaksige und in sich gekehrte Junge schüttelte den Kopf, wischte seine Nickelbrille am Hemdsärmel ab und setzte sie umständlich wieder auf. Menschen, so weit das Auge reichte. Tausende, wenn nicht gar Zehntausende, die zum Sammelpunkt strömten. Nikolai erschauderte. Dies alles hier war so unwirklich, so beklemmend, dass einem der Atem stockte. Wäre Vater nicht gewesen, dem es gar nicht schnell genug gehen konnte, hätte er auf der Stelle das Weite gesucht.

Doch dazu war es längst zu spät. Unter den Argusaugen der Miliz, die sie mit Hohn überschüttete, reihten sich der 15-jährige Gymnasiast und sein Vater in die Warteschlange ein. Der Ton war rau, hasserfüllt, und die ukrainischen Handlanger der SS trieben sie zur Eile an.

Gepäck abgeben – weiter.

Mäntel aus – weiter.

»Schuhe ausziehen – auf geht's, Judenbastard, sonst mach ich dir Beine! Hosen runter – oder hörst du schlecht?«

Nikolai sah sich Hilfe suchend um. Und hielt entsetzt den Atem an.

Sein Vater wehrte sich. Und nicht nur das. Er gab dem Milizionär Kontra. Der wiederum, ein stiernackiger Schlägertyp, schien nur darauf gewartet zu haben, zückte den Gummiknüppel und drosch auf den 53-jährigen Rabbiner ein.

Nikolai war wie erstarrt. Er konnte es einfach nicht glauben. Niemand rührte einen Finger. Das konnte, das *durfte* einfach nicht sein. Obwohl seine Leidensgenossen Tausende und die Milizionäre lediglich Dutzende zählten, war Jitzchak Borodin, Rabbiner der Hyzalka-Synagoge, der Wut seiner Peiniger hilflos ausgeliefert.

Das galt auch für seinen Sohn. Denn in dem Moment, als er seinem Vater zu Hilfe eilen wollte, wurde Nikolai gepackt, zu Boden gerissen und getreten, dass ihm fast die Luft wegblieb.

Wie er es geschafft hatte, wieder auf die Beine zu kommen, wusste er hinterher nicht mehr. »Davai, davai!«, dröhnte es in seinen Ohren, und so rappelte sich Nikolai auf, tastete nach seiner Brille und stolperte davon. Wohin, war ihm anfangs gleichgültig, doch als er die Gewehrsalven hörte, die von den Wänden der nahen Schlucht widerhallten, traf es ihn wie der Blitz.

Nikolai Borodin, 15 Jahre, wohnhaft in der Schyljanska-Straße, war ein aufgeweckter Junge. Und überdurchschnittlich intelligent. Und da dem so war, dämmerte ihm, was nun geschehen würde. Was ihn daran hinderte, sein Heil in der Flucht zu suchen, war allein die Tatsache, dass er sich ein derartiges Ausmaß an Barbarei nicht vorstellen konnte.

Das konnte, das *durfte* einfach nicht sein.

Nur Sekundenbruchteile später wurde er eines Besseren belehrt. »Keine Müdigkeit vorschützen!«, fuhr ihn die hohntriefende Stimme an, auf Deutsch, wie Nikolai feststellte. Doch der SS-Obersturmführer hatte sich den Falschen ausgesucht.

Nikolai blieb einfach stehen, setzte seine Brille auf und starrte den schwarz Uniformierten unverwandt an. Totenkopfmütze, SS-Runen, Pistole und eine Miene, aus der die personifizierte Niedertracht sprach – ein Mann zum Fürchten. Aber nicht für Nikolai. Er hatte nichts zu verlieren. Und so trat er gegenüber dem Uniformierten auch auf. »Warum tun Sie das?«, fragte er, während eine weitere Gewehrsalve durch die Schlucht hallte und sich mit dem Wehklagen seiner Landsleute, die an ihm vorbei in die Schlucht eskortiert wurden, vermischte.

Der SS-Obersturmführer stutzte, fing sich jedoch wieder und setzte ein Lächeln auf, das den passionierten Sadisten verriet. »Ein ukrainischer Untermensch, der Deutsch spricht!«, spottete er und zündete sich eine Zigarette an. »Welch eine Überraschung.«

»Zu Ihrer Information – meine Mutter ist Deutsche.«

»Rassenschande, aha.«

»Auch dann, wenn meine Eltern 1920 geheiratet haben?«

Wenn Nikolai gehofft hatte, der SS-Mann würde zur Pistole greifen, sah er sich getäuscht. Die Wolfsaugen unter den wie Unkraut sprießenden Brauen blitzten kurz auf, das war alles. Für den Moment jedenfalls. »Gerade dann, Hurenbankert, gerade dann!«, knurrte der SS-Mann, während er seinen Schulterriemen zurechtzurrte, die Zigarette austrat und so tat, als sei nichts gewesen. Danach zeigte er auf seine Schulterklappen. »Hast du überhaupt einen Schimmer, mit wem du es hier zu tun hast?«

»Mit einem Obersturmführer der SS«, antwortete Nikolai mit Blick auf die Schulterklappen der tadellos sitzenden Uniform.

»Und was will uns das sagen, Untermensch?«

Nikolai stöhnte innerlich auf. Herr, mach ein Ende, flog es ihm durch den Sinn.

Als könne er Gedanken lesen, packte ihn der Obersturmführer am Kragen, schlug ihm ins Gesicht und rammte ihm das Knie in die Magengrube. Mit Blutgeschmack im Mund brach Nikolai zusammen. Um ihn herum nichts als schemenhafte Gestalten, Gespenster im Laufschritt, die Hände hinter dem Kopf. »Meine Brille, meine Brille!«, ächzte Nikolai, während ihm Blut aus Mundwinkeln und Nase rann. Sein Kiefer tat höllisch weh, und obwohl er hart im Nehmen war, wurde ihm speiübel. »Wo in Gottes Namen ist meine …«

Die Antwort auf seine Frage, durch eine weitere Gewehrsalve untermalt, ließ nicht lange auf sich warten. »Da hast du deine Brille«, hörte er die Stimme des Obersturmführers sagen, während er auf allen vieren im Staub herumkroch. Kaum war sie verklungen, nahm er dieses Geräusch wahr. Ein Knacken, begleitet von splitterndem Glas. Ein Laut, der keinerlei Zweifel mehr offenließ. »Und gute Reise.«

Viel Muße, über diese drei Worte nachzugrübeln, blieb Nikolai nicht. Was nun geschah, lief wie im Zeitraffer ab, mit rasender, unwiderstehlicher Geschwindigkeit. Zuerst war da der Arm, der ihn emporriss und den Serpentinenweg in die Schlucht hinunterschleifte. Er gehörte zu einem hinkenden SS-Mann, der Nikolai wie ein Stück Vieh traktierte. Und dann weitere Gewehrsalven, gellende Schreie, inständiges Flehen. Kommandorufe, Flüche und jede Menge Fußtritte. Auch und gerade in seinem, Nikolai Borodins, Fall.

In Gedanken immer noch bei seiner Brille, taumelte der 15-Jährige voran. Weder imstande, etwas zu erkennen, noch dazu, etwas zu fühlen oder zu sagen. Außerstande, die Welt, seine Peiniger oder seine Glaubensbrüder, die sich widerstandslos zur Schlachtbank treiben ließen, zu verstehen.

Außerstande, überhaupt etwas zu verstehen.

Keine fünf Minuten später, am Rande der frisch ausgehobenen Grube, aus der noch vereinzeltes Wimmern drang, hatte es Nikolai Borodin geschafft. Sein Weg schien beendet, und das in nicht einmal 15 Minuten. Was fehlte, war ein Kommandoruf, eine Gewehrsalve und die immerwährende Dunkelheit, die auf das Krachen der Karabiner folgen würde.

Die Hände auf die Oberschenkel gepresst, kniete Nikolai am Boden, auf den Lippen ein Gebet, das Vater ihn gelehrt hatte. Wieso er auf die Idee kam, sich einfach in die Grube fallen zu lassen, wusste er hinterher nicht mehr, aber immerhin kam sie, und dann auch noch zur rechten Zeit.

Nämlich Sekundenbruchteile, bevor das Erschießungskommando auf die am Boden knienden Männer, Frauen und Kinder feuerte.

Und auf einen Greis namens Nikolai Borodin.

Wenig später, als sich der Obersturmführer über die Grube beugte, um sich von der Effektivität des Erschießungskommandos zu überzeugen, war der 15-Jährige unter einem Berg von Leichen begraben. Doch er blieb verschont. Zum einen, weil die Henker des Mordens für heute überdrüssig waren und es nicht für nötig hielten, ihre Opfer mit mehr als nur einer hauchdünnen Schicht Sand zu bedecken. Und zum anderen, weil er ein Bild zu fassen bekam, das aus der Brusttasche des Obersturmführers gerutscht war.

Glück im Unglück sozusagen.

Doch das sollte Nikolai Borodin, wohnhaft in der Schyljanska-Straße, erst viel später bewusst werden. Für den Augenblick, der ihm länger als ein Jahrhundert vorkam, hatte er genug damit zu tun, sich tot zu stellen, die Dunkelheit abzuwarten und in ihrem Schutz das Weite zu suchen.

›Da, wo der Dietweg die Heerstraße schnitt, standen etliche hohe Birken beieinander. Fünf Männer und zwei Frauen hingen daran. Über jedem war eine aufrechtstehende Wolfsangel in die Rinde gehauen, und der älteste Mann, ein Kerl mit einem schwarzen Bart, hatte ein Brett zwischen die Hände gebunden; mit Rötel waren darauf folgende Worte geschrieben:

Wir sind Unser 3 Mal Elve
und nennen uns die Wölwe
und geben auf jedweden Acht
der Lange finger macht.‹

Hermann Löns: *Der Wehrwolf. Eine Bauernchronik.*

ZITADELLE

(London, März 1945 / Berlin, April 1945 / Lüneburg, Mai 1945)

2

Aus den Akten der GESTAPO | Mittwoch, 10. Juni 1942

Eilt sehr!

AZ: Sy/1942/6/46185

Name des steckbrieflich Gesuchten: Thomas R. von Sydow

Derzeitiger Aufenthaltsort: unbekannt, vermutlich London

Alter: 29

Geburtsort und -datum: Berlin, 13.3.1913

Beruf: Kriminalhauptkommissar

Körpergröße: 1,88 Meter, athletische Figur

Haarfarbe: rotblond

Augen: hellblau

Bes. Kennzeichen: nachlässige Kleidung, bisweilen ungepflegt

Bemerkungen: Wegen Hoch- und Landesverrats, Mordes in mehreren Fällen und Unterstützung der ebenfalls flüchtigen Jüdin Rebecca Kahn wird für die Ergreifung bzw. Liquidierung des Gesuchten eine Belohnung von 10.000 Reichsmark ausgesetzt.

Berlin, den 10.6.1942

Strattmann, SS-Obersturmführer

3

London-Stepney, Vallance Road | *27.03.1945, 07.15 h*

»Ich liebe dich, Tom.« Zwischen dem Kuss, mit dem Rebecca ihn weckte, und dem Einschlag der V2-Rakete lagen exakt fünf Minuten.

300 Sekunden, an die er sich sein Lebtag lang erinnern würde.

Der Wecker, das warme Bett und eine geballte Portion Müdigkeit. Alles so wie immer. Und auch wieder nicht. Dieser Dienstag nämlich sollte kein Tag wie jeder andere werden.

Sondern etwas ganz Besonderes.

Der Grund, weshalb Rebecca es im Bett nicht mehr aushielt, sich anzog und Kaffee machte. Fünf Minuten Galgenfrist, wenigstens das. Danach würde es kein Pardon mehr geben. Raus aus den Federn, rein in den Anzug und rüber in die Küche, wo es bereits nach Eiern, Speck und Kaffee roch. Und dann nichts wie ab aufs Standesamt. Wenigstens heute, am Tag seiner Hochzeit, würde Scotland Yard ohne ihn auskommen müssen.

Dass er nie wieder dort arbeiten würde, konnte der 32-jährige Berliner freilich nicht ahnen.

Der Tod kam lautlos, mit einer Geschwindigkeit von 5.000 km/h. Um London zu erreichen, brauchte die V2 gut fünf Minuten, unsichtbar für das britische Radar. Sie trug eine Tonne Sprengstoff mit sich, genug, um das Mietshaus, in das sie einschlagen würde, in Schutt und Asche zu legen. Es war ein Gegner, gegen den die 134 Opfer, die der letzte Raketenangriff auf London fordern sollte, absolut machtlos waren. Niemand, auch nicht Tom Sydow, konnte etwas dagegen tun.

Das Letzte, woran er sich erinnerte, war das Lied, das Rebecca vor sich hinsummte. Es war ein Klezmer-Lied, in Hebräisch, voller Wehmut und Melancholie. Im Verlauf der drei Jahre, die sie beide in London verbracht hatten, war es so etwas wie sein Lieblingslied geworden, obwohl er keine einzige Silbe verstand. Sydow setzte sich schlaftrunken auf, und als wäre dies ein Zeichen, flogen die letzten drei Jahre im Zeitraffer an ihm vorbei. Das Zerwürfnis mit seiner Familie, die Arbeit bei der Berliner Kripo und der letzte Fall, bei dem es ihm beinahe an den Kragen gegangen war. Das Wiedersehen mit Rebecca und die Entdeckung des Protokolls von Heydrichs Wannsee-Konferenz, das sie aus Deutschland hinausgeschmuggelt hatten. Eine Geschichte, die genauso gut hätte schiefgehen können. Und die letzten zweieinhalb Jahre, die zu den glücklichsten seines Lebens zählten. Jahre, die er um nichts in der Welt hätte missen wollen. Was machte es da schon aus, dass er und Rebecca kaum etwas zu beißen hatten. Hauptsache, sie waren zusammen. Und der Krieg, dessen Ende er buchstäblich herbeisehnte, wäre möglichst schnell vorbei.

Zwanzig nach Sieben. Und lausig kalt. Mit einem Wort: England pur. Die Handfläche auf der Bettkante, rappelte sich Sydow auf. Die Aussicht auf Kaffee und vor allem die Umarmung der Frau, ohne die er nicht mehr leben konnte, wirkten wie ein Aufputschmittel.

Doch dazu sollte es nicht mehr kommen.

Alles, woran er sich später erinnern konnte, waren diese fünf Minuten gewesen. Die Zeit zwischen Himmel und Hölle, zwischen Traum und Tag. Der bläulich-grelle

Blitz, die ohrenbetäubende Detonation, die herumfliegenden Trümmer, Holzsplitter und Gesteinsbrocken – kein Gedanke daran, nicht einmal die Andeutung davon. Von dem Moment an, als die V2 den Wohnblock an der Vallance Road in Sekundenbruchteilen zu Staub pulverisierte, war die Erinnerung wie ausgelöscht für ihn. Was blieb, war der Abgrund, in den er hinabgeschleudert wurde, schier endlos, dunkel und ohne Aussicht auf Wiederkehr.

Als er die Augen aufschlug, dachte Sydow, es sei alles vorbei. Von dem, was passiert war, hatte er keine Ahnung, und er kam auch nicht dazu, darüber nachzugrübeln. Der Steinbrocken auf seinem Brustkorb schnürte ihm den Atem ab, die stickige, von Schwelbränden und dem Gestank von ausströmendem Gas durchtränkte Luft tat ein Übriges. Das muss die Hölle sein!, durchfuhr es ihn, und als ihm dämmerte, worin die Ursache für all das hier lag, wollte Thomas Randolph von Sydow schreien. Doch der Schrei, der Name, der ihm auf der Zunge lag, kam ihm nicht über die Lippen. Zu schwer wog der Stein, zu schwer die Erkenntnis, die ihn in diesem Moment beschlich. Sydow rang verzweifelt nach Luft. Nein!, durchzuckte es ihn jäh. Dies hier ist nicht die Hölle. Dies hier ist der Krieg, schlimmer als sämtliche Höllenvisionen dieser Welt zusammen.

*

Bis sich der Bergungstrupp zu ihm vorgekämpft hatte, waren volle drei Stunden vergangen. Am Anfang war da nur dieses Klopfgeräusch gewesen, das Heulen von Sirenen, vereinzeltes, wie aus weiter Ferne an sein Ohr dringendes Rufen. Mit jeder Minute, die er inmitten der Trümmer ausharrte, kam es jedoch näher. Nicht lange, und er war imstande, einzelne Stimmen zu unterscheiden, was die Erkenntnis, Opfer eines Raketenangriffes geworden zu sein, immer wahrscheinlicher machte.

Von der Befürchtung, die seine Überlebensinstinkte beinahe zunichte gemacht hätte, nicht zu reden.

Doch dann, im Angesicht des Todes, dessen Hand er bereits an der Kehle spürte, war es vorüber. Licht. Gleißend helles, die Dunkelheit durchbrechendes Licht. Und ein Arm, der sich vom Himmel auf ihn herabsenkte.

Doch die Freude über die Rettung, die ihm zuteilgeworden war, blieb aus. Und nicht nur das. Kaum hatten ihn die Feuerwehrleute geborgen, fiel sein Blick auf eine Hand, die unweit von ihm aus dem Schutthaufen ragte. Schlank, feingliedrig und cremefarben. Eine Hand mit einem Verlobungsring: Rebeccas Hand.

Jetzt erst, als ihn der Schmerz wie eine Stahlklinge durchbohrte, brachte es Tom Sydow fertig, zu schreien.

So laut, dass jedes Geräusch ringsum erstarb.

4

Berlin-Mitte, Neue Reichskanzlei | *20.04.1945, 19.30 h*

Der Tag, an dem Heinrich Himmler seinen Führer zum letzten Mal sah, war der vierte Tag mit schönem Wetter in Folge. Und zugleich dessen Geburtstag. Für den Reichsführer-SS die Krönung eines rabenschwarzen Tages. Am Vormittag hatte es einen der schwersten Bombenangriffe des gesamten Krieges gegeben, und jetzt, wo es ans Eingemachte ging, kam die Nachricht, die Rote Armee habe die Vororte bereits erreicht. Deutlicher hätte sich der herannahende Untergang nicht ankündigen können.

Doch Heinrich Himmler, 44 Jahre, nur 1,71 Meter groß und kurzsichtig, hatte vorgesorgt. Er hatte einen Trumpf im Ärmel. Einen, von dem er glaubte, dass er stechen würde. Dass er stechen *musste*. So mir nichts, dir nichts abtreten, kam für den Herrn über die KZs, der Millionen Menschen auf dem Gewissen hatte, nicht infrage. Dazu war sein Überlebenswille viel zu groß. Und seine Skrupellosigkeit, von der er einmal mehr Gebrauch zu machen gedachte.

Er würde retten, was zu retten war, sich den Alliierten als Mittelsmann andienen. Am Vorabend, an dem er mit Champagner auf den Führer angestoßen hatte, war der erste Schritt dazu getan worden. Und weitere würden zweifelsohne folgen. Immerhin, so sein Kalkül, waren Zehntausende von Juden immer noch in seiner Hand. Ein Pfund, mit dem sich wuchern ließ. Und das sich bestens dazu eignete, als generös und kompromissbereit dazustehen. Das heißt, falls die Alliierten mitspielen würden. Aber daran hegte Heinrich Himmler keinen Zweifel.

»Zeit, sich auf die Socken zu machen, was, Reichsführer?« Im Begriff, in seine gepanzerte Limousine Marke Mercedes Benz W 150 mit dem Nummerschild ›SS-1‹ zu steigen, blieb Himmler unverrichteter Dinge stehen. Nicht etwa, weil er übermäßig viel Zeit gehabt hätte, sondern weil er den Spott, der in der Stimme hinter ihm mitschwang, nicht so einfach auf sich sitzen lassen wollte. »Wer weiß, vielleicht schnappt die Falle ja schon in ein paar Stunden zu.«

»Zu Ihrer Information, Bormann –«, fuhr Himmler den stiernackigen, ihm in puncto Skrupellosigkeit zumindest ebenbürtigen Privatsekretär Hitlers an, »dies hier ist keine Flucht, sondern der Versuch, die Sache des Führers bis zum letzten Atemzug …«

»Und wozu dann die Eile?«, warf Bormann höhnisch ein, gänzlich unbeeindruckt von dem Höllenlärm, den der sowjetische Granathagel, die Kanonen der T-44-Panzer und die Stalinorgeln verursachten. »Sie wissen doch: Beim Endkampf um Berlin ist der Führer auf jeden Mann angewiesen.«

Himmler nahm seine Brille ab, rieb sie am Ärmel seines Ledermantels und setzte sie wieder auf. Dieser Bormann mit seiner vulgären Visage war ihm schon immer suspekt gewesen. Am heutigen Tage mehr denn je. »Mag sein«, gab er gelassen zurück, während sein Adjutant zum wiederholten Male auf die Uhr schaute. »Aber jeder ist doch am besten dort aufgehoben, wo er für die Sache des Führers am nützlichsten ist.«

»Oder die eigene«, kommentierte Bormann süffisant,

ohne Himmler auch nur eine Sekunde aus den Augen zu lassen. Und fügte hinzu: »Je nachdem.«

»Was soll das heißen?«, giftete Himmler und warf dem mit Hakenkreuzbinde und Parteiuniform bekleideten Reichsleiter wütende Blicke zu. »Schon mal davon gehört, dass mich der Führer den getreuen Heinrich genannt hat?«

»Umso wichtiger, Ihre Treue zum Führer einmal mehr unter Beweis zu stellen.«

»Und wie?«

»Indem Sie mir das da aushändigen«, ließ die Antwort von Hitlers Privatsekretär nicht lange auf sich warten, während er den Blick wie zufällig auf Himmlers Aktentasche richtete. »Damit nur ja nichts in falsche Hände gerät.«

Himmlers Griff um die Tasche verstärkte sich, und die Zornesader an seinem Hals schwoll an. Doch bevor er seinem Ärger Luft machen konnte, kam ihm Hitlers braune Eminenz zuvor. »Befehl des Führers!«, schnarrte er, ohne sich an der erbosten Miene des Reichsführers im Geringsten zu stören. »Keinerlei Akten von Brisanz mehr hinaus aus der Reichskanzlei. *Ab sofort.*«

Wäre unweit der Reichskanzlei nicht gerade eine Katjuscha-Rakete detoniert, hätte Himmler seinem Kontrahenten vermutlich einen Fausthieb verpasst. »Haben Sie den Verstand verloren, Mann!«, brüllte er über das Krachen, Heulen und die dumpfen Detonationen hinweg, die mit jeder Minute näherkamen, in der er sich mit dem größten Speichellecker weit und breit herumschlagen musste. »Und überhaupt: Was glauben Sie eigentlich, wen Sie hier vor sich haben?«

Martin Bormann, ebenfalls 44, Reichsleiter und Sekretär des Führers, gab sich keine Mühe, mit seiner Antipathie hinterm Berg zu halten. »Einen, der den Führer in der Stunde der höchsten Not seinem Schicksal überlässt. Um es dezent auszudrücken.«

»Vorsicht, Bormann. Sie spielen mit dem Feuer.«

»Wenn das hier einer tut, dann Sie. Was glauben Sie, würde der Führer dazu sagen, wenn er erfährt, dass Sie sich gestern Abend mit einem Vertreter des Jüdischen Weltkongresses getroffen haben? Um quasi in allerletzter Minute noch ein bisschen auf lieb Kind zu machen. Mal ehrlich, Himmler: Glauben Sie wirklich, mit so was könnten Sie Ihren Kopf noch aus der Schlinge ziehen?«

Heinrich Himmler, Reichsführer-SS und Chef der Deutschen Polizei, Befehlshaber des Ersatzheeres und Innenminister des Deutschen Reiches, blieb die Luft weg. Derartiges war ihm schon lange nicht mehr untergekommen.

Und eine solche Unverfrorenheit auch nicht.

Wo hatte dieser Zuchtbulle bloß seine Informationen her?

»Ins Schwarze getroffen, stimmt's?«, spöttelte Bormann, während Himmlers Adjutant den Motor demonstrativ aufheulen ließ. »Wusste ich's doch, dass wir uns verstehen.«

»Und wenn nicht?«

»Dann, lieber Himmler, bleibt mir nichts anderes übrig, als den Führer von Ihren – gelinde gesagt – Eskapaden in Kenntnis zu setzen.«

»Dafür werde ich Sie zur Verantwortung ziehen, Bormann.«

»Lieber nicht!«, erwiderte der Reichsleiter barsch und wippte auf den Absätzen hin und her. »Und jetzt die Aktentasche, und zwar schnell.«

Himmler riss den Mund auf, um Bormann nach allen

Regeln der Kunst zusammenzustauchen. Doch daraus wurde nichts. Die Einschläge und Detonationen wurden immer heftiger und hallten wie ein vielfältiges Echo im Ehrenhof wider. Just in dem Moment, als Himmler seinem Jähzorn Luft machen wollte, schlug in unmittelbarer Nähe eine Granate ein. Der Reichsadler über dem Eingang löste sich aus seiner Verankerung und zerbarst mit lautem Krachen auf den Stufen.

»Die Aktentasche, Reichsführer«, wiederholte der Reichsleiter mit tonloser Stimme, während sich Himmler von den Trümmerteilen, dem gespenstisch erleuchteten Hof und dem mit Einschusslöchern übersäten Portal nicht losreißen konnte. »Oder wollen Sie es tatsächlich darauf ankommen lassen?« Nein, das wollte der mit Abstand meistgefürchtete Scherge des NS-Regimes nicht. Er wollte nur eines: Überleben. Raus hier. Solange noch eine Chance bestand.

Und so konnte sich Martin Bormann, Hitlers braune Eminenz, jeden weiteren Kommentar sparen. Gerade einmal eine Viertelminute sollte vergehen, bis Himmler ihm seine Beute überlassen und sich auf den Rücksitz geworfen hatte, um anschließend mit quietschenden Reifen Richtung Wilhelmplatz zu verschwinden.

Martin Bormann hingegen nahm sich Zeit. Wieder zurück im Bunker, zog er sich in sein Arbeitszimmer zurück, warf die Aktentasche auf den Tisch und schloss hinter sich ab. Pech gehabt!, schoss es ihm durch den Kopf, als er den Inhalt der Mappe genauer unter die Lupe nahm. Depeschen, Notizen und jede Menge Krimskrams. Schon komisch, was dieser Brillen-Heini so alles mit sich rumschleppte. Von konspirativem Material keine Spur. Bormann fluchte. Mit einer derartigen

Ausbeute brauchte er bei Hitler gar nicht erst aufzukreuzen.

Doch dann, als er den Inhalt von Himmlers Tasche sorgsam durchforstet hatte, fiel Bormanns Blick auf die Seitentasche, aus der die Ecke einer schwarzen Ledermappe herausragte. Bormanns Miene hellte sich auf, und sein Jähzorn verflog im Nu.

Im fahlen Licht der Lampe, die der Detonationen wegen immer heftiger hin und her schaukelte, muteten die SS-Runen auf dem Einband wie ein Menetekel an, und Bormann musste sich überwinden, die Mappe aufzuklappen. Doch er wäre nicht der gewesen, für den man ihn hielt, hätte er dieser Versuchung widerstehen können.

Er sollte es nicht bereuen.

Die Akte mit der Aufschrift ›Gruppe W 45‹, das erste einer Reihe streng geheimer Dokumente, war ein wahrer Schatz, und während Bormann sie in seinem Schreibtisch verschwinden ließ, brach ein Lachen aus seinem Mund hervor.

Es sollte ihm jedoch vergehen.

Schneller, als er es sich hatte vorstellen können.

5

Führerbunker unter der Reichskanzlei | *30.04.1945, 15.45 h*

Um den Leichnam seines Führers verschwinden zu lassen, benötigte Bormann drei Dinge: genug Benzin, eine Fackel und einen möglichst tiefen Bombentrichter.

Und jede Menge Zielwasser.

Dass er nicht mehr ganz nüchtern war, bekamen die drei Männer, die neben ihm in Deckung gegangen waren, jedoch nicht mit. Jeder von ihnen, auch Bormann, wollte nur die eigene Haut retten, nur allzu verständlich angesichts des Granathagels, der sich über den Ministergärten entlud. Die Russen waren höchstens noch 300 Meter entfernt. Der Grund, weshalb das Quartett langsam nervös wurde.

Da lag er nun, der Führer und Kanzler des Großdeutschen Reiches, direkt neben Eva Braun, Gattin für eineinhalb Tage. Eingehüllt in eine Decke und von den Leichen, die überall herumlagen, kaum zu unterscheiden. Nicht viel mehr als drei Meter vom Eingang entfernt, in den sich seine vier Paladine geflüchtet hatten.

Zwei Generäle, Propagandaminister Joseph Goebbels und er, Martin Bormann, Reichsleiter und Sekretär des Führers. Der Mann mit dem Allerweltsgesicht. Ein nicht zu unterschätzender Vorteil, dachte er doch nicht im Traum daran, das Schicksal der übrigen Bunkergenossen zu teilen.

Warten, bis ihn die Russen an die Wand stellen würden? Nicht mit ihm.

Was bedeutete, dass er diese Sache hier schleunigst zu Ende bringen musste.

Keine drei Meter von der Leiche entfernt, zückte Bormann sein Feuerzeug und hielt es gegen das zerknüllte Papier, aus dem er eine Art Fackel fabriziert hatte. Doch nichts geschah. Das Provisorium wollte und wollte kein Feuer fangen. Da half kein Fluchen, keine Zurechtweisung von Goebbels und schon gar nicht die Erkenntnis, wie gefährlich es hier oben war. Dieses Scheißding wollte einfach nicht brennen. Hitlers braune Eminenz geriet ins Schwitzen. Der Gestank nach Phosphor und Benzin, von dem mehr als 200 Liter für den Leichnam seines Chefs draufgegangen waren, raubte ihm fast den Atem. Ganz zu schweigen von dem Verwesungsgeruch, der über dem in eine Mondlandschaft verwandelten Garten der Reichskanzlei hing. Wo man auch hinsah, nichts als Trümmer, verkohlte Baumstümpfe und von Granaten zerfetzte Leichen. Eine Szenerie, gegenüber der die Wüste Gobi wohl wie ein Ziergarten aussah. Nicht zu vergessen war der Lärm, den die sowjetischen Raketen, Artilleriegranaten und Mörser fabrizierten.

Schrecklich.

Und dann, nach einem weiteren Granateneinschlag, wagte Bormann einen letzten Versuch, den Leichnam Hitlers in Brand zu stecken. Und hatte Glück. Die Fackel brannte. Endlich. Jetzt hieß es nur, ruhig Blut zu bewahren, richtig zu zielen und nach getaner Arbeit möglichst rasch abzuhauen. Wohin, würde sich noch zeigen.

Kaum hatte Hitlers Privatsekretär das brennende Konstrukt in hohem Bogen ins Freie geschleudert, schoss aus dem Bombentrichter, in dem der Führer des Großdeutschen Reiches lag, eine grelle Feuersäule empor. »In Deckung!«, schrie Bormann, doch die anderen drei hörten nicht auf ihn. Wie gebannt von dem grausigen Spektakel, rührten sich Goebbels, die Generäle Burgdorf und Krebs nicht von der Stelle. Bis der Propagandaminister und die beiden Militärs Haltung annahmen, den rechten Arm emporreckten und sich schleunigst in Sicherheit brachten.

Nicht so Bormann, Hitlers Schatten. Das Feuerzeug immer noch in der Hand, fingerte er eine Zigarettenschachtel aus seiner Brusttasche und begann in aller Seelenruhe zu rauchen. »Soviel zum Thema Verteidigungsabschnitt Zitadelle«, murmelte er in einem Anfall von Galgenhumor, den er sich angesichts eines neuerlichen Granathagels jedoch rasch verkniff. Dann warf er seine Kippe in den Trichter, drehte sich um und verschloss die Tür.

Kanonenfutter für die Russen? Nicht mit mir, schwor sich Bormann und stieg die 40 Stufen in den acht Meter unter der Erde gelegenen Bunker hinab.

Bevor er sich aus dem Staub machen würde, gab es noch etwas zu erledigen.

Etwas, das keinen Aufschub duldete.

*

Sie hatte es satt. Gründlich satt. Die Durchhalteparolen, die stickige, von Dieselgestank getränkte Luft und das Gequatsche von den Wunderwaffen, die es nicht gab. Sollten ihr doch alle hier unten den Buckel runterrutschen. Und der Führer, der sich heute Nachmittag die Kugel gegeben hatte, mit dazu.

Die dralle, mit hautengem Tüll, Nylons und Stöckelschuhen bekleidete Blondine rümpfte die Nase und stieß einen obszönen Fluch aus. Hier unten vor die Hunde zu gehen, während sich die Parteibonzen reihenweise dünn machten, das sah die 24-jährige Stenotypistin nicht ein. Dafür war ihr Überlebenswille, gepaart mit gesundem Erwerbssinn, einfach zu groß. Wenn die anderen nichts Besseres zu tun hatten, als dem Iwan in die Arme zu laufen, war das deren Problem. Sie jedoch, Lilian Matuschek, hatte nicht die geringste Lust dazu. Abhauen lautete die Devise, und zwar möglichst schnell.

Wenn schon, dann aber nicht ohne ein Faustpfand, aus dem man nach dem Krieg Kapital schlagen konnte.

Bormanns Büroschlüssel in der Tasche, den sie in einem unbeobachteten Moment hatte mitgehen lassen, stolzierte seine Sekretärin für gewisse Stunden den unterirdischen Korridor zwischen Vorratskeller und den Diensträumen des Reichsleiters entlang. Dies hier war sein Schattenreich, der Ort, an dem mehr Geheimakten lagerten als irgendwo sonst. Und es war Lilians Arbeitsplatz, weshalb das Bunkerpersonal, die hin- und hereilenden Ordonnanzen und Adjutanten kaum Notiz von ihr nahmen. Die hatten Wichtigeres zu tun, waren vollauf damit beschäftigt, die eigene Haut zu retten. Was bedeutete, dass sie inmitten dieses Tohuwabohus überhaupt nicht auffiel.

Lilian Matuschek konnte das nur recht sein. Sie hatte etwas vor, für das sie sich noch vor Kurzem zu Tode geschämt hätte. Jetzt aber, da das Dritte Reich den Bach runterging, hatte sie keine Hemmungen mehr. Wollte sie den Schlamassel heil überstehen, musste sie ihre Schäflein ins Trockene bringen.

So einfach war das.

Vor dem Büro des Reichsleiters, zu dem nur eine Handvoll Leute Zutritt hatte, blieb Lilian Matuschek stehen, fischte den Schlüssel aus der Tasche und schloss die Tür auf. Die Abgebrühtheit, mit der sie zu Werke ging, war ihr selbst nicht geheuer, aber da ihr Entschluss feststand, schob sie sämtliche Skrupel beiseite. Wer nicht wagt, der nicht gewinnt, schoss es der adretten Stenotypistin durch den Kopf. In einer derartigen Situation durfte man einfach keine Nerven zeigen.

Als sich die Bürotür hinter ihr schloss, lehnte sich Lilian Matuschek dagegen und atmete tief durch. Dann hängte sie das Hitlerbild hinter dem Schreibtisch ab. Dahinter befand sich ein Wandsafe, von dem man munkelte, dass er Bormann als Versteck diente. Was sie allerdings nicht wusste, war die richtige Zahlenkombination. Mit ein Grund, weshalb sie ihr Vorhaben rasch aufgeben musste.

Die Blondine verzog das Gesicht. So einfach, wie sie sich das vorgestellt hatte, war die Chose also nicht. Hätte sie sich ja gleich denken können. Einer wie Bormann war mit allen Wassern gewaschen. Von ihm konnte man nur lernen.

Sich aus dem Staub machen oder weitersuchen, das war die Frage.

Lilian Matuscheks Atem ging rascher, und da ihr plötzlich heiß wurde, knöpfte sie ihre Bluse auf. Also gut, weitersuchen. Schließlich musste jeder sehen, wo er blieb.

Ein paar Tage noch, und der Krieg wäre zu Ende. Führer tot, Zirkus vorbei. Und was dann? Dann würde sie etwas brauchen, wovon man profitieren konnte. Von ihrem Aussehen, so sehr es ihr auch genützt hatte, würde sie nicht leben können. Da musste sie sich schon etwas einfallen lassen.

Scheißballerei. Lilian Matuschek fuhr mit den Fingerkuppen über ihr Gesicht. Kaum zum Aushalten, so etwas. Um hier unten nicht durchzudrehen, musste man Nerven wie Drahtseile haben.

Oder abhauen, solange es noch ging.

Im Begriff, ihren Entschluss in die Tat umzusetzen, atmete die Blondine tief durch, wischte sich den Schweiß von der Stirn und trat den Rückzug an. Das heißt, das hatte sie vor. Denn als ihr Blick auf die halb offene Schreibtischschublade fiel, blieb Lilian Matuschek wie elektrisiert stehen. Ihr Inhalt, eine Mappe mit der Aufschrift ODESSA*, ließ sie den Beschuss, die vibrierende Bunkerdecke und den von der Decke rieselnden Verputz glatt vergessen.

Lilian Matuschek hielt den Atem an. Schließlich griff sie zu. Volltreffer! Der Ledereinband, die SS-Runen und der vergoldete Schnappverschluss allein waren schon auffällig genug. Hinzu kam der Stempel ›streng geheim‹, der sich auf dem Aktendeckel im Inneren der Mappe befand. Und der Aufdruck ›Gruppe W 45‹, ebenfalls in Runenschrift. Kein Zweifel, sie war auf die erwartete Goldader gestoßen. Die Frage war nur, wer oder was sich hinter all den Namen, Zahlenreihen und offensichtlichen Codewörtern verbarg, auf die sie beim Durchblät-

* ODESSA: Organisation der ehemaligen SS-Angehörigen

tern der Akte stieß. Das herauszufinden würde bestimmt nicht einfach werden. Lilian Matuschek verschloss die Mappe und lauschte nach draußen. Wie auch immer, das hatte bis später Zeit. Besser, jetzt zu verduften. Schließlich konnte man ja nie wissen, wer hier alles herumschnüffelte.

In der Absicht, ihre Spuren zu verwischen, legte die Stenotypistin die Mappe auf den Tisch, nahm das Hitlerbild und hängte es zurück an die Wand. Das Ganze dauerte keine Viertelminute, nahm sie aber derart in Anspruch, dass ihr der Sinn für Gefahr abhanden kam.

Ein Fehler, der ihr um ein Haar zum Verhängnis geworden wäre.

»Na, so spät noch bei der Arbeit?«, lallte die ihr bestens bekannte Stimme im Hintergrund, woraufhin sie vor Schreck zusammenzuckte.

»Selbstverständlich, Reichsleiter«, antwortete Lilian Matuschek, bemüht, möglichst zackig zu klingen. Bei Bormann kam so etwas besonders gut an. Wäre er nüchtern gewesen, hätte sie sich gleich ihr eigenes Grab schaufeln können. So aber hatte die Blondine eine gewisse, wenn auch geringe Chance.

Und die würde sie nutzen.

»Lust auf einen Kognak, Süße?«, stieß Bormann mit schwerer Zunge hervor. »Zur Feier des Tages, sozusagen?«

»Gerne, Reichsleiter«, säuselte Lilian, geistesgegenwärtig genug, um sich zwischen Bormann und den Schreibtisch zu schieben. »Warum nicht.«

Martin Bormann, Herr der Geheimdossiers, knöpfte seinen Uniformkragen auf, unter dem ein schweißbedeckter Fettring zum Vorschein kam, holte eine Kognakflasche aus dem Schrank und schenkte ein. Dann nahm er einen kräftigen Schluck, grinste und vermachte Lilian den Rest.

Die Handflächen auf der Schreibtischkante, wusste die 24-jährige Stenotypistin genau, was von ihr erwartet wurde. Wenn man nicht nach seiner Pfeife tanzte, konnte Bormann ziemlich ungemütlich werden. Davon konnte nicht nur sie, sondern alle, die ihm in die Quere gekommen waren, ein Lied singen.

»Wie wär's, wenn wir es uns ein bisschen bequem machen?«, schlug Hitlers Privatsekretär vor und ließ keinen Zweifel daran, wonach ihm der Sinn stand. »Um den Tag nach Gutsherrenart ausklingen zu lassen, meine ich.« Sprach's, nahm Lilian das Glas aus der Hand und warf es über die Schulter, wo es laut klirrend an der Wand zerschellte. Dann öffnete er den Gürtel und grinste breit.

Eingedenk der Erfahrungen, die sie mit Bormann gemacht hatte, zögerte die Stenotypistin nicht lange, schob das Kleid in die Höhe und entledigte sich ihrer Nylons. Anschließend lehnte sie sich zurück auf den Schreibtisch und zog mit laszivem Lächeln ihr Höschen aus, die Mappe mit dem Ledereinband unter sich begraben.

»Bedienen Sie sich, Reichsführer«, hauchte sie mit gespreizten Beinen. »Wer weiß, vielleicht ist es das letzte Mal.«

Martin Bormann, Vater, Ehebrecher und Trauzeuge Hitlers in einer Person, wischte sich den Speichel aus dem Mundwinkel und bleckte die Zähne. So etwas wollte er sich natürlich nicht zweimal sagen lassen. Gut möglich, dachte er, dass die miese Nutte da recht behalten wird.

Ein Grund mehr, es sich noch mal richtig gut gehen zu lassen. »Na, dann wollen wir mal«, grunzte der Sekretär des Führers und ließ seine Hose fallen. »Auf uns beide, Süße.«

6

Britisches Hauptquartier in Lüneburg | *23.05.1945, 23.14 h*

»Hitler: Selbstmord. Goebbels: Selbstmord. Bormann: Tod durch Giftkapsel, vermutlich Zyankali.« Michael Murphy, Offizier des Secret Service, warf einen Blick in seine Unterlagen, zündete sich eine John Player an und legte eine Kunstpause ein. Dann setzte er das Verhör Himmlers fort. »Pech, dass er anscheinend nur bis zum Lehrter Bahnhof gekommen ist, finden Sie nicht auch, Reichsführer?«

Himmler verzog keine Miene. »Na, wenn schon«, antwortete er mit einem Achselzucken, bemüht, sich seine Zufriedenheit nicht anmerken zu lassen. »Ein subalterner Speichellecker, nichts weiter.«

»So subaltern, dass Sie mit ihm aneinandergeraten sind?«

Himmler nahm seine Brille ab, rieb sie am Ärmel und setzte sie mit demonstrativer Gelassenheit wieder auf. »Und woher wollen Sie das wissen?«

»Von Ihrem Adjutanten, Reichsführer.«

»Vorausgesetzt, Sie treiben kein doppeltes Spiel, Colonel – auf einen Verräter mehr oder weniger kommt es doch wohl nicht an.«

»So, meinen Sie.« Klug genug, sich seinen Groll nicht anmerken zu lassen, fläzte sich Murphy in einen Sessel, schlug die Beine übereinander und zog an seiner Zigarette. »Reichlich merkwürdig, dass gerade Sie dieses Wort in den Mund nehmen.«

Himmlers Blick verengte sich. »Was wissen Sie denn schon von Treue!«, zischte er, auf dem besten Wege, die aufgesetzte Maske der Jovialität abzustreifen. Und beantwortete seine Frage gleich selbst: »Rein gar nichts.«

»Immerhin genug, um Ihnen keinen Meter über den Weg zu trauen«, konterte Murphy, streckte sich und stand wieder auf. Dann warf er einen Blick aus dem Erkerzimmer, das sich im Erdgeschoss des Backsteingebäudes in der Uelzener Straße 31a befand. »Anderes Thema, Reichsführer«, warf er abrupt ein. »Ich denke, Sie wissen, weshalb Sie hier sind, oder?«

Himmler wedelte mit der Hand, um den Zigarettenrauch zu zerstreuen. »Offen gestanden – nein«, gab er zur Antwort und zupfte seine Häftlingskleidung zurecht.

»Vorschlag zur Güte, Reichsführer: 14 Tage nach Kriegsende wird es langsam Zeit, dass Sie von Ihrem hohen Ross herunterkommen.«

Heinrich Himmler, Henker von Hitlers Gnaden, nahm den Rüffel mit teilnahmsloser Miene hin. »Und womit könnte ich Ihnen Ihrer Meinung nach zu Diensten sein, Colonel?«

»Indem Sie zur Abwechslung einmal detaillierte Angaben machen.«

»Worüber denn?« Mit Blick auf die anwesenden Offiziere, die das Verhör mit skeptischer Miene verfolgten, drückte Murphy seine Kippe aus und räusperte sich. Captain C. J. Wells, ebenfalls anwesender Militärarzt, ließ Himmler keine Sekunde aus den Augen. »Über die eine oder andere Kleinigkeit, Reichsführer«, warf Murphy mit typisch britischem Understatement ein. »So zum Beispiel über die Frage, wohin etliche Mitglieder Ihrer Führungsriege abgetaucht sind.«

»Keine Ahnung.«

Murphy nahm das gefälschte Soldbuch zur Hand, das sich bei seinen Unterlagen befand, und hielt es Himmler unter die Nase. »Mit der gleichen Masche wie Sie, Herr Ex-Feldwebel Himmler, dürften es etliche Ihrer ehemaligen Kameraden versucht haben. Aber keine Bange: Wir werden nicht lockerlassen, bis wir das Spinnennetz, dessen Mittelpunkt Sie sind, zertreten haben.«

»Spinnennetz?«

Mit der Geduld am Ende, warf Murphy das Soldbuch auf den Schreibtisch, packte den ehemaligen Reichsführer-SS am Kragen und zog ihn in die Höhe. »Du hast richtig gehört, Abschaum«, presste er zwischen den Zähnen hervor. »Wo sind die Henkersknechte abgeblieben, mit denen du deine Verbrechen begangen hast?«

»Ist das etwa der Dank, dass ich mich so kooperativ wie möglich …«

»Schon einmal was von Werwölfen gehört, Reichsführer?«, würgte Murphy den Gefangenen barsch ab, stieß ihn von sich und starrte ihn wie ein sprungbereites Raubtier an.

»Aber, aber, Colonel«, gab sich Himmler mäßig beeindruckt, »wo ist denn bloß Ihre gute Kinderstube geblieben.«

»Und wie steht es mit der von Ihnen ins Leben gerufenen Terrorgruppe?«, kam Major Whittaker, ein weiterer Offizier, einem neuerlichen Wutausbruch des Secret-Service-Agenten zuvor und schob ihn mit sanftem Druck beiseite. »›Gruppe W 45‹ – was fällt Ihnen dazu ein?«

»Lügenmärchen, Hirngespinste, Fantasiegebilde.«

»Trifft das auch auf die Tatsache zu, dass Sie bemüht waren, eine Nachfolgeorganisation der SS aufzubauen?«

Zum ersten Mal seit Beginn des Verhörs geriet Heinrich Himmlers emotionslose Fassade ins Wanken. »Was …«, begehrte er auf, hatte sich jedoch Zehntelsekunden später wieder im Griff.

»Was Major Whittaker damit sagen will, wollen Sie wissen?«, machte Murphy wieder auf sich aufmerksam. »Ganz einfach: Nicht jeder Ihrer sogenannten Kameraden, in deren Begleitung Sie uns ins Netz gegangen sind, ist so loyal wie Sie.« Ein süffisantes Lächeln auf den Lippen, fügte der Brite hinzu: »Wenn Sie verstehen, was ich meine.«

»Verzeihung, Gentlemen«, schaltete sich Dr. Wells mit besorgter Miene ein. »Halten Sie es nicht für besser, die Untersuchung des Gefangenen abzuschließen, bevor das Verhör fortgesetzt wird?« Die Blicke des Militärarztes und des Secret-Service-Agenten trafen sich. »Aus Sicherheitsgründen, meine ich.«

»Tun Sie, was Sie nicht lassen können, Doc«, gab Murphy genervt klein bei. »Wenn's geht, bitte schnell.«

Der Militärarzt, ein Brite wie aus dem Bilderbuch, ging über die Bemerkung des Colonels einfach hinweg, trat zu Himmler und bedeutete ihm, den Mund zu öffnen. Kein Körperteil des Reichsführers, den er während der vergangenen zwei Tage nicht untersucht hätte. Kein Quadratzoll – außer seinem Mund. Aus naheliegenden Gründen hatte er ihn sich bis zuletzt aufgespart. Wenn diese Bestie eine Zyankali-Kapsel versteckt hatte, dann hier.

Kaum war Dr. Wells der Gedanke gekommen, durchzuckte ihn ein heftiger Schmerz, und es kostete ihn große Mühe, den Finger aus Himmlers Mund herauszuziehen. Aber da war es bereits zu spät.

Mit einem Röcheln, das nichts Menschliches an sich hatte, bäumte sich Heinrich Himmler, Herr der Todeslager, mehrere Sekunden lang auf. Er wirkte wie erstarrt, und sein Blick irrte ziellos umher. Dann stürzte er zu Boden, wandte, drehte und verkrampfte sich wie ein tollwütiges Tier. Der Geruch von Blausäure durchströmte den Raum, vermischt mit dem Atem des Todes, der durch den halb geöffneten Kiefer drang. Vor Schreck wie gelähmt, starrten die britischen Offiziere den verendenden Gefangenen mit einer Mischung aus Abscheu und Genugtuung an.

Endlich war es vorüber. Heinrich Himmler, einer der größten Verbrecher aller Zeiten, war tot.

Das Dritte Reich jedoch noch lange nicht.

›Die heute gängige Auffassung, die Werwolf-Gruppen hätten sich allesamt schlicht und einfach aufgelöst, nachdem sie von den Alliierten überrollt worden waren, trifft so nicht zu. Zwar gelang es nicht, im besetzten Deutschland eine Guerilla-Bewegung aufzubauen, dazu fehlte die entscheidende Voraussetzung, die Unterstützung aus der tatsächlich kriegsmüden Bevölkerung. Doch neuere Forschungen zeigen, dass Werwölfe und andere Fanatiker aus der Zivilbevölkerung, die auf eigene Faust den Kampf gegen die Alliierten auch nach der Besetzung fortsetzten, tatsächlich Tausende von Anschlägen verübten, denen Hunderte von alliierten Soldaten und deutsche »Kollaborateure« zum Opfer fallen sollten.‹

Peter Longerich: *Heinrich Himmler.*
München 2008, S. 735f.

VITTLES

(Berlin, 30. August 1948, Tag 68 der Luftbrücke)

7

Glienicker Brücke, sowjetischer Sektor | *31.08.1948, 00.15 h*

Schuld daran, dass der letzte Tag im August auch der letzte im Leben von Sascha Kirilenko war, waren seine Naivität, der Wodka und die Lust auf eine Frau.

In dieser Reihenfolge.

Der Tag, an dem der Countdown zum Dritten Weltkrieg begann, war eine Viertelstunde alt, als der 19-jährige Gefreite der Sowjetarmee die zwei Gestalten auf dem Behelfssteg neben der Glienicker Brücke zum ersten Mal sah. Obwohl Trinken im Dienst verboten war, hatte er kräftig einen zur Brust genommen. Wie im Übrigen auch die Kameraden seiner Wache. Die Nacht würde lang werden, und da sich die Yankees drüben nicht blicken ließen, hatten sie sich Machorka und eine Flasche Fusel organisiert und die Sowjetarmee, ihre Heimat und den Genossen Stalin kräftig hochleben lassen. Alles, was zu ihrem Glück noch gefehlt hätte, wäre die eine oder andere Kurwa* gewesen. Aber wie hieß es doch so schön: Man soll sein Glück nicht überstrapazieren.

Oder etwa doch?

Der Major auf dem Behelfssteg, der im Scheinwerferlicht auf den sowjetischen Kontrollpunkt zutorkelte, schien jedenfalls mächtig einen in der Krone zu haben. Dass er Russisch mit deutschem Akzent sprach, fiel Sascha

---

* russ.: Hure

jedoch nicht auf. Die Blondine in seinem Schlepptau dafür umso mehr. Die war so scharf, dass er glatt einen Steifen bekam. Angesichts des Notstandes in seiner Einheit kein Wunder.

Der Suff und die Weiber werden dich noch mal umbringen, pflegte seine Matka* daheim in Irkutsk zu sagen. Und damit hatte sie zweifellos recht. Seine Blauäugigkeit, der Suff und die Weiber.

Exakt in dieser Reihenfolge.

Sascha Kirilenko, Gefreiter der Sowjetarmee, lockerte seinen Uniformkragen und pfiff leise durch die Zähne. Auf sein Aussehen ließ er nichts kommen, blond, blauäugig und gut gebaut, wie er nun einmal war. Mit diesem Hurensohn von Major, höchstens zehn Meter von ihm entfernt, konnte er es jedenfalls aufnehmen.

Dachte er wenigstens.

Und übersah dabei, dass er keiner war. Weder ein Major der Roten Armee noch ein Offizier irgendeiner anderen Armee dieser Welt.

Um zu begreifen, wen er vor sich hatte, blieb Sascha Kirilenko keine Zeit. In nüchternem Zustand hätte er vielleicht eine minimale Chance gehabt. Da hätte er seine AK-47 geschnappt und draufgehalten. Oder es zumindest versucht. So aber zog er den Kürzeren.

Unweigerlich.

Keine drei Schritte von ihm entfernt, zückte der Mann, den er für einen Vorgesetzten hielt, plötzlich eine FN Browning HP. Scheißnutten!, fuhr es Sascha Kirilenko aus Irkutsk durch den Kopf. Es sollte sein letzter Gedanke sein. Einen Atemzug später jagte ihm der Mann, auf dessen

---

* russ.: Mutter

Backe sich eine hässliche Narbe befand, eine Kugel durch den Kopf. Und seinem Kumpel Pjotr, der das Ganze für einen makaberen Scherz hielt, mit dazu.

Dies alles geschah lautlos, ohne Gegenwehr. Die übrigen Posten, noch halbe Kinder, wurden von der Frau liquidiert – auch sie ohne die geringste Chance. Die Aktion hatte nicht einmal eine Minute gedauert, und als sie vorüber war, packten die beiden Angreifer ihre Opfer an den Füßen, schleiften sie auf den Steg und warfen sie in die Havel.

Damit war der minutiös geplante Überfall jedoch noch nicht beendet. Kaum trieben die vier Sowjetsoldaten im Wasser, schossen aus der Dunkelheit drei motorisierte Schlauchboote heran. Ihre Besatzungen, drei Mann pro Boot und mit geschwärztem Gesicht, bargen die Leichen, gaben wieder Gas und jagten in Richtung Wannsee davon, ohne mit dem vermeintlichen Major oder der Frau auch nur ein Wort gewechselt zu haben.

Im Gegensatz zu den Männern im Schlauchboot schienen es die beiden auf der Brücke nicht sonderlich eilig zu haben. Als sei nichts geschehen, warfen sie ihre Brownings in die Havel, hakten sich unter und torkelten auf die gegenüberliegende Seite zurück. Dort angekommen, zog der Zweimetermann mit dem Schmiss und der Boxernase seine Uniformjacke aus und warf sie in hohem Bogen ins Gebüsch. Dann brach er in schallendes Gelächter aus.

Es war ein deutsches Lied, das er jetzt anstimmte – ›Lili Marleen‹. Aber das bekam Sascha Kirilenko, Gefreiter der Roten Armee, nicht mehr mit.

8

Jagdschloss Grunewald, britischer Sektor | *03.45 h*

»Melde gehorsamst – Befehl ausgeführt!«, bellte der Zweimetermann, der trotz der morgendlichen Kühle nur ein Unterhemd, Khakihosen und Wehrmachtsstiefel trug. Im Dritten Reich war er bei der Waffen-SS gewesen, und das merkte man ihm auch an. Bürstenschnitt, markantes Kinn, Schmiss und muskulös – ein nordischer Recke wie aus dem Bilderbuch.

Einer von der ganz harten Sorte.

»Und die bolschewistischen Untermenschen?«, fragte der mittlere der drei Maskierten, denen der SS-Hüne Meldung gemacht hatte. »Was ist mit denen?«

»Liquidiert.«

»Überlebende?«

»Keine.«

»Gut gemacht, Kamerad Maschke. Wegtreten.«

Der Zweimetermann, auf dessen Oberarm eine Wolfsangel* eintätowiert war, schlug die Hacken zusammen und riss den Arm zum Hitlergruß empor. Dann gesellte er sich zu dem knappen Dutzend schwarz gekleideter Männer, die sich auf der Waldlichtung in der Nähe des Jagdschlosses Grunewald um ein Hakenkreuz aus Pechfackeln geschart hatten.

»Und was jetzt?«, fragte der zweite Maskierte, korpulent und mittelgroß. »Du glaubst doch nicht etwa, dass die Russen das auf sich sitzen lassen.«

---

* germanisches Runenzeichen

»Wem es nicht passt, der kann ja aussteigen!«, schnauzte ihn der Dritte im Bunde, der dem Tätowierten höchstens bis zur Schulter reichte, wie einen Offiziersburschen an. »Hätte ich mir ja denken können, dass du kalte Füße …«

»Klappe halten – aber sofort!«, fuhr der mittlere der drei Maskierten dazwischen. Und fügte, an seinen Nachbarn zur Rechten gerichtet, hinzu: »Damit wir uns richtig verstehen, Nummer zwei – einen Weg zurück gibt es nicht. *Jetzt* nicht mehr. Die ›Operation Wotan‹ wird in Kürze anlaufen. Und niemand, nicht einmal du, wird es wagen, mir im allerletzten Moment noch in die Quere zu kommen. Haben wir uns verstanden, Kamerad?«

Der Angesprochene holte tief Luft, doch ging seine Antwort im Getriebelärm einer amerikanischen B-29 mit Kurs auf den Flughafen Tempelhof unter. »Scheiß Amis!«, presste er stattdessen hervor, worauf sich die Körperhaltung seines Gegenübers merklich entspannte. »Na also, warum denn nicht gleich«, konstatierte dieser zufrieden, bemüht, seiner Fistelstimme einen markigen Unterton zu verleihen. Mehr schlecht als recht, wie die hochgezogene Braue des Zweimetermannes bewies. »Falls irgendjemand unter euch noch Zweifel hegt, Kameraden: ›Operation Wotan‹ wird den gewünschten Effekt erzielen. Vorausgesetzt, ein jeder von uns tut seine Pflicht. Vom morgigen Tage an werden die Geschicke unseres Vaterlandes einen anderen Verlauf nehmen. Wir, die Gruppe Werwolf, dem Andenken des Führers in immerwährender Treue verbunden, werden weder rasten noch ruhen, in seinem Sinne zu wirken. Was bedeutet, dass der Plan, auf den wir uns festgelegt haben, unter allen Umständen in die Tat umgesetzt werden muss. Gelingt uns dies, wird die Herrschaft des Bolschewismus für immer beendet sein. Glaubt mir,

Kameraden: Tritt der erwünschte Effekt der ›Operation Wotan‹ ein, werden die Amerikaner nicht umhin kommen, uns Deutsche wieder zu den Waffen zu rufen. Und dann, Kameraden, beginnt der Kreuzzug gegen den Bolschewismus, die jüdische Weltpest, deren Vernichtung wir uns mit Haut und Haaren verschrieben haben. Wie weiland der Führer, dem es versagt blieb, dass seine welthistorische Mission zu einem glücklichen Abschluss gelangte.« Keuchend vor Erregung, legte der Anführer des Kommandotrupps eine Pause ein. Kurz darauf fuhr er mit sich überschlagender Fistelstimme fort: »Liegt Sowjetrussland dank unserer Waffenhilfe erst am Boden, knöpfen wir uns die Amerikaner vor. Dekadent, wie diese nun einmal sind, werden sie nicht imstande sein, uns ernsthaft Paroli zu bieten. Schon gar nicht die Briten, auf dem besten Wege, ihr Empire für immer zu verlieren. Und darum, Kameraden, seid guten Mutes, dass unser darbendes, am Boden liegendes und auf das Widerwärtigste geschundenes Vaterland dereinst zu alter Macht und Größe emporsteigen wird. Mit eurer Hilfe, Kameraden der SS, wird dies nicht nur möglich, sondern vom morgigen Tage an Realität werden. Noch irgendwelche Fragen?«

Auf der einsamen Waldlichtung, über die soeben die nächste B-29 hinwegdonnerte, kehrte atemlose Stille ein. Herbstgeruch lag in der Luft, vermischt mit dem Rauch der Fackeln, von denen mehrere bereits erloschen waren.

»Sehr schön«, quäkte die Fistelstimme, nachdem der Maskierte einen Blick in die Runde geworfen hatte. »Somit wären wir uns ja wohl …«

»Aber das ist doch Wahnsinn, Kamerad.«

Dabei sich abzuwenden, fuhr der Anführer herum, presste die Hände gegen die Hüften und schlenderte auf den ausgezehrten Mittdreißiger in der Uniform eines SS-Panzergrenadiers zu. »Wie meinen?«, stieß er hervor und tat so, als habe er sich verhört. Sein Tonfall verriet jedoch das genaue Gegenteil. »Was hast du gerade eben gesagt, Grenadier?«

»Dass das, was Sie vorhaben, Wahnsinn ist, Kamerad.«

»So, ist es das.« Trotz der Maske, die der Anführer trug, war ihm sein Jähzorn deutlich anzumerken. Wie seine Begleiter aus Erfahrung wussten, würde eine Eruption nicht mehr lange auf sich warten lassen. »Hast du vielleicht eine bessere Idee, Grenadier?«

Der Angesprochene wandte den Kopf ab und schwieg.

»Aber ich.« Von dem Kopfnicken, das der Maskierte in Richtung des Zweimetermannes machte, bekam kaum einer der Umstehenden etwas mit. Von dem, was im Folgenden geschah, umso mehr. Dennoch rührten sie sich keinen Zentimeter von der Stelle.

Ohne erkennbare Emotionen löste sich der Hüne mit der Tätowierung aus dem Halbdunkel, trat hinter den SS-Grenadier und presste ihm eine 9 mm Luger Parabellum ins Genick. Bevor dieser wusste, wie ihm geschah, hatte der Zweimetermann bereits abgedrückt. Die Augen weit aufgerissen, sackte sein Opfer zu Boden.

»Noch irgendwelche Fragen?«, wiederholte der Maskierte, als der SS-Grenadier sein Leben ausgehaucht hatte.

Keine Antwort.

»Dann können wir ja zur Tagesordnung übergehen«, fügte er nach einer Kunstpause hinzu, mit dem Zweck, seine Abgebrühtheit zu demonstrieren. »Frage: Uhrzeit?«

»Genau vier«, antwortete der Tätowierte, ein boshaftes Grinsen auf den bläulich schimmernden, von tiefliegenden

Lidern überwölbten Augen. »Noch exakt 20 Stunden bis OP-Beginn.«

»Sehr schön. Noch Fragen?«

»Nein, Brigadeführer!«, hallte es dem Maskierten aus dem Kreis seiner Getreuen entgegen. Auf den Getöteten, aus dessen Schädel immer noch Blut sickerte, verschwendete niemand einen Blick.

»Dann also wie gehabt: Beginn von Kommandounternehmen Nummer eins um 10 Uhr, Nummer zwei um 14 Uhr und Nummer drei bei Einbruch der Dunkelheit. Für den Fall, dass sich die Amerikaner mit den Sowjets danach noch nicht im Kriegszustand befinden, erfolgt der Hauptschlag. Voraussichtlicher Beginn: 24 Uhr. Heil Hitler, Kameraden.«

»Heil Hitler, Brigadeführer!«

»Wegtreten.«

Während sich seine Gefolgsleute in Windeseile zerstreuten, wies der Maskierte den Zweimetermann an, den Leichnam zu beseitigen und wandte sich dem korpulenteren seiner beiden Begleiter zu. »Was ist eigentlich mit der dreckigen kleinen Salonnutte, die versucht hat, dich zu erpressen?«, fragte er, woraufhin sich dieser verlegen räusperte. »Ich hoffe, du hast getan, worum ich dich ersucht habe?«

Bevor sich die Nummer zwei der ›Gruppe W 45‹ eine Antwort zurechtgelegt hatte, war ihm der Tätowierte bereits zuvorgekommen. »Melde gehorsamst: Habe in gut einer Stunde ein kleines Tête-à-tête mit ihr arrangiert«, schnarrte er.

»Sehr schön!«, wiederholte der Anführer. »Noch Fragen?«

9

Berlin-Karlshorst, Sowjetische Militäradministration

| 06.05 h

Ein Plauderstündchen beim Marschall. In aller Herrgottsfrühe. Das hatte sich Juri Andrejewitsch Kuragin, Major des MGB, schon immer gewünscht.

»Raus mit der Sprache, Kuragin – was führt Sie zu mir?«, gab sich Wassili Danilowitsch Sokolowski, 51-jähriger Sowjetmarschall und Oberkommandierender in Deutschland, betont jovial und nahm hinter seinem Schreibtisch Platz.

Kuragin, knapp 20 Jahre jünger, sportlich, mit dunklem Teint und Oberlippenbart, tat sich mit einer Antwort schwer. »Schwer zu sagen, Wassili Danilowitsch«, druckste er herum. »Aber ich dachte mir, Sie sollten über das, was hier so vor sich geht, auf alle Fälle Bescheid …«

»Setzen Sie sich, mein Junge.« Sokolowski sortierte ein paar Akten, verschränkte die Hände und ließ sich in seinen gepolsterten Lehnsessel sinken. »Tee?«, fügte er mit Blick auf den Samowar hinzu, einzige Zierde in dem ansonsten schmucklosen Büro.

»Vielen Dank, Wassili Danilowitsch, aber wenn es Ihnen nichts ausmacht, würde ich lieber erst mein Anliegen vorbringen«, antwortete der MGB-Offizier mit Blick auf das Stalin-Porträt, unter dem sein Vorgesetzter thronte. »Um Ihre kostbare Zeit nicht über Gebühr zu strapazieren.«

»Dann schießen Sie mal los, Kuragin«, forderte ihn Sokolowski auf, dessen goldene, mit einem fünfzackigen

Stern verzierten Schulterklappen ihre Wirkung gewöhnlich nicht verfehlten. »Was führt Sie zu mir?«

»Eine Angelegenheit von großer Wichtigkeit.«

»Und die wäre?«

»Uniformen, Wassili Danilowitsch. Circa ein Dutzend Uniformen aus den Beständen der Sowjetarmee.«

»Uniformen?«, flachste Sokolowski und kratzte sich mit dem Zeigefinger an der Nasenwurzel. »Wusste gar nicht, dass sich das MGB für die neueste Mode interessiert.«

»Bei allem schuldigen Respekt, Wassili Danilowitsch: Mir ist leider nicht zum Scherzen zumute.«

»Sondern?«

Kuragin rutschte unruhig auf seinem Stuhl hin und her. »Genosse Oberkommandierender: Laut Informationen des dafür zuständigen Unteroffiziers in Wünsdorf ist aus der dortigen Kleiderkammer rund ein Dutzend Uniformen entwendet worden. Wann genau, konnte er mir nicht sagen. Und auch nicht, von wem.«

Sokolowski seufzte gequält. »Und deswegen wollten Sie mich sprechen, Kuragin? Wegen einem Dutzend geklauter Uniformen? Kommen Sie schon, Major. Sie wissen doch selbst, wie es unseren Jungs da draußen geht. Um an Wodka, Machorka oder eine Stange Camel zu kommen, würden die doch das Allerheiligste ihrer Freundin verhökern. Kein Wunder, dass der Schwarzhandel blüht. Unter uns, Kuragin – ich kann's ihnen nicht verdenken.«

»Ich auch nicht. Bei den paar lausigen Kopeken Sold.«

Sokolowski gab ein ungehaltenes Räuspern von sich. »Wo liegt dann das Problem?«

»Das Problem, Wassili Danilowitsch«, fügte Kuragin mit ernster Miene hinzu, »besteht darin, dass außer der

Kleiderkammer anscheinend auch noch das Waffendepot dezimiert worden ist.«

Sokolowski schnellte nach vorn. »Dezimiert?«, stieß er entgeistert hervor.

»Ganz recht«, erwiderte Kuragin, runzelte die Stirn und fuhr durch das dichte schwarze Haar, dem er den Spitznamen der Kaukasier zu verdanken hatte. »Unter anderem auch …«

»Ein Dutzend Kalaschnikows?« Die Ellbogen auf den Schreibtisch gestützt, war Sokolowski plötzlich ganz Ohr.

»Inklusive der etwa gleichen Anzahl an Tokarews, Modell SWT-40. Und jede Menge Pistolen vom Typ TT-33. Plus eine Kiste Sprengstoff. Bajonette und Handgranaten nicht zu vergessen.« Kuragin gab ein verlegenes Räuspern von sich. »Und dann noch eine nagelneue 2M-3.«

»Wie bitte – eine 2M-3?«

»Sie haben richtig gehört, Genosse Oberkommandierender.«

»Ganz schöner Flurschaden«, brummte Sokolowski vergrätzt. »Und wie erklären Sie sich das?«

Kuragin entfernte eine Staubfaser von seiner Uniform und zuckte die Achseln. »Schwer zu sagen, Wassili Danilowitsch«, antwortete er. »Wie Sie bereits sagten: Es gibt Subjekte in unserer Armee, die würden für eine Stange Camel alles tun. Wenn es sein muss, sogar ihre Freundin auf den …«

»Ärgerlich ist die Sache allemal«, fiel Sokolowski dem MGB-Major rasch ins Wort. »Um nicht zu sagen suspekt. Fragt sich nur, wie derlei Saboteuren beziehungsweise kriminellen und antisowjetischen Elementen das Handwerk gelegt werden kann.«

Im Begriff, eine Antwort zu geben, wurde Kuragins Absicht durch das Läuten des Telefons durchkreuzt.

»Sokolowski – was gibt's?« Im Büro an der Zwieseler Straße 4, Teil eines ehemaligen Offizierskasinos der Wehrmacht, kehrte schlagartig Ruhe ein. An der Miene, die der Sowjetmarschall machte, war zu erkennen, dass es sich um etwas Wichtiges handelte. Etwas, womit er nicht im Traum gerechnet hatte. Je mehr sich Sokolowskis Miene verfinsterte, umso tiefer wurden Kuragins Sorgenfalten, und der Geruch nach Bohnerwachs, Kautabak und Tee, der dem Büro anhaftete, begann dem MGB-Offizier auf den Magen zu schlagen.

»Nachrichtensperre, absolute Geheimhaltung und erhöhte Alarmbereitschaft – was denn sonst?«, bellte Sokolowski schließlich ins Telefon. »Das gibt's doch nicht, dass vier Angehörige der Sowjetarmee einfach so verschwinden. Desertiert? Womöglich. Und wenn, werden wir es herauskriegen. Beziehungsweise das MGB. Wehe, die Amerikaner stecken dahinter, dann ist aber was los. Luftbrücke – wenn ich das Wort nur höre! Spätestens, wenn der Winter kommt, können die doch einpacken. Bilden sich ein, sie könnten uns Paroli bieten. Da haben die sich aber getäuscht. Und zwar gewaltig.« Sokolowski schäumte vor Wut. »Was? Na klar – Ausgehverbot für sämtliche Einheiten in und um Berlin. Weitere Befehle? Keine Sorge, Hauptmann, das werde ich Sie rechtzeitig wissen lassen. Ja, ja, schon gut. In Ordnung. Daswidanja.«*

»Schlechte Nachrichten?«

Sokolowski ließ einen Fluch vom Stapel, der mit zum

---

* dt.: auf Wiedersehen

Derbsten gehörte, was Kuragin in den vergangenen Jahren zu Ohren gekommen war, schüttelte den Kopf und starrte sekundenlang ins Leere. »Das werden Sie nicht glauben, Kuragin«, brach der Sowjetmarschall schließlich das Schweigen, krebsrot im Gesicht. »Ich frage mich, wie so etwas überhaupt möglich ist.«

»Was denn, Genosse Oberkommandierender?«

Sokolowski verkniff sich einen neuerlichen Fluch, griff nach dem Telefonhörer und erwiderte: »Sieht so aus, als bekämen Sie allerhand zu tun, mein Junge.« Und fügte beim Wählen hinzu: »So, und jetzt lassen Sie mich mal kurz allein, Herr Major. Wenn Stalin mich zur Schnecke macht, braucht das keiner mitzukriegen.«

10

Berlin-Wilmersdorf, britischer Sektor | *09.00 h*

»Hier ist RIAS Berlin. Eine freie Stimme der freien Welt. Zu Beginn die Nachrichten. Berlin. Aus noch ungeklärter Ursache sind in der vergangenen Nacht am Grenzübergang Glienicker Brücke zwei amerikanische GIs …«

»Meinetwegen.« Ohne richtig hinzuhören, schaltete Tom Sydow, 35-jähriger Kriminalhauptkommissar, das Radio aus, faltete den Tagesspiegel zusammen und sah durch das Wohnzimmerfenster der in die Jahre gekommenen Villa auf die Koenigsallee hinaus. Er hatte schlecht geschlafen, und er kannte auch den Grund. Es war die Vergangenheit gewesen, die ihn wieder einmal eingeholt hatte. Allen Bemühungen, aus ihrem Schatten zu treten, zum Trotz.

Und so tat der hoch aufgeschossene, breitschultrige und eine Spur zu blasse Berliner mit der rotblonden Mähne genau das, was er bereits Hunderte Male getan hatte. Er rieb die übernächtigten, von dunklen Rändern überschatteten Augen, trat an die bernsteinfarbene Louis-quinze-Kommode und nahm das Porträt zur Hand, das ihn zusammen mit seiner Verlobten Rebecca zeigte. Und wie all die Male zuvor fragte er sich, wann genau das Bild aufgenommen worden war. Die Antwort stand von vornherein fest. Er wusste es nicht. Er wusste nur, dass es irgendwann im Winter 1944/45 gewesen sein musste. Kurz bevor die V2 eingeschlagen und das Leben der Frau, ohne die sein Leben nur die Hälfte wert war, in Sekundenbruchteilen ausgelöscht hatte.

»Kopf hoch, mein Junge – wird schon werden.« In den Augen ihrer Mitmenschen war Luise von Zitzewitz, geborene von Sydow und Toms Tante, eine eher spröde Frau. Am heutigen Tage war das jedoch anders. Da klang ihre rauchige Stimme ausgesprochen besorgt.

»Das sagt sich so leicht, Tante Lu«, erwiderte Sydow und stellte das Bild wieder auf die Kommode zurück. »Aber …«

»Kein Aber, mein Junge«, erstickte die resolute Hausherrin mit dem rollenden R die Einwände ihres Neffen bereits im Keim. »Es hat einfach keinen Zweck, dass du dich in deinem Kummer vergräbst. Wie lange ist das eigentlich her?«

»Drei Jahre, fünf Monate und vier Tage.«

»So furchtbar es klingt, Tom: Das Leben muss weitergehen.«

»Mag sein, dass du recht hast, Tante Lu«, erwiderte Sydow, knöpfte sein Hemd zu und begab sich zur Tür. »Trotzdem kann ich nicht einfach so zur Tagesordnung übergehen.«

»Sollst du auch nicht, mein Junge«, erwiderte die Hausherrin in ungewohnt zärtlichem Ton. »Vor allem dann, wenn du keinen Bissen zu dir genommen hast. Mit leerem Magen zum Dienst – wo kämen wir da hin!«

Die Hand auf der Klinke, drehte sich Sydow lächelnd um. Gegen den 74-jährigen Adele Sandrock*-Verschnitt kam er nicht an. Und wollte es auch nicht.

»Setz dich, mein Junge. So viel Zeit muss sein.«

---

* UFA-Star der 20er- und 30er-Jahre († 1937)

»Und wenn ich keinen Hunger habe?«

»Ein Mann in den besten Jahren und kein Hunger – dass ich nicht lache«, duldete Luise von Zitzewitz keinen Widerspruch, hakte sich bei Sydow unter und dirigierte ihn zum Tisch. »Ausgehungert ins Präsidium – kommt nicht infrage.« Um Zweifel an ihrer Entschlossenheit erst gar nicht aufkommen zu lassen, ließ die ehemalige pommersche Rittergutsbesitzerin mit ihrem Gehstock den Parkettboden erzittern, gab ein indigniertes Schnauben von sich und verschwand.

Schachmatt. Sydow lächelte wehmütig in sich hinein und ließ den Blick durch Tante Lus gute Stube schweifen. Perser, Buffet aus Mahagoni, Standuhr und Rokoko-Kommode – wie sie es geschafft hatte, den Plunder in Sicherheit zu bringen, war ihm ein Rätsel. Rein äußerlich jedenfalls schien die Zeit in Tante Lus guter Stube kaum Spuren hinterlassen zu haben, und wie Sydow überrascht feststellte, fühlte er sich eigentlich ganz wohl bei ihr. In London, wo ihm die Erinnerung noch mehr zugesetzt hatte als hier, hatte er es nicht mehr ausgehalten, und so war er heilfroh, bei Tante Lu eine Bleibe gefunden zu haben. Na ja, das mit dem Hindenburg-Porträt über der Chaiselongue war zwar nicht gerade das Gelbe vom Ei. Ernst Reuter* wäre ihm da schon wesentlich lieber gewesen. Aber immerhin hatte er ein Dach über dem Kopf, in Berlin beileibe keine Selbstverständlichkeit.

»So, da wären wir wieder«, meldete sich Sydows Tante mit einem Tablett voller Köstlichkeiten zurück. Sydow bekam den Mund nicht mehr zu. Pro Tag und Person

---

* Regierender Bürgermeister von Berlin (1948–1953/SPD)

konnte es der Durchschnittsberliner mithilfe der Lebensmittelmarken auf gerade einmal 1500 Kalorien bringen. Und jetzt tischte ihm Tante Lu Corned Beef, Leberkäse und Rühreier auf. Wenn das mit rechten Dingen zuging, wollte er Winston Churchill heißen.

Oder so ähnlich.

»Von meinem Bridgepartner, Herrn von und zu Grumbkow«, fügte Sydows Tante erklärend hinzu, als sie die entgeisterte Miene ihres Schützlings bemerkte. »Trifft sich gut, einen Untermieter mit Verbindungen zur britischen Militärverwaltung zu haben, oder?«

Und ob sich das gut traf. Der mysteriöse Herr von und zu, Überlebender der Wilhelm Gustloff und der Fuchtel von Tante Lu, hatte für sie bereits mehrfach CARE-Pakete organisiert. Diese und andere Wohltaten hatten die Ex-Rittergutsbesitzerin über die beiden Flüchtlingsfamilien, die im Obergeschoss einquartiert worden waren, rasch hinweggetröstet. »Na klar, Tante Lu«, antwortete Sydow mit reichlicher Verspätung, nachdem sich seine Verblüffung einigermaßen gelegt hatte. »Heutzutage darf man ja wohl nicht wählerisch sein.«

»Schön, dass wir diesbezüglich einer Meinung sind«, stellte Sydows Tante befriedigt fest. »Ob du es nun wahrhaben willst oder nicht, mein Junge: Du brauchst jemanden, der für dich sorgt, nicht zuletzt, weil deine Mutter in London lebt und mein Bruder und deine Schwester bei diesem schrecklichen Bombenangriff am 3. Februar '45 …«

Bevor Tante Lu alte Wunden aufreißen, leider aber auch, bevor Sydow zugreifen konnte, schrillte das Telefon. Sydow ließ das Tablett stehen und nahm ab.

»Sydow hier.« Das Präsidium, wie konnte es anders sein. Und das ausgerechnet jetzt. »Eine Tote? Und wo? Am Lehrter Bahnhof, aha. Ja, gut, komme sofort.«

»Und was ist mit dem …«, begehrte Luise von Zitzewitz auf, doch kaum hatte ihr Neffe aufgelegt, befand er sich auch schon im Flur, schnappte sich sein Jackett und verließ das Haus.

11

Lehrter Bahnhof, britischer Sektor | *09.45 h*

Man musste eine Menge Fantasie aufbieten, um in der ausgebrannten Ruine am Spreebogen den einstigen Berliner Vorzeigebahnhof zu erkennen. Anstelle der Glasfassade gähnte ein leerer Schlund, und von der Halle, dem einstigen Prunkstück, war nur noch das Stahlgerippe übrig. Ein Eindruck, wie er trostloser nicht hätte sein können.

Eins stand jedoch fest: Von Ruinen, Trümmerbergen und Bombenkratern durfte er sich nicht unterkriegen lassen. Und vom Kohldampfschieben auch nicht. Sonst hätte er sich ja gleich eine Kugel verpassen können. Sydow steckte sich seine letzte Lucky Strike an und sog das Aroma genüsslich ein. Obwohl der Krieg der Vergangenheit angehörte, war er immer noch allgegenwärtig. Damit musste er leben. Wie die übrigen, gut drei Millionen Berliner auch. Kaum etwas zu beißen, abgelegte Klamotten, stundenweise Strom und Gas – noch lange kein Grund, den Kopf in den Sand zu stecken.

Ruinen hin oder her.

Begleitet vom Lärm einer MiG-9, die im Tiefflug über den zerstörten Reichstag donnerte, zwängte sich der knapp 1,90 Meter große Kriminalhauptkommissar durch den Pulk der Pendler, Schwarzhändler und Stadtstreicher, die sich vor dem Hauptportal herumdrückten, und betrat die weitläufige Bahnhofshalle. »Na, Sydow – auch schon da?«, rief ihm Bechtel, Fotograf bei der Spurensicherung, schon von Weitem zu. »Wohl von der schnellen Truppe, was?«

»Klar doch«, antwortete Sydow, vergrub die Hände in den Taschen und rang sich ein Lächeln ab. Es gab Tage, da konnte einem der agile, stets gut aufgelegte Kugelblitz mit seinem Gewusel auf den Wecker gehen. Angesichts der Stimmung, in der er sich befand, kam ihm seine flapsige Art jedoch wie gerufen. »Und du, rasender Reporter – auf dem Weg ins Präsidium?«

»Haarscharf kombiniert«, erwiderte Bechtel mit todernster Miene. »Und weißt du auch, warum? Reiner Selbsterhaltungstrieb. Oder Schiss vor einem gewissen Tom Sydow. Komischer Patron.« Bechtel, exakt so groß wie sein berühmtes Vorbild, setzte sein Heinz-Rühmann-Grinsen auf. »Der hätte die Fotos nämlich am liebsten bereits vor dem Mord.«

»Sehr witzig, Kurt.« Sydow zog an seiner Lucky Strike. »Im Ernst: schon irgendwelche Erkenntnisse?«

Ein Schatten legte sich über Bechtels Gesicht. »Dein Job«, antwortete er gedämpft. »Unter uns: Eine derart übel zugerichtete Leiche habe ich seit Langem nicht mehr gesehen.«

»So schlimm?«

»Schlimmer, als es sich Mylord vorstellen können.« Bechtel pausierte und sah Sydow fragend an. »Haste vielleicht eine Fluppe für …«

»Meine letzte, Kurt. Bedauerlicherweise. Sonst noch was?«

Bechtel zuckte die Achseln. »Weiblich, blond, rotes Kleid, Stöckelschuhe, knapp 30 – am besten, du schaust sie dir mal an, Tom.«

»Kann's kaum erwarten. Und die Fotos?«

»Siehst du!«, rief Bechtel mit gespielter Entrüstung aus. »Wenn dieser Sydow kein Sklaventreiber ist, will ich doch glatt Josef Stalin …«

»Bitte nicht der, Kurt.«

»Einverstanden, Mylord. Spaß beiseite: um zehn im Präsidium – okay?«

»Nichts wie ran, Held der Arbeit. Oder ab nach Sibirien.«

»Dann doch lieber in die Dunkelkammer«, gab Bechtel schlagfertig zurück, tippte mit dem Zeigefinger an die Hutkrempe und trollte sich. »Mach's gut, Tom. Und Kopf hoch!«

»Du auch, Kurt. Bis nachher«, rief ihm Sydow hinterher, drehte sich um und wandte sich den Gleisen zu. Außer einer Handvoll Reisender, die einem Vorortzug entstiegen, herrschte nicht übermäßig viel Betrieb, weshalb es Sydow nicht schwerfiel, seinen Kollegen Krokowski von der Spurensicherung unter dem Schild mit der Aufschrift ›Gleis II‹ zu entdecken.

»Guten Morgen, Herr Kriminalhauptkommissar von Sydow«, lautete die Begrüßung des gerade einmal 20-jährigen Strebertyps aus Heiligensee.

»Den Kriminalhauptkommissar können Sie sich sparen, Krokowski, und das von sowieso!«, entgegnete Sydow, dem das Oberprimanergetue des Kriminalassistenten in spe gewaltig auf den Wecker ging. So was von übereifrig, devot und effizient hatte die Welt noch nicht gesehen. Im Stillen fragte er sich, wie lange es noch dauern würde, bis diese Witzfigur in Knickerbockern Polizeipräsident werden würde. Bis zu einer mäßig gelungenen Kopie von Sherlock Holmes hatte es Krokowski ja immerhin geschafft. »Kann es sein, dass ich Ihnen das schon hundertmal gesagt habe?«

Krokowski fummelte an seiner Fliege Marke Theo Lingen herum und näselte: »Wie der Herr Kriminal… äh … wie Sie wünschen, Herr Sydow«, stammelte er, machte einen Bückling und fügte rasch hinzu: »Wenn Sie mir dann wohl bitte folgen würden, Herr Krimi…«

»Mit Vergnügen, Herr Kriminalassistent *zur Anstellung.*«

Als Krokowski den Zinnsarg öffnete, in dem der Leichnam lag, kam es Sydow fast hoch. Die Tote sah schlimmer aus als befürchtet. Schwer vorstellbar, dass dieser Torso einmal ein Mensch gewesen war. Und doch war dem so. Dank Theo Lingen dem Zweiten, der zwei Schupos angefordert hatte, um Gaffer auf Distanz zu halten, war er wenigstens ungestört.

Unter den gegebenen Umständen das einzig Wahre.

Tom Sydow schnappte nach Luft. Wenn jemand so viel hinter sich hatte wie er, gab es eigentlich nur zwei Möglichkeiten. Entweder man war ein Nervenbündel oder durch nichts mehr zu erschüttern. Obwohl er sich der letzteren Spezies zurechnete, wandte Sydow den Blick schnell wieder ab. So etwas war ihm bis jetzt noch nicht untergekommen. Keine Frage. Um diesen Anblick zu ertragen, musste man verdammt hartgesotten sein.

Oder jede Menge Glimmstängel parat haben.

Da er damit jedoch nicht aufwarten konnte, warf Sydow seine Kippe achtlos auf das Gleis, beugte das Knie und betrachtete den Leichnam aus der Nähe. »Mannomann«, ächzte er, während sein Magen spürbar rebellierte. »Fundort?«

»Auf den Gleisen unterhalb der Invalidenstraße. In etwa 100 Meter von hier.« Für seine Verhältnisse hörte sich Krokowski ausgesprochen geknickt an.

»Überfahren?«

Krokowski nickte und schlug seinen Notizblock auf. »Von einer Rangierlok«, antwortete er, heilfroh, sich ablenken zu können. »Beim Lokführer handelt es sich um einen gewissen Ernst Pawelka«, sprudelte es aus ihm hervor. »Zurzeit wohnhaft in Berlin-Kreuzberg, Blücherstraße …«

»Wo steckt denn eigentlich der Leichenfledderer?«, würgte Sydow den Redeschwall von Theo dem Zweiten brüsk ab.

»Doktor Peters?«, gab Krokowski pikiert zurück, ohne jeden Sinn für schwarzen Humor. »Kann noch dauern. In der Pathologie herrscht anscheinend Hochbetrieb.«

»Na schön«, brummte Sydow, klappte den Sargdeckel zu und rappelte sich mühsam auf. »Dann tun Sie mir den Gefallen, Krokowski, und schaffen die Tote ins Leichenschauhaus. Die beiden Schupos da vorne können ja mit anpacken.«

»Ganz wie Sie wollen«, nörgelte Krokowski, winkte die Polizisten heran und gab ihnen ausführliche Instruktionen. Nicht eben begeistert ließen die Schupos den Redeschwall über sich ergehen, wuchteten den Sarg hoch und trugen ihn weg. Krokowski folgte ihnen auf dem Fuß.

»Und dieser Pawelka?«, rief ihm Sydow hinterher.

»Einen kurzen Moment, bitte. Ich gebe ihm Bescheid.«

Der Mann, von dem die Rede war, saß mit hängendem Kopf auf einem Gepäckwagen und starrte Löcher in die Luft. Er war noch größer als Sydow, mindestens 50 Kilo schwerer und trug einen schwarzen Drillichanzug mit der Aufschrift ›DR‹. Auf Krokowskis Bitte, sich zu Sydow zu begeben, zeigte er zunächst keinerlei Reaktion, blickte dann jedoch auf und setzte sich in Bewegung. Bis er die 20 Meter Distanz hinter sich gebracht hatte, verging eine halbe Ewigkeit, und selbst dann, als er Sydow gegenübertrat, schien er mit den Gedanken woanders zu sein.

»Ernst Pawelka, nehme ich an?«, fragte Sydow den rußgeschwärzten Koloss, allem Anschein nach total von der Rolle.

Der Angesprochene nickte.

»Tom Sydow, Kripo Berlin. Wenn es Ihnen nichts ausmacht, hätte ich noch ein paar Fragen.«

Mit einer Geste, die sowohl Verlegenheit als auch Zögern ausdrückte, fuhr Pawelka mit dem Daumen über das unrasierte Kinn. Auf eine Antwort wartete der Kommissar indes vergebens.

»Sehr schön.« Sydow, nicht einer der Geduldigsten, ließ sich davon jedoch nicht anstecken, setzte sein Strahlemannlächeln auf und sagte: »Meinem Kollegen von der Spurensicherung zufolge handelt es sich bei Ihnen um denjenigen, der … der den Leichnam gefunden hat.« Sydow ließ ein paar Sekunden verstreichen, bevor er hinzufügte: »Richtig?«

»Gefunden ist vielleicht nicht das richtige Wort«, rang sich Pawelka endlich zu einer Antwort durch. »*Überrollt* vielleicht schon eher.«

»Hm.« Um Pawelka, der offenbar einen Heidenrespekt vor ihm hatte, nicht unnötig unter Druck zu setzen, legte Sydow eine erneute Kunstpause ein. Woraufhin er ergänzte: »Scheißgefühl, stimmt's?«

Der Koloss dankte es ihm mit einem gequälten Lächeln. »Kann man wohl sagen«, flüsterte er, die Augen auf die Stelle gerichtet, wo die junge Frau unter die Lok geraten war. »Und dann noch aus heiterem Himmel.«

Froh, einen Aufhänger gefunden zu haben, tat es Sydow seinem Gesprächspartner gleich. Im Lärm einer Lautsprecherdurchsage, die sich auf den Vorortzug gegenüber bezog, ging seine Frage unter, weshalb er gezwungen war, sie kurze Zeit später zu wiederholen. »Aus heiterem Himmel?«, entgegnete er, was nicht wie eine Frage, sondern wie die Wiederholung von Pawelkas Äußerung klang.

»So ziemlich.«

»So ziemlich?«, echote Sydow, dem diese Verhörmethode nicht übermäßig behagte. An des Pudels Kern würde er früher oder später rühren müssen, ungeachtet seines Mitgefühls. »Wie darf ich das verstehen?«

Das personifizierte Elend namens Pawelka dachte angestrengt nach, kaum imstande, den Blick von der knapp 100 Meter entfernten Stelle abzuwenden. »Weil sie nicht runtergesprungen ist!«, brach es plötzlich aus ihm hervor.

Sydow, der ahnte, worauf das Gespräch hinauslaufen würde, gab sich dennoch betont gelassen. Schon wieder eine Frage, die keine ist, dachte er verstimmt. »Das bedeutet, sie wurde hinuntergestoßen.«

Der Koloss nickte. »Von einem Kerl mit Schmiss und Bürstenschnitt. Langer Lulatsch, so um die 30.«

»Bei lebendigem Leibe?«

»Lebendiger ging's gar nicht«, taute Pawelka langsam auf. »Ich war vielleicht noch 50 Meter entfernt, da ging da droben auf der Invalidenstraße das Gerangel los.«

»Das heißt, Täter und Opfer haben sich in die Haare gekriegt?«

»Harmlos gesagt, Herr Kommissar. Aufeinander losgegangen sind die, da war alles zu spät. Wie Max Schmeling und Joe Louis.«

»Irgendetwas, das Ihnen besonders …?«, hakte Sydow nach, während der Rest seiner Frage vom Pfiff der Lokomotive auf dem Bahnsteig gegenüber übertönt wurde. Die Abfahrt des Zuges in Richtung Moabit stand offenbar kurz bevor.

Doch Pawelka verstand ihn auch so. »Schon möglich«, fuhr er nach kurzer Bedenkzeit fort. »Kurz bevor die Keilerei so richtig losging, hat die Frau diesem Kerl irgendwas in die Hand gedrückt.«

»Und was?«

Pawelka wog bedächtig das Haupt, nahm seine Schirmmütze ab und starrte das Futter an, als könne er darauf die Antwort ablesen. »Sah mir nach einem Brief aus. Oder einem Formular. Oder einem Stoß Blätter.« Der Koloss kratzte sich nachdenklich hinterm Ohr. »Bürokram jedenfalls.«

»Sonst noch was von Bedeutung?«

»Na ja, wie man's nimmt.« Zum ersten Mal während der Vernehmung sah Pawelka den Kommissar richtig an, begleitet von einem weiteren Pfiff der Lokomotive.

Sydow zog die Brauen hoch, sagte jedoch nichts.

»Es dreht sich um die Frau, Herr Kommissar«, tastete sich Pawelka langsam vorwärts, während seine Pranken die Schirmmütze krampfartig umschlossen. »An der ist mir nämlich vor allem eins aufgefallen.«

»Und das wäre?«

»Dass es eine Nutte war.«

»Eine was?«

»Eine von den Barmherzigen Schwestern, Herr Kommissar«, trumpfte Pawelka merklich auf. »An denen herrscht ja wohl derzeit kein Mangel.«

In Gedanken bei der Kleidung der Toten, war Sydow

plötzlich nachdenklich geworden. »Und woher wollen Sie das wissen?«

»Zum einen, weil man hier mit der Zeit einen Blick für so was bekommt. Und außerdem kenne ich sie.« Pawelka sah Sydow fragend an. »Hätten Sie vielleicht mal einen Glimmstängel …«

»Erst die Arbeit, dann das Vergnügen. Also: Woher ist Ihnen die Dame bekannt?«

»Aus der Bahnhofskneipe.«

»Schon mal mit ihr zu tun gehabt?«

»Ich? Wo denken Sie hin, Herr Kommissar!«, entrüstete sich der Koloss. »Da bräuchte ich mich nicht mehr nach Hause zu trauen.«

Sydow, der sich ernsthaft fragte, welchen Hausdrachen Pawelka sich angelacht hatte, trat bis auf Armlänge an ihn heran. »Und ihr Name?«

»Lili Marleen.«

»Hören Sie zu, Pawelka, wenn Sie mich auf den Arm …«

»Ihr Spitzname, Herr Kommissar«, warf der Koloss beschwichtigend ein, übertönt vom Geräusch des anfahrenden Zuges auf Gleis eins. »Für unsereins mit Sicherheit eine Nummer zu groß. Ami-Nutte. Ohne eine Stange Camel lief da gar nichts. Was Besseres sozusagen.«

»Und wo hat sie ge…« Weiter kam Sydow nicht, und hätte er nicht jenes Quäntchen Instinkt besessen, dem er bereits eine Menge zu verdanken gehabt hatte, wäre das Leben von Ernst Pawelka aus Kreuzberg keinen Pfifferling mehr wert gewesen. Dass der blonde Hüne am Abteilfenster mit seiner Luger Parabellum umgehen konnte, merkte man ihm an. Die Andeutung eines Lächelns im Gesicht, zielte er auf Pawelkas Hinterkopf, seiner Sache offenbar sicher. Doch er hatte nicht mit einem gewissen Tom Sydow gerechnet. Der nämlich schrie laut: »Runter!«, stürzte sich auf den Koloss und riss den Zweieinhalb-Zentner-Mann zu Boden. Der Schuss ging ins Leere, der zweite auch, und ehe der Kahlkopf sein Ziel wieder fixieren konnte, hatte der Zug den Bahnsteig bereits passiert.

Sichtlich unter Schock, rappelte sich Pawelka auf. »Und … und wer war das, Herr Kommissar?«, stammelte er.

Die Waffe im Anschlag, ließ Sydow sie wieder im Halfter verschwinden, trat an die Bahnsteigkante und sah dem Zug hinterher. »Jemand, dem Sie so schnell nicht wieder über den Weg laufen sollten«, sprach er in gedämpftem Ton. »Und der offenbar eine Menge zu verlieren hat.«

12

Berlin-Wannsee, britischer Sektor | *10.05 h*

»Die paar Turbulenzen?«, tat Flight Lieutenant Mickey Fitzgerald von der Royal Air Force die Frage der unbekannten Passagierin mit einer lässigen Handbewegung ab. »Das ist wirklich noch gar nichts, Miss. Da hätten Sie erst mal beim D-Day dabei sein sollen. Mein Gott, da haben wir uns beinahe die Gedärme aus dem Leib gekotzt, was, Joe? Der Herr Kopilot hier neben mir hat mit seinem Sandwich die Scheibe garniert, und als Beilage gab's Roastbeef à la Navigator. Meine Fresse, was haben wir uns einen abgereihert. Da war wirklich alles zu spät.«

»Wie appetitlich«, erwiderte die knapp 28-jährige Frau im hautengen Kostüm, mit dem sie Rita Hayworth ernsthaft hätte Konkurrenz machen können. »Und wie lange wird das Geschaukel Ihrer Meinung nach noch dauern?«

Die Antwort von Mickey Fitzgerald, Pilot eines viermotorigen Flugbootes vom Typ Sunderland, ließ nicht lange auf sich warten. »Approaching Berlin ... Roger«, gab er nach Hamburg-Finkenwerder durch, von wo aus die Propellermaschine vor gut einer Stunde gestartet war. Und fügte mit Blick auf die Passagierin in der Uniform eines Flying Officers hinzu: »Bis wir auf dem Wannsee gelandet sind, kann es möglicherweise noch ein bisschen ungemütlich werden. Aber wer wie Sie bei der Truppe ist, den kann ja wohl nichts mehr erschüttern. Eine Luftbrücke, um den Berlinern aus der Scheiße zu helfen – hätten wir uns vor dreieinhalb Jahren nicht träumen lassen, was, Joe?«

»Nee, ganz sicher nicht«, stimmte der Kopilot postwendend zu und kaute genüsslich auf seinem Käsesandwich herum. Was ihn nicht daran hinderte, mit vollem Mund noch eins draufzusetzen: »Da hatten wir genug zu tun, unseren Arsch …«

»… in Sicherheit zu bringen, keine Frage«, fügte die Passagierin mit den Maßen eines Pin-up-Girls, die jedem Hollywood-Streifen Ehre gemacht hätte, unterkühlt hinzu. »In Ihrer Haut hätte ich weiß Gott nicht stecken wollen.«

»Da können Sie einen drauf …«, war der Kopilot drauf und dran, eine weitere Kostprobe seiner guten Kinderstube zu geben. Dank des Navigators, der ein betretenes Hüsteln von sich gab, kam es jedoch nicht dazu. »Darauf können Sie wetten, Miss, meinte ich.«

»Beginnen mit Landeanflug – Roger«, meldete Mickey Fitzgerald mit unverkennbar irischem Zungenschlag, während er die Sunderland auf 10.000 Fuß durchsacken ließ. Der metallene Rumpf begann spürbar zu vibrieren, die beiden Stützschwimmer nicht minder. Dem Piloten, ganz in seinem Element, machte dies jedoch nichts aus. »Abgesehen von den paar Turbulenzen, Miss«, schwadronierte er munter drauflos, »ist das eigentlich Gefährliche an so einer Mission der Russe. Dem ist bekanntlich nie zu trauen. Mal ehrlich: Würden Sie einfach mit anschauen, wie die Yankees und wir tonnenweise CARE-Pakete, Medikamente und Briketts einfliegen? Nur, um dafür zu sorgen, dass sich der Stachel im Arsch von Stalin nicht entfernen lässt? Doch wohl kaum. Der müsste ganz schön bescheuert sein, wenn er sich auf Dauer so was antun würde. Es sei denn, er wäre Masochist.« Fitzgerald stibitze einen Happen Käsesandwich und stopfte ihn sich in den Mund. »Also, wenn Sie meine Meinung hören wollen, Miss – «, mampfte er, »anstelle von Stalin würde ich nicht länger *tatenlos* zusehen, wie …«

»Will sie aber nicht, Mickey«, wurde der Redeschwall des rothaarigen Iren durch den Navigator jäh zum Stillstand gebracht. »Falls es dich interessiert: Flughöhe 5.000 Fuß. Leicht bewölkt.«

Als wolle er sich rächen, ließ der Pilot die Sunderland weiter durchsacken. Die Passagierin, Agentin des Secret Service, quittierte es mit einem Stirnrunzeln.

»Ganz schöner Flurschaden, was, Miss?«, brummte der Kopilot, wickelte sein Sandwich ein und verstaute es unter dem Armaturenbrett.

Der Traum sämtlicher Cockpitinsassen nickte. »Kann man wohl sagen«, pflichtete sie ihm bei, während die Sunderland Kurs auf Wannsee nahm. »Fragt sich, ob man in so einem Trümmerhaufen überhaupt leben kann.«

»Und vor allem, wie lange noch«, fügte Fitzgerald hinzu, dessen Mundwerk offenbar nicht totzukriegen war. »Der nächste Winter kommt ja wohl bestimmt. Und dann nur stundenweise Strom. Na ja, was uns angeht, werden wir unser Bestes …«

Der Rest der Bemerkung ging im Geräusch der Rotorblätter, emporspritzender Gischt und dem Aufheulen der Motoren unter. Kaum auf dem Wasser, drosselte die Sunderland ihre Geschwindigkeit, glitt am Strandbad Wannsee vorüber und steuerte das Seeufer bei Kladow an.

Jetzt kam der anstrengende Teil, denn wie Flight Lieutenant Mickey Fitzgerald wusste, würde das Umladen der Fracht auf die bereitliegenden Boote geraume Zeit in Anspruch nehmen. Echte Knochenarbeit, bei der Miss Zuckerpüppchen, von der er nicht einmal den Vornamen kannte, mit Sicherheit im Wege war. Doch die Gebete des Piloten wurden erhört. Kurz nach der Landung legte ein Motorboot ab, beschrieb einen Halbkreis und steuerte auf den Ausstieg des Sunderland-Flugbootes zu.

»Also dann auf Wiedersehen, Miss …«, unternahm Mickey Fitzgerald einen letzten Anlauf, die Identität seiner Passagierin zu lüften. Vergeblich. Das mysteriöse Pin-up-Girl verabschiedete sich von seinen Männern, beugte sich über den Pilotensitz und hauchte: »Danke für die Mühe, Flight Lieutenant. Es war mir ein Vergnügen.«

In der Gewissheit, dass dies nicht ohne Ironie geschah, konnte Fitzgerald seine Neugierde dennoch nicht unterdrücken. »Zum Abschied könnten Sie mir wenigstens verraten, wie Sie heißen, Miss«, rief er der MI6-Agentin hinterher, als sich diese zum Ausstieg bereit machte.

»Tut mir leid, Flight Lieutenant, das geht nicht«, lautete die Antwort. »Sonst müsste ich Sie und die übrigen Herren hier töten.«

*

»Reine Vorsichtsmaßnahme«, wiegelte Generalmajor Edwin O. Herbert, Kommandant des britischen Sektors von Berlin, mit Blick auf die RAF-Uniform seiner Gesprächspartnerin während des gemeinsamen Morgenspaziergangs ab. Für den im Frühlicht schimmernden Wannsee hatten allerdings weder er noch seine Begleiterin einen Blick übrig. Das galt auch für den Fischreiher, der unweit der Uferpromenade seine Kreise zog. Dafür war das Thema, um das es ging, viel zu ernst. »Eine Zivilistin an Bord einer Sunderland – auffälliger wäre es wirklich nicht gegangen.«

»Wie dem auch sei«, antwortete Gladys McCoy und klappte den Schminkspiegel zu, mit dem sie einen unauffälligen Blick auf den Adjutanten des Stadtkommandanten geworfen hatte, der ihnen in gebührendem Abstand folgte. »Wenn ich Sie richtig verstehe, scheint der Fall überaus brisant zu sein.«

»Und ob«, antwortete der Stadtkommandant, schleuderte einen Kieselstein ins Wasser und scheuchte prompt einen Schwarm Blesshühner auf. »Reichlich Grund zur Sorge, würde ich meinen.«

»Wie haben Sie überhaupt von dieser ›Operation Wotan‹ erfahren?«, fragte Gladys McCoy und ließ den Handspiegel in ihrer Uniformjacke verschwinden. »Per V-Mann?«

Der Generalmajor verneinte. »Per Überläufer. Oder so ähnlich.«

»Kalte Füße?«

»So hat er sich jedenfalls angehört.«

Die MI6-Agentin strich sich eine Haarsträhne aus dem Gesicht und erwiderte: »Seltsam, aber ich dachte, diese SS-Kommandos sollen absolut verschworene Einheiten gewesen sein.«

»Bis Kriegsende auf jeden Fall. Da soll es Hunderte Werwolf-Kommandos gegeben haben. Selbstständig operierend, zumeist SS-Angehörige, Hitler-Jungen, SA-Leute. Oder welche von der Partei. Mit einem Wort: die ganz Fanatischen. Organisiert in Jagdgruppen zu je fünf Mann beziehungsweise Jagdzügen, die so um die 30 Mann stark waren. Oder kleiner. Kam ganz auf den Auftrag an.«

»Wer weiß, vielleicht wird die Sache ja auch im Sand verlaufen.«

»Schon möglich. Trotzdem glaube ich nicht, dass wir auf einen Bluff reingefallen sind. Der Kerl, den ich vor drei Tagen an der Strippe gehabt habe, war jedenfalls kein Wichtigtuer. Und ein Witzbold schon gar nicht. Der hat es verdammt ernst gemeint.«

»›Operation Wotan‹ – fragt sich nur, wann, wo und in welcher Form diese ›Gruppe W 45‹ zuschlagen wird.«

»Schenkt man unserem Gewährsmann Glauben, wird es so etwas wie der Coup des Jahrhunderts werden. Was genau sich hinter dieser ›Operation Wotan‹ verbirgt, konnte er jedoch nicht sagen. Oder wollte es nicht. Nur so viel, dass die Aktion anscheinend morgen über die Bühne gehen soll.«

»Irgendwelche Anhaltspunkte bezüglich seiner Identität?«

»Fehlanzeige. Nur die Tonbandaufnahme. Sonst nichts. Ach ja, noch was: Er hat gesagt, dass mit Verrätern gewöhnlich kurzer Prozess gemacht wird. Und dass die SS noch lange nicht am Ende sei.«

»Wie wahr«, gestand die MI6-Agentin ein, an deren Hüften sich der Adjutant des Stadtkommandanten immer noch nicht sattgesehen hatte. »In diesem Punkt muss ich Mister Unbekannt beipflichten. Gestapo-Müller verschollen, Mengele untergetaucht, Eichmann vermutlich in Südamerika – sieht so aus, als wären die Herren gut über den Winter gekommen.«

»Wie das?«

»Dank rechtzeitig in die Schweiz transferierter Gelder«, vollendete Gladys McCoy. »Einer der Gründe, weshalb mich der MI6 hierher geschickt hat.«

Edwin O. Herbert runzelte fragend die Stirn. »Darf man fragen, worum …«

»… es geht?«, nahm ihm Gladys McCoy die Worte aus dem Mund. »Man darf. Wie unsere routinemäßige Überprüfung der Berliner Banken ergeben hat, sind seit der Währungsreform erhebliche Summen von Schweizer Konten zurück nach Deutschland geflossen. Auch und gerade nach Berlin.«

»Und an wen?«

»Bedaure, Sir – top secret.« Um ihren Gesprächspartner nicht zu brüskieren, setzte die MI6-Agentin ihr strahlendstes Lächeln auf. »In diesem Punkt sind meine Anweisungen glasklar.«

Der Stadtkommandant pfiff durch die Zähne. »Donnerwetter. Hört sich so an, als sei hier demnächst allerhand los.« In das Gespräch mit seiner mysteriösen Begleiterin vertieft, hatte der Generalmajor den Militärjeep nicht bemerkt, der mit halsbrecherischer Geschwindigkeit auf ihn zugeprescht war. Erst als dieser stehen blieb, tat er es Miss McCoy gleich und richtete den Blick nach vorn. »Was gibt's, Lieutenant Colonel?«, fragte er den drahtigen Schotten, nachdem dieser eine Vollbremsung gemacht, salutiert und ihn beiseitegenommen hatte. »Bedaure, Sir, Sie unterbrechen zu müssen«, flüsterte der Ordonnanzoffizier in eindringlichem Ton. »Aber es gibt Neuigkeiten.«

»Und welche?«

Mit Blick auf die mysteriöse Schönheit, deren Fan-Club sich in diesem Moment um ein Mitglied vergrößerte, trat der Schotte so nahe wie möglich auf den Stadtkommandanten heran und flüsterte ihm etwas ins Ohr. Je länger dies dauerte, umso besorgter wurde die Miene seines Vorgesetzten, und als er geendet hatte, musste sich dieser erst einmal setzen.

»Schlechte Nachrichten?«, fragte Gladys McCoy, nahm neben ihm Platz und schlug die Beine übereinander. Sehr zur Freude des Ordonnanzoffiziers, der die Szene aus gehöriger Distanz beobachtete.

Da die Bank am Rande der Uferpromenade nicht sonderlich bequem war, dauerte es nicht lange, bis die MI6-Agentin eine Antwort bekam. »Kann man wohl sagen«, grummelte der Generalmajor, kramte sein Zigarilloetui hervor und zündete sich einen John Player an. »Nach allem, was Jenkins mir so geflüstert hat.«

»Mister Unbekannt?«

»Sie haben es erfasst, Miss. Das Problem ist nur, dass wir ihn nicht mehr ausquetschen können.«

»Verstehe«, antwortete Gladys McCoy, schloss die Augen und räkelte sich auf der Bank. Und fügte geraume Zeit später hinzu, das Gesicht der Morgensonne zugewandt: »Bleibt zu hoffen, dass diese Werwölfe eine Fährte hinterlassen haben. Oder zumindest hinterlassen werden. Damit es am Ende nicht noch zum Dritten Weltkrieg kommt.«

»Wie meinen Sie das?«, brach es aus Generalmajor Edwin O. Herbert hervor, dem vor Schreck beinahe der Zigarillo aus der Hand gefallen wäre.

»Ach nichts, Sir, nur so eine Befürchtung«, wiegelte die MI6-Agentin ab, erhob sich und stolzierte auf den wartenden Bentley zu.

13

Moskauer Kreml, Stalins Arbeitszimmer | *12.15 h Ortszeit*

»Und was ist mit der Atombombe?«, polterte Josef Stalin und hieb mit der Faust auf den dunklen, mit grünem Filz überzogenen Tisch. In dem holzgetäfelten Raum, zu dem nur etwa ein Dutzend Personen Zutritt hatte, wurde es totenstill, und das Ticken der Wanduhr hörte sich wie ein Menetekel an.

»Meinen Informationen zufolge, Josef Wissarionowitsch …«, ergriff Lawrenti Berija, Chef des MGB und für die Entwicklung der Atombombe zuständiges Politbüromitglied der KPdSU, das Wort, »wird es noch ein paar Monate dauern, bis wir in der Lage sein werden, den Amerikanern …«

»Das Wasser zu reichen, genau!«, ließ ihn der knapp 70-jährige, vom Alter, diversen Herzattacken und Pockennarben gezeichnete Generalissimus gar nicht erst ausreden, umklammerte die Schreibtischkante und knurrte: »Kapieren Sie überhaupt, was das heißt? Oder wollen Sie es nicht kapieren? Solange wir nicht imstande sind, es den Amerikanern mit gleicher Münze heimzuzahlen, sind wir erpressbar, Sie Idiot! Irre ich mich, oder waren nicht Sie es, Lawrenti Pawlowitsch, der mir immer wieder damit in den Ohren gelegen ist? Die Amerikaner, Engländer und Franzosen in Berlin – ohnehin schlimm genug. Plus diese verfluchte Luftbrücke. Und dann noch ein paar Dutzend Atombomben. Von den B-29-Bombern überall in Europa gar nicht zu reden. Wenn Kurtschatow und diese Eierköpfe in Semipalatinsk nicht bald auf einen grünen Zweig kommen, können Sie und ich unser eigenes Grab schaufeln. Verglichen damit wird das, was dieser Hitler auf die Beine gestellt hat, nur ein müdes Kaffeekränzchen sein.«

Der 20 Jahre jüngere, mit Hut, dunklem Anzug und gestreifter Krawatte bekleidete Chef des MGB ließ einige Sekunden verstreichen, bevor er das Risiko einging, dem Herrn über das Sowjetimperium zu antworten. »Das wird Truman nicht wagen, Genosse Stalin«, gab sich der Georgier und Landsmann Stalins betont sachlich und rückte in einer Geste wohlkalkulierter Verlegenheit seine Nickelbrille zurecht. »Nicht nach Hiroshima und Nagasaki. Das hat seinem Ruf mehr geschadet als alles andere.«

»Und warum nicht, wenn man fragen darf?«, blaffte Stalin, griff nach seiner Pfeife und begann, sie zu stopfen. »Wäre es nicht besser, genau dann zuzuschlagen, wenn wir den Amerikanern noch nicht Paroli bieten können?« Stalin entzündete seine Pfeife und lehnte sich zurück. »Darf man fragen, was Sie in einem solchen Fall tun würden, Berija?«

»Schwer zu sagen«, druckste der Herr über die Straflager herum, bevor er sich zu einer Antwort bequemte. In einer derartigen Stimmung war Stalin unberechenbar. Ein falsches Wort, und er war seinen Posten los. »Hm.« Und seinen Kopf unter Umständen auch. »Also, wenn ich an Ihrer Stelle wäre, Josef Wissarionowitsch, würde ich …«

»… mir zuerst einmal Berlin unter den Nagel reißen, die alte Leier, ganz klar. Falls dazu überhaupt noch Zeit ist. Und abgesehen davon – warum sollte ich? Der nächste Winter kommt ja wohl bestimmt. Ein paar Wochen noch, meinetwegen auch Monate – und Berlin wird uns wie eine reife Frucht in die Hände fallen. Darauf können Sie Gift nehmen, Berija. Um ein paar hunderttausend Tonnen einzufliegen, fehlt den Amerikanern einfach der Schneid. Und den Briten sowieso.« Stalin blies einen Rauchkringel, schnippte ein graues Haar von seiner Marschallsuniform und begann sich zu entspannen. »Wozu also den Dritten Weltkrieg riskieren, wenn wir alle Hände voll zu tun haben, die Folgen des Zweiten erst einmal zu verdauen.«

Heilfroh, aus der Bredouille zu sein, atmete Berija insgeheim auf. Das war ja glimpflicher verlaufen als befürchtet.

Dachte er wenigstens.

Es sollte nämlich nicht lange dauern, bis Stalin die trügerische Ruhe erneut zunichtemachen würde. »Sonst noch irgendwelche Neuigkeiten?«, fragte er, während sich sein Blick urplötzlich verschärfte. Lawrenti Berija hätte dies eigentlich eine Warnung sein sollen, aber er ließ sich von Stalin täuschen.

Wieder einmal.

»Nichts von Bedeutung«, erwiderte Berija lapidar und ließ den Blick durch Stalins spartanisch möbliertes Arbeitszimmer schweifen, mit Sofa, dunklem Telefon und den Porträts von Karl Marx und den Generälen Kutusow und Suwarow alles andere als einladend. »Im Westen nichts Neues.«

»Wirklich nicht?«

»Kein Grund zur Beunruhigung.«

»Wie bitte?«, polterte Stalin ohne Vorwarnung los, schnellte aus seinem Ledersessel nach vorn und sah Berija wutschnaubend an. Wäre die Pfeife nicht gewesen, derer er sich entledigen musste, hätte dem MGB-Chef weit

Schlimmeres gedroht. »Und was ist mit den vier Soldaten an der Glienicker Brücke?«

»Den was?«, ächzte Berija, Böses ahnend.

»Mal wieder nicht im Bilde, wusste ich's doch«, übergoss der Sowjetdiktator seinen Geheimdienstchef mit Hohn. »Zu Ihrer Information, Genosse: Vor exakt zwei Stunden hat mich Sokolowski aus dem Bett geklingelt. Ist Ihnen doch wohl ein Begriff, oder?«

Berija senkte seinen Kopf und schwieg.

»Wie schön«, ließ Stalin seinem Sarkasmus freien Lauf. »Dann hören Sie mal gut zu, Sie Schlauberger: In der Nacht von gestern auf heute, vermutlich kurz nach Mitternacht Berliner Zeit, sind vier Wachsoldaten am Sektorenübergang Glienicker Brücke spurlos verschwunden. Spurlos, verstehen Sie?«

Der MGB-Chef nickte. »Deserteure?«, stieß Berija kleinlaut hervor.

»Schon möglich. Nicht genug damit, sind aus dem Depot in Wünsdorf jede Menge Kalaschnikows, Tokarews, Handgranaten, eine 2M-3 und zu allem Überfluss auch Uniformen und Sprengstoff entwendet worden. Und das bereits vor einer Woche. Von den kriminellen Elementen, die sich auf Kosten unseres Vaterlandes bereichert haben, keine Spur.«

»Eine amerikanische Provokation?«

»Falsch geraten, Lawrenti Pawlowitsch. Wie mir Sokolowski versichert hat, haben die momentan genug mit sich selbst zu tun.«

»Und aus welchem Grund?«

»Laut RIAS sollen zwei Grenzposten an der Glienicker Brücke just zum fraglichen Zeitpunkt aufeinander losgegangen sein. Messerstecherei mit Todesfolge. Vermutlich ein Gerangel wegen irgendeiner Nutte. Will heißen: Einstweilen kommen die Amerikaner als Bösewichter nicht infrage. Fehlanzeige, Herr Minister für Staatssicherheit.«

»Falls es sich dabei nicht um eine Finte handelt.«

Stalin zog überrascht die Augenbrauen hoch. »Um eine Finte?«, wiederholte er.

»Um eine Attacke auf den Grenzposten oder die Desertion beziehungsweise Flucht samt anschließendem Geheimnisverrat jener vier konterrevolutionären Elemente – oder um was auch immer es sich gehandelt haben mag – zu vertuschen.«

»Meinen Sie wirklich, die wollen uns provozieren?«

»Gut möglich, Genosse Stalin. Schon allein deshalb, um nach außen hin einen Erstschlag rechtfertigen zu …«

»Wie auch immer: Sie halten sich da raus, ist das klar?«

Von Stalin war Lawrenti Berija weiß Gott einiges gewohnt. Das hier schlug dem Fass jedoch den Boden aus. »Habe ich Sie da richtig verstanden, Josef Wissarionowitsch«, tastete er sich behutsam voran, »Sie sind der Meinung, man solle den Fall tunlichst auf sich …«

»Das ist ein Befehl, Berija. Keine weiteren Ermittlungen in diesem Fall. Weder durch Sie noch durch den MGB noch durch irgendwen sonst. Keinerlei Gegenmaßnahmen im Falle einer Provokation, auch nicht bei Verletzung des sowjetischen Luftraums. Kein Schuss ohne meine ausdrückliche Genehmigung. Habe ich mich klar genug ausgedrückt?«

»In der Tat, Josef Wissarionowitsch.«

Stalin griff nach seiner Pfeife, lehnte sich in seinen Sessel und paffte nachdenklich vor sich hin. »Merken Sie sich eins, Berija: Wenn es zum Dritten Weltkrieg kommt, werden wir es sein, die den Zeitpunkt dafür bestimmen, verstanden?«

14

Städtisches Krankenhaus Moabit, britischer Sektor
| 11.05 h

»Lili Marleen – sag mal, willst du mich eigentlich verarschen, Tom?«

Doktor Heribert Peters, Gerichtsmediziner und Choleriker aus Passion, bedeckte den Leichnam auf dem Seziertisch mit einem Leinentuch, streifte seine Gummihandschuhe ab und funkelte Sydow wütend an. Mit Dr. Blaffke, so sein Spitzname in der Pathologischen Abteilung, drohte wieder einmal der Gaul durchzugehen. Deshalb war volle Deckung angesagt.

»Eine Art Spitzname«, schob Sydow hinterher, in der Annahme, Peters wolle einfach nur Dampf ablassen. Angesichts eines Zwölf-Stunden-Tages und Arbeitsbedingungen wie in einem Feldlazarett konnte man es ihm wahrlich nicht verdenken. »In gewissen Kreisen, wenn du verstehst, was ich meine.«

»Ich *verkehre* zwar nicht in derartigen Kreisen«, polterte Peters beim Händewaschen, »das heißt aber nicht, dass ich auf dem Mond lebe.«

»Wollte ich damit auch nicht sagen, Heribert«, warf Sydow konziliant ein, die Bluse der Toten, auf deren Kragen ›L. M.‹ eingestickt war, immer noch in der Hand. »Mehr weiß ich über die Dame eben noch nicht.«

»Na, dann wollen wir dir mal auf die Sprünge helfen, Sherlock Holmes«, antwortete das unter sichtbarem Bluthochdruck leidende Exemplar der Spezies zerstreuter Professor, trocknete sich die Hände ab und drehte sich mit selbstgefälligem Grinsen um. Unter der Oberfläche des ehemaligen Stabsarztes, der Sydow höchstens bis zur Schulter reichte, befand sich ein butterweicher Kern, und es gab Tage, an denen der vermeintliche Giftzwerg zum Charmeur mutierte. Dass dem heute nicht so war, konnte Sydow im Hinblick auf die Hektik im Sezierraum gut verstehen. Der Gestank nach Verwesung, diversen Lösungsmitteln und Formaldehyd war kaum auszuhalten, und die Enge und der Kellergeruch gaben ihm den Rest. An Sektionstagen wie heute wurde an sechs Tischen gleichzeitig gearbeitet, wobei Peters lediglich zwei, den Krankenhausärzten die übrigen vier zur Verfügung standen. Die Zustände am ehemaligen Robert-Koch-Krankenhaus waren somit alles andere als befriedigend, für Peters ein Grund mehr, seinem Ärger Luft zu machen.

»Du machst mich neugierig, Heribert«, erwiderte Sydow, heilfroh, dass die Obduktion bereits abgeschlossen war. »Lass hören.«

Peters machte eine affektierte Verbeugung. »Wie Durchlaucht wünschen«, spottete er, wurde jedoch sofort wieder ernst. »In einem Punkt bin ich mir auf jeden Fall sicher: dass die Dame bis kurz vor ihrem Ableben noch im Außendienst tätig gewesen ist. Und das mindestens zweimal.«

An den in Pathologenkreisen üblichen Sarkasmus längst gewöhnt, verzog Sydow keine Miene. »Tatsächlich?«, fragte er und legte die Bluse aus der Hand.

Rot wie eine Ampel, schnappte Peters nach Luft, riss sich aus Sympathie gegenüber Sydow jedoch zusammen. »Sperma auf dem Kleid und im Vaginalbereich – jede Wette, dass sie letzte Nacht noch auf Kundenfang gewesen ist«, konstatierte der rundliche Gerichtsmediziner in ungewohnt sachlichem Ton. »Wann, wo und unter welchen Umständen auch immer.«

»Und weiter?«

»Alter: circa 27, Größe: 1,78 Meter, Haarfarbe: blond. Besondere Kennzeichen: Alkoholikerin.«

»Sicher?«

»Zumindest so was in der Art. Mit der Leber wäre sie jedenfalls nicht alt geworden.« Peters kratzte sich nachdenklich an der Schläfe. »Bestimmt ein hübsches Ding. Aber ziemlich tief gesunken.«

»Nicht gerade viel.«

Auf dem Gesicht des Pathologen, dessen hervorstechendstes Merkmal die fliehende Stirn darstellte, leuchtete ein ironisches Grinsen auf. »Wusste ich's doch, dass du mit nichts zufrieden bist«, feixte er, angesichts der Anspannung, unter der er stand, fast ein Wunder. »Aber keine Angst: Jeder kriegt hier, was er verdient.«

»Hahaha.«

»Typisch Sydow – keinen Respekt vor dem Alter«, setzte Peters seine Sticheleien fort, trat an seinen Schreibtisch und öffnete die oberste Schublade. »Sesam, öffne dich!«

»Was ist denn das?«, fragte Sydow, als ihm der Gerichtsmediziner die Plastikfolie, in der sich ein zerknitterter Papierfetzen befand, unter die Nase hielt.

»Ich will ja nichts sagen, Tom. Wenn schon nicht diesem Grünschnabel von der Spurensicherung, hätte es wenigstens dir auffallen müssen.«

»Was denn?«

»Die Tatsache, dass die Dame aus der Abteilung Nahkampf ihre Reise in eine bessere Welt mit geballter Faust angetreten hat. Hast du nicht gesagt, es habe zwischen ihr und dem Kerl, der sie auf die Bahngleise geworfen hat, eine wüste Keilerei gegeben?«

»Doch.«

»Und dass der Stein des Anstoßes vermutlich irgendein Dokument gewesen ist?«

»Komm schon, Heribert, mach's nicht so spannend.« Sydow griff nach der Plastikfolie, doch Peters schnappte sie ihm im letzten Moment weg.

»Erst eine John Player, dann das Beweismittel.«

»Du bist heute bereits der Dritte, der mich danach fragt, du Schnorrer«, lachte Sydow und bot Peters die leere Schachtel an. Und der, blind vor Gier, fiel prompt auf die Finte herein.

»Idiot.«

»Komm schon, Harryschatz, hab dich nicht so«, redete Sydow dem Pathologen gut zu. »Wenn der Fall gelöst ist, kriegst du 'ne ganze Stange von mir.«

»Ehrenwort?«

Sydow nickte. »So, und jetzt zeig her.«

Im Licht der Schreibtischlampe, das sich auf der Folie spiegelte, konnte Sydow zunächst nichts erkennen. Ein paar Sekunden später hätte es ihn jedoch beinahe umgehauen.

Gelinde gesagt.

Der Papierfetzen, knapp ein Drittel eines vergilbten Briefbogens, ließ an Deutlichkeit nicht zu wünschen übrig. Kreidebleich im Gesicht, musste sich Sydow erst einmal setzen. Um zu erkennen, dass es sich hier um Sprengstoff pur handelte, musste man nicht bei der Kripo sein. Das konnte man zehn Meilen gegen den Wind riechen.

Da der Riss knapp fünf Zentimeter unterhalb der linken oberen Ecke begann und bis zu einem Punkt reichte, der sich in etwa auf halber Höhe am rechten Rand befand, konnte man über den Inhalt des Schreibens allenfalls spekulieren. Absender, Anrede und Datum genügten jedoch vollauf, um Sydows Herz bis zum Hals schlagen zu lassen. Und nicht nur das. Kaum hielt er das Brieffragment in Händen, brach ihm der Schweiß aus allen Poren, und er hatte Mühe, das Zittern seiner Hände vor Peters zu verbergen.

»Na, habe ich Ihnen zu viel versprochen, Durchlaucht?«, flüsterte ihm der Pathologe mit Blick auf die übrigen Seziertische zu, wo man Sydow und ihn jedoch keines Blickes würdigte. »Sieht so aus, als sei der Herr Kriminalhauptkommissar einer Riesensauerei auf der Spur.«

»Das kannst du aber laut sagen, Leichenfledderer.« Sydow glättete das Fragment, ließ sich von Peters ein Vergrößerungsglas reichen und sah sich das Schreiben genauer an. Als Absender vom 12.4.1945 firmierte ein sogenannter ›Reichswerwolf‹, die Ortsangabe lautete ›Feld-Kommandostelle‹. Nichts Weltbewegendes, aber was den Adressaten betraf, hatte dieser es in sich. Unter dem Vermerk ›Geheime Reichssache!‹, ergänzt durch den Stempel ›streng geheim‹ und den Zusatz ›Eine Ausfertigung‹, stand da schwarz auf weiß: ›An den Reichsführer-SS und Chef der Deutschen Polizei!‹ Und weiter: ›Wie von Ihnen, Reichsführer Himmler, mit Schreiben vom 9.4. gewünscht, anbei die erbetene Liste mit … zwecks Neuaufbau der SS nach dem Krieg … Personalbögen samt Lichtbildern … in der Anlage …‹ Ende der Vorstellung. Sydow fluchte leise in sich hinein. Zu dumm aber auch. Von der dritten Zeile war die Hälfte, von der vierten fast überhaupt nichts übriggeblieben. Mit dem Ergebnis, dass man darüber, welchen Sinn die Worte ›bedingungslos ergeben‹ und ›auszuführen‹ ergaben, allenfalls spekulieren konnte.

»Reichswerwolf«, murmelte Peters, der Sydow über die Schulter spickte, mit dem Ausdruck tiefster Verachtung vor sich hin. »Das darf doch wohl nicht wahr sein.«

»Nach Lage der Dinge schon«, antwortete Sydow, das Kinn auf die Daumenkuppe gestützt. »Na, fängt's bei Herrn Doktor an zu klingeln?«

»Kann man wohl sagen. Die ganz Fanatischen, des Reichsführers letztes Aufgebot.«

»Genau. Frei nach dem Motto: Retten, wo nichts mehr zu retten ist. HJ, SS-Leute und die Zweihundertprozentigen aus der Partei. Eine im wahrsten Sinne des Wortes hochexplosive Mixtur. Auftrag: Exekution von Verrätern, Terror und Kampf bis zum letzten Mann.«

»Respektive bis zum letzten Glimmstängel.«

Sydow lächelte gequält. »Deinen Humor wollte ich haben«, raunte er Peters über die Schulter zu. »Die Frage ist nur, ob sich damit etwas anfangen lässt.«

»Negativ«, gab der Gerichtsmediziner zurück. »Es sei denn, Durchlaucht flattert der Rest des Briefes ins Haus.«

»Danke für die trostreichen Worte. Wie immer bist du eine große Hilfe für mich.«

»Jetzt sei doch nicht gleich beleidigt, Tom.« Darauf bedacht, die Wogen zu glätten, öffnete Peters seine Thermoskanne und goss Sydow und sich einen Kaffee ein. »Das hier wird dich wieder auf Vordermann bringen.«

Sydow nahm einen Schluck. »Bohnenkaffee?«, fragte er erstaunt. »Wo hast du den denn aufgetrieben?«

»Aus geheimen Beständen«, erwiderte der Gerichtsmediziner lapidar. »Und was jetzt?«

»Jetzt gilt es, erst einmal was über eine mysteriöse Lebedame namens Lili Marleen rauszufinden. Alles Weitere wird sich hoffentlich ergeben.«

»So woll'n wir uns da wiedersehn, bei der Laterne woll'n wir stehn, wie einst Lili Marleen«, begann Peters ohne Rücksicht auf seine Umgebung zu trällern.

»Wie einst Lili Marleen«, wiederholte Sydow, steckte das Brieffragment in die Plastikfolie und stand ruckartig auf. »Bevor wir noch weiter in Nostalgie schwelgen, Herr Doktor – gibt's hier vielleicht irgendwo ein Telefon?«

»Droben an der Pforte«, antwortete Peters, Schatten der Sorge auf dem Gesicht. Und ergänzte: »Und pass auf dich auf, Tom.«

Doch da war Sydow bereits verschwunden.

*

»Vorname L und Familienname M – sag mal, willst du mich verarschen, Tom?«, bellte der Diensthabende von der Sitte im Stil eines Feldwebels in den Hörer. »Deine Scherze in Ehren – aber hat das nicht bis später Zeit?«

»Meiner bescheidenen Meinung nach nicht«, parierte Sydow, der es langsam leid war, pausenlos runtergeputzt zu werden. »Es sei denn, die öffentliche Moral wäre in Gefahr.«

»Du kannst mich mal, Sydow!«, gab Albers, für Eingeweihte Der blonde Hans, zurück. »Auf die ironische Tour brauchst du mir gar nicht erst zu kommen.«

»Dann eben auf die unterwürfige, Hans. Hör zu: Wenn du mal kurz nachsiehst, ob ihr eine Dame mit den besagten Buchstaben führt, kriegst du eine Schachtel …«

»… John Player von dir, ich weiß«, vollendete der Leiter der Kriminalinspektion Sittlichkeit in gelangweiltem Ton. »Sydow und seine Versprechungen – na gut, will sehen, was sich machen lässt.«

Sydow ließ den Hörer sinken und atmete tief durch. Der Hausdrache vom Dienst, den er mithilfe seiner Charmeur-Nummer ins Foyer komplimentiert hatte, warf ihm durch die Scheibe finstere Blicke zu, und Sydow beschlich das Gefühl, die Dame könne ihm jedes seiner Worte von den Lippen ablesen.

»So, da bin ich wieder«, meldete sich Albers ein paar Minuten später wieder zurück. »So leid es mir tut, Tom. Was die von Amts wegen registrierten Damen von der horizontalen Zunft angeht, befinden sich zwar etliche namens Müller oder Mayer darunter …«

»Wie originell.«

»Und dann auch noch frech werden. Das haben wir gern. Wie gesagt: Ms haben wir hier genug zu bieten, aber keine, deren Vorname mit L beginnt. Tut mir leid für dich, Tom«, schloss Albers, für den die Angelegenheit damit erledigt zu sein schien. »Bis demnächst.«

»Halt mal, Hans«, bettelte Sydow, während ihm der Hausdrachen, an dem eine Reichsfrauenführerin verloren gegangen war, immer näher auf die Pelle rückte. »Kannst du mir vielleicht einen allerletzten Gefallen tun?«

»Und der wäre?«, tönte es schroff durchs Telefon.

»Sei bitte so gut und bestell mir die Rote Lola ein.« Sydow warf einen Blick auf die Uhr, kritisch beäugt von der Empfangsdame, bei der die Erwähnung der unumstrittenen Kreuzberger Bordellkönigin auf fassungsloses Entsetzen stieß. »So gegen zwölf.«

»Die Rote Lola«, konstatierte Albers, offenbar über den Punkt hinaus, an dem er Gegenwehr leistete. »Um zwölf. Sonst noch was, Herr von und zu Hurtig?«

»Nein, Hans. Und danke.«

»Das kostet dich eine ganze Stange, Sydow. Ist dir ja wohl hoffentlich klar.«

»Isses, Hans, isses«, antwortete Sydow devot.

»Sag mal, Sydow, warum hast du's denn so eilig?«, mäkelte Albers herum. »Hinter wem bist du eigentlich her?«

»Hinter einem Rudel Wölfe«, antwortete Sydow, legte auf und stürmte zur Pforte hinaus.

15

Berlin Document Center, amerikanischer Sektor
| 11.35 h

Er hatte aufgehört zu weinen, zu lachen oder sich zu freuen. Er hatte aufgehört, auf die Welt, in der er lebte, neugierig zu sein. Und er hatte aufgehört, Pläne für die Zukunft zu schmieden.

Es gab nur eines, das ihn aufrechterhielt: Die Suche nach den Männern, die ihn zu dem gemacht hatten, was er war. Ein lebender Leichnam, rastlos, ruhelos – und seelenlos.

Und der Drang, Vergeltung zu üben.

Um jeden Preis.

Seit dem Tag, an dem ihn die SS lebendig begraben hatte, war nichts mehr so gewesen, wie es war. Die Erinnerung an jenen Abend, an dem Vaters Leben und das von mehr als 30.000 seiner Landsleute innerhalb weniger Stunden ausgelöscht worden war, hatte ihn in einen Zustand der Lähmung versetzt, aus dem er sich nicht wieder hatte befreien können. Alles, was vor dem 29. September 1941 lag, war ausradiert, aus dem Tagebuch seiner Erinnerungen getilgt. Fast schien es, als sei er niemals Kind gewesen, als habe sein Leben erst mit 15 begonnen. Sämtliche Reminiszenzen an seine frühere Existenz waren hinter einem undurchdringlichen Schleier verborgen, und es hatte Tage gegeben, an denen er Mühe gehabt hatte, sich an den Namen seiner Mutter zu erinnern.

Wie er es geschafft hatte, seinen Häschern zu entkommen, war ihm nach wie vor ein Rätsel. Im Verlauf der nun bald sieben Jahre, in denen er der Fährte der Mörder gefolgt war, hatte er sich häufig gefragt, warum ausgerechnet er, Nikolai Borodin, zum Überleben verdammt gewesen war. Doch sooft er sich die Frage gestellt hatte, so oft hatte er keine Antwort darauf gefunden. Außer der vielleicht, dass er, der Überlebende, die Aufgabe hatte, die Schuldigen ihrer gerechten Strafe zuzuführen.

Selbst auf die Gefahr hin, dass er es war, der sie zu vollziehen hatte.

Um jeden Preis.

Der fast 22-jährige Ukrainer, den man ebenso gut hätte auf 30 schätzen können, stieß einen gequälten Seufzer aus und fuhr sich mit der Hand durch das opulente pechschwarze Haar. »Auf ein Neues«, murmelte er, beugte sich über die Unterlagen, die vor ihm auf dem Tisch des Lesesaales lagen, und setzte die Suche nach der Stecknadel im Heuhaufen fort. Er hatte sich so sehr daran gewöhnt, dass er sich ein Leben ohne die Jagd nach den Mördern seines Vaters fast nicht mehr vorstellen konnte. Sie war zu einem Teil seines Ichs geworden, angefangen mit dem Tag, an dem seine Heimatstadt befreit worden war. Dieser Tag hatte sich ihm auf unauslöschliche Art und Weise eingeprägt, nicht nur, weil er endlich wieder frei und das Leben im Untergrund ein für alle Mal vorbei gewesen war. Das war nur eine, nämlich die glänzende Seite der Medaille gewesen. Die andere, ungleich folgenschwerer, hatte darin bestanden, dass man ihm, dem gerade einmal 17-Jährigen, eine Kalaschnikow in die Hand gedrückt, eine Uniform der Roten Armee verpasst und jeden Tag aufs Neue eingetrichtert hatte, es gebe nichts Wichtigeres, als für Stalin, die Partei und Mütterchen Russland in den Krieg zu ziehen. Wie nicht anders zu erwarten, hatte sich das Gemetzel noch eine Weile hingezogen, und als es zu Ende war, hatte er das, was ihn mit der Heimat verband, endgültig aus den Augen verloren. Er war zu dem geworden, der er immer noch war: abgestumpft, in sich gekehrt und desillusioniert.

Ein Gutes hatte sein Martyrium freilich gehabt: Auf diese Weise war er bis nach Berlin gekommen. Dorthin, von wo aus er nach der Trennung seiner Eltern im Alter von acht Jahren geflohen war. Er hatte mehr Glück als Verstand gehabt, umso mehr, als er just an dem Tag, als er sich in die Westsektoren abgesetzt hatte, seiner Mutter über den Weg gelaufen war.

Noch so ein Zufall. Und beileibe nicht der einzige in seinem Leben.

Als sei dies ein Stichwort für ihn, betrachtete Nikolai Borodin das vergilbte Foto, das vor ihm auf dem Lesetisch lag, drehte es um und las die Widmung wohl zum tausendsten Mal. ›Unsere Ehre heißt Treue‹, stand da in geschwungenen Lettern geschrieben, und wie immer, wenn er dies las, lief es ihm eiskalt den Rücken hinunter. Da war es wieder, dieses Gefühl, lebendig begraben zu sein. Wohin er auch ging, wo immer er sich auch befand. Diese drei Namen, die Bestien, die sich hinter ihnen verbargen – das waren die Männer, nach denen er suchte. Nach denen er weiter suchen würde, falls nötig, bis an sein Lebensende.

»Also dann – auf ein Neues«, wiederholte Nikolai und nahm sich das maschinengeschriebene Blatt auf dem Stapel zu seiner Rechten vor. Und das, obwohl er seinen Inhalt auswendig kannte: ›In Zusammenarbeit mit dem Gruppenstab und 2 Kommandos des Polizeiregiments Süd hat das Sonderkommando 4a am 29. und 30.9. 33.771 Juden exekutiert ... Die Aktion selbst ist reibungslos verlaufen.‹ Reibungslos, aha. Angewidert bis ins Mark, legte Borodin das Blatt beiseite. So nannte man das also. Anstatt sich eine Pause zu gönnen, nahm er sofort den nächsten Bogen zur Hand, auch darauf stand nichts Neues für ihn. ›Während meiner Dienstzeit als Chef des Sondereinsatzkommandos 4a vom Zeitpunkt der Aufstellung im Juni 1941 bis zum Januar 1942, wurde ich verschiedentlich mit den Aufgaben der Hinrichtung von Kommunisten, Saboteuren und anderen unerwünschten Elementen beauftragt. Die genaue Zahl der hingerichteten Personen ist mir nicht mehr erinnerlich.‹ Borodin lachte verächtlich auf. ›Nicht mehr erinnerlich‹ – wie sich das anhörte.

Einfach zum Speien.

Wie immer, wenn er an diesem Punkt angelangt war, stellte er sich die Frage, ob der Gerechtigkeit nicht schon längst Genüge getan sei. Der SS-Standartenführer, um den es hier ging, war vor gut vier Monaten zum Tode verurteilt worden. Wozu also überhaupt weitermachen, wenn der Mann, nach dem er suchte, womöglich längst über alle Berge war? Wie so viele, die zu Mördern geworden und einfach von der Bildfläche verschwunden waren? Warum sich nicht damit zufriedengeben, wo die Wahrscheinlichkeit, seinen Peiniger ausfindig zu machen, höchstens bei eins zu tausend lag?

Eine Antwort hierauf zu finden war schwierig, wenn nicht gar unmöglich. Da war etwas in ihm, das ihn zum Weitermachen drängte, sämtlichen Hindernissen, die ihm im Weg waren, zum Trotz.

Um jeden Preis.

Zurück also zu dem Mann, nach dem er suchte. Nikolai setzte seine Nickelbrille auf und nahm das Foto, das er all die Jahre mit sich herumgetragen hatte, erneut zur Hand. ›Unsere Ehre heißt Treue‹ – in Abwandlung des Mottos der SS. Und der Zusatz ›Kiew, den 19.9.1941‹. Mehr war auf der Rückseite nicht zu lesen. Da konnte er sie sooft studieren, wie er wollte.

Obwohl er es nicht wahrhaben wollte, war Nikolai an einem toten Punkt angekommen. Zugegeben, er hatte es geschafft, aus über 300.000 Personalbögen den richtigen herauszufischen. Das allein schon war eine reife Leistung, hatte ihn jedoch keinen Schritt weitergebracht. Borodin atmete tief durch. Na schön, dann eben das Ganze noch einmal von vorn. Der Ukrainer steckte das Foto in die Brusttasche, seufzte und vertiefte sich in das Schriftstück mit der Aufschrift ›Personal-Akte‹ und dem Kopf ›Der Reichsführer SS‹ und ›SS-Personalhauptamt‹. Schenkte man den Angaben auf dem braunen Pappbogen Glauben, hieß der Obersturmführer, hinter dem er her war, Paul Ewald, stammte aus Berlin-Reinickendorf und war mittlerweile 36. So er denn überhaupt noch lebte. Er hatte eine fünfstellige SS-Mitgliedsnummer und war am 4. Juni 1931 in die NSDAP eingetreten. Der Eintritt in die SS war kurz darauf erfolgt, und zwar am 11. November 1931. Er war Kaufmann von Beruf, wie im Übrigen auch sein Vater, der am 7. Oktober 1900 eine gewisse Mathilde …

Kaum war er auf den Namen gestoßen, über den er mindestens ein paar Dutzend Mal einfach hinweggelesen hatte, war Nikolai Borodin wie elektrisiert. Der Atem des Ukrainers ging rascher, und ihm war, als setzte sein Herzschlag aus. Keine Spur mehr von der Resignation, die ihn immer wieder ergriffen, zuweilen sogar die Oberhand gewonnen hatte. Keine Spur mehr von dem Mann, für den das Leben immer mehr zur Tortur geworden war. Und keine Rede mehr von dem 21-jährigen Juden aus Kiew, für den Gerechtigkeit zur bloßen Farce geworden war. Das hier war der Moment, auf den er jahrelang gewartet hatte. Ein Fingerzeig Gottes, wie er ihn seit dem Tag, als ihm das Foto seiner Peiniger in die Hände fiel, nicht mehr zuteilgeworden war.

Agil wie selten zuvor, warf Nikolai die Personalakte achtlos auf den Tisch. Was hatte er nicht alles unternommen, um dieser Bestie auf die Spur zu kommen. Das Rote Kreuz konsultiert, sämtliche Bezirksämter abgeklappert, die Melderegister durchforstet, gleich tonnenweise Akten der Nürnberger Prozesse gewälzt – ohne Erfolg. Und jetzt dies. Ein Zufall, wie es ihn nur selten gab.

Und einen, den er sich zunutze machen würde.

Paul Mertens. Endlich. Borodin schlug sich mit der Handfläche gegen die Stirn. So einfach!, fuhr es ihm durch den Sinn. Um nicht zu sagen einfallslos. Untertauchen, den Mädchennamen der Mutter annehmen, gefälschte Papiere besorgen – und fertig war der Saubermann.

Unauffindbar.

Doch nicht mit ihm. Nicht mit Nikolai Borodin.

Was folgte, waren ein paar Handgriffe. So zum Beispiel zu einem Requisit, das mit dem umständlichen Namen ›Amtliches Fernsprechbuch für Berlin‹ betitelt war. Seiner Sache absolut sicher, blätterte Borodin den Wälzer bis zum Buchstaben M durch.

Und wurde fündig.

Als der Archivar, ein Captain der US Army, den unterdrückten Freudenschrei aus dem Lesesaal vernahm, dachte er zunächst, sein einziger Gast an diesem Tage sei nicht mehr ganz richtig im Kopf. Vor allem als dieser die Tür aufriss, auf ihn zustürmte und darum bat, sein Telefon benutzen zu dürfen. Erst recht als der Schlacks auch noch ein ihm unbekanntes Kauderwelsch sprach, war seine Verwirrung perfekt.

»Ich hab ihn, Mutter«, flüsterte Nikolai in den Hörer, kritisch beäugt von dem Archivar, der ihn nicht eine Sekunde aus den Augen ließ.

»Dann komm nach Hause, Junge«, sprach die Stimme am anderen Ende der Leitung, auf Deutsch, wie der US-Captain aufmerksam registrierte.

»Jetzt nicht, Mutter«, erwiderte Nikolai bestimmt, straffte sich und holte tief Luft.

»Wann dann, Nikita?«

»Sobald ich diesen Wolf in Menschengestalt zur Strecke gebracht habe, Mamuschka«, antwortete Borodin, legte auf und blickte den Captain der US Army, einen pausbäckigen Texaner, mit gewinnendem Lächeln an.

Danach nahm er seine Jacke vom Haken, begab sich zum Ausgang und verschwand.

16

Glienicker Brücke, sowjetischer Sektor | *11.50 h*

In der Tat. Schöner hätte ein Spätsommertag nicht sein können. Der Himmel über Berlin war azurfarben, und die Havel, über deren Oberfläche eine sanfte Brise strich, reflektierte das Sonnenlicht. Ab und an tauchte in der Ferne ein Segelboot auf, doch abgesehen von einem Schwarm Wildenten, der sich laut schnatternd aus dem Schilf erhob, blieb es an der Glienicker Brücke ruhig.

Für Juri Andrejewitsch Kuragin, Major des MGB, jedoch zu ruhig. Die sprichwörtliche Ruhe vor dem Sturm. Der 32-jährige, stets adrett und gepflegt auftretende Geheimdienstoffizier mit dem südländischen Teint drückte sein Zigarillo aus und legte die Stirn in Falten. Wenn man wie er bereits mehr als 10 Jahre MGB auf dem Buckel hatte, bekam man ein Gespür dafür, wenn sich etwas zusammenbraute. Das fing mit der Luftbrücke an und hörte mit dem Verschwinden der vier Wachsoldaten auf. Kuragin überschattete die Augen und warf einen Blick zum Horizont. Eine C-54 Skymaster nach der anderen, im Abstand von nicht einmal zwei Minuten. Wie Nadelstiche in Stalins Fleisch. Bis zu 10 Tonnen Fracht, vollgestopft mit allem, was Berlin zum Überleben brauchte. Kohlen, Penicillin, Trockenmilchpulver. 2.000 Tonnen am Tag, und die Yankees hatten eine realistische Chance, ihr Ding durchzuziehen. Gut möglich, dass sich die Führung in Moskau in ihnen getäuscht hatte. Mit ihrer Weisheit am Ende waren die nämlich noch lange nicht.

Kein Zweifel also, da braute sich etwas zusammen. Der kleinste Zwischenfall, und hier wäre der Teufel los. Auf der einen Seite die Yankees, im Besitz Dutzender Atomwaffen. Auf der anderen die Rote Armee mit knapp 100.000 Soldaten in und um Berlin. Eine hochbrisante, um nicht zu sagen brandgefährliche Situation. Gut und schön, mit ihren gut 12.000 Mann waren die Alliierten hoffnungslos unterlegen. Angesichts der Waffen, über die sie verfügten, jedoch alles andere als ein Klacks. Kuragin blähte die Backen auf und atmete geräuschvoll aus. Wenn es zum Dritten Weltkrieg kommen würde, dann hier. Das war so sicher wie das Amen in der Kirche. Was fehlte, um ihn in Gang zu bringen, war nur irgendein Idiot, dem die Nerven durchgingen. Anschließend würde die Rote Armee Westberlin überrollen. Dass die Amerikaner das nicht auf sich sitzen lassen würden, lag auf der Hand. Das heißt, sie würden eine Atombombe über Moskau abwerfen. Oder über Leningrad. Oder über mehreren Städten gleichzeitig. Gesetzt den Fall, diese Situation würde Wirklichkeit werden, wäre dies das Ende.

Schachmatt, Genosse Stalin.

Es stand also eine Menge auf dem Spiel. Gelinde gesagt. Und genau das war es, was den Auftrag so brisant machte, mit dem er von Sokolowski betraut worden war. Uniformen, die sich anscheinend in Luft aufgelöst hatten, Waffen, die einfach verschwunden waren. Und das gleich in rauen Mengen. Ganz zu schweigen von den vier Soldaten, von denen nach wie vor jede Spur fehlte. Wenn da nichts im Busch war, wollte er nicht Kuragin heißen. Um ehrlich zu sein, er war auf einen Fall wie diesen nicht vorbereitet gewesen. Der Major mit dem Spitznamen Kaukasier schüttelte unwillig den Kopf. Aber wer war das schon. Soweit er sich entsinnen konnte, hatte er während seiner Tätigkeit beim MGB so etwas noch nicht erlebt. Mit Deserteuren, Fahnenflüchtigen oder Überläufern war das etwas anderes. Da wusste er, wie er mit ihnen umzugehen hatte. Aber dass vier Wachsoldaten einfach von der Bildfläche verschwanden, war ein Ding der Unmöglichkeit. Dafür musste es eine Erklärung geben.

Und die würde er finden.

»Verzeihung, Genosse Major, aber da ist etwas, auf das Sie mal einen Blick werfen sollten.« Beim Klang der Worte, aus der die Beunruhigung ihres Urhebers sprach, schreckte der Geheimdienstoffizier aus seinen Gedanken auf und drehte sich zu seinem Assistenten, wie er aus Leningrad, mit erwartungsvoller Miene um. »Sieht so aus, als gäbe es eine erste Spur.« An der Art, wie er dies sagte, konnte man erkennen, dass der drahtige Hauptmann der gleichen Meinung war wie er. »Wenn Sie mir vielleicht folgen würden.«

Kuragin nickte und heftete sich an seine Fersen. Weit zu gehen brauchte er nicht. Etwa 20 Meter von der Brückenmitte entfernt, wo die Grenze zum amerikanischen Sektor verlief, hielt der flachsblonde Hauptmann inne, beugte das Knie und zeigte mit dem Finger auf den Asphalt.

Von der Sonne geblendet, konnte Kuragin zunächst nichts sehen, und er kam nicht umhin, es seinem Assistenten gleichzutun. Dann aber, auf den zweiten Blick, dämmerte ihm, was sein Landsmann meinte. »Gehirnmasse«, erklärte der MGB-Hauptmann unterkühlt, nachdem sich seine und Kuragins Blicke begegnet waren. Die Blutlache, in der sie sich befand, war eigentlich nicht zu übersehen, und er fragte sich, warum sie von niemandem bemerkt worden war.

Der Hauptmann erriet seine Gedanken. »Kann schon sein, dass man so etwas übersieht«, redete er Kuragin, der verständnislos den Kopf schüttelte, gut zu. »Dafür sind wir ja schließlich da.«

Kuragin holte tief Luft, verkniff sich jedoch die Frage, ob die Bemerkung wirklich ernst gemeint sei. Unter einem MGB-Offizier in geheimer Mission stellte er sich jedenfalls etwas anderes vor. »Ihre Schlussfolgerung, Dmitri Nikolajewitsch?«

»Gewalteinwirkung mit Todesfolge«, tat sein Assistent im Brustton der Überzeugung kund.

Kuragins linker Mundwinkel verzog sich zu einem Grinsen. »Darauf wäre ich nun wirklich nicht gekommen.«

An seinem Assistenten, der ihn inzwischen zu nehmen wusste, prallte der Seitenhieb jedoch ab. »Fakt ist, dass solche Verletzungen nur dann auftreten, wenn der Schuss aus nächster Nähe abgefeuert worden ist.«

»Frage an Radio Eriwan: Kann es sein, dass sich Täter und Opfer – nach Lage der Dinge einer unserer Soldaten – unter Umständen gekannt haben?«

»Im Prinzip ja – doch kann man zum gegenwärtigen Zeitpunkt nur darüber spekulieren.«

»Und das bedeutet?«

»Das bedeutet, Genosse Major, dass hier etwas nicht mit rechten Dingen zugegangen ist.«

»Ach ja?«

Der Hauptmann kratzte sich am Kinn. »Keine Leichen, keine Kampfspuren, keine Zeugen. Verdammt gute Arbeit, würde ich sagen.«

Kuragin konnte dem nur zustimmen. »Sieht so aus, als seien unsere Jungs kalt erwischt worden.«

»Im wahrsten Sinne des Wortes, Herr Major. Fragt sich nur, von wem.«

»Falls Sie auf die Amis anspielen, Towarischtsch* – vergessen Sie's. Sie wissen ja, die haben genug mit sich selbst zu tun.«

»Ach ja?«, versetzte Kuragins Assistent in einem Ton, der demjenigen seines Vorgesetzten verblüffend ähnlich war. »Inwiefern denn?«

»Laut unserem V-Mann soll es zum fraglichen Zeitpunkt ... Sagen Sie mal, Herr Hauptmann, Sie wollen doch nicht etwa damit sagen, dass ...«

»... das Verschwinden unserer Soldaten und die Messerstecherei dort drüben auf der anderen Seite in direktem Zusammenhang stehen könnten, oh doch.«

»So, meinen Sie.« Kuragin richtete sich auf und ließ den Blick ans andere Ende der Glienicker Brücke schweifen. Die Reparatur der Kriegsschäden war noch immer nicht beendet, der Behelfssteg die einzige Möglichkeit, die Havel zu überqueren. »Wer weiß, vielleicht haben Sie sogar recht. Die Frage ist nur, wer unsere Jungs dann auf dem Gewissen hat. Anders ausgedrückt: Wenn es die Yankees nicht waren, wer dann? Die bringen doch nicht extra zwei ihrer Leute um, damit sie uns provozieren können. Das gibt doch wohl überhaupt keinen Sinn.«

---

* russ.: Genosse

»Allerdings«, antwortete Kuragins Assistent, stand ebenfalls auf und kramte in seiner Tasche herum. »Und das hier auch nicht.«

»Donnerwetter.« Angesichts der Patronenhülse, die ihm der Hauptmann unter die Nase hielt, hätte es Kuragin beinahe die Sprache verschlagen. »Und woher haben Sie die?«

»Aus einem der Sandsäcke vor dem Wachhäuschen«, erwiderte sein Assistent, das Projektil zwischen Daumen und Zeigefinger geklemmt. »Made in the USA, Herr Major.«

»Ich muss schon sagen, Dmitri Nikolajewitsch: Einmal angenommen, wir kommen heil aus diesem Schlamassel raus, steht Ihnen eine ganz große Karriere bevor.«

»So wie Ihnen, Herr Major?«

Obwohl ihm nicht danach war, wurde Kuragins Miene von einem flüchtigen Lächeln erhellt. Sekundenbruchteile später war es jedoch wieder verschwunden. »Was nichts daran ändert, Towarischtsch, dass wir immer noch im Dunkeln tappen.«

»Aber nicht mehr lange.«

»Ihr Wort in Stalins Gehörgang, Dmitri Nikolajewitsch«, antwortete Kuragin und zündete sich noch eine John Player an. Über das Naserümpfen seines Assistenten, für den dies gleichbedeutend mit Vaterlandsverrat zu sein schien, sah er geflissentlich hinweg. Sollten ihn die anderen hinter vorgehaltener Hand ruhig als verkappten Bourgeois bezeichnen. Ab und zu tat ein bisschen Snobismus ganz gut. »Hauptsache, der Dritte Weltkrieg bleibt uns erspart.«

»Der Dritte …«, wiederholte Kuragins Assistent, wurde jedoch durch die Rückkehr des Suchtrupps, der die Gegend bis auf den letzten Quadratmeter durchkämmt hatte, jäh unterbrochen.

»Melde gehorsamst, Genosse Major«, schnarrte sein Anführer, ein blutjunger Jakute, und schlug die Hacken zusammen. Der Respekt vor dem MGB-Offizier war ihm deutlich ins Gesicht geschrieben. »Suchaktion beendet.«

»Mit Erfolg?«

»Das kann man wohl sagen, Herr Major – hier«, antwortete der Gefreite und überreichte Kuragin eine Mütze, auf deren Vorderseite sich ein roter Stern befand.

»Wo haben Sie die gefunden, Soldat?«

»Etwa 100 Meter von der Brücke entfernt. Im Wasser, das heißt im Ufergestrüpp.«

»Danke, Genosse. Wegtreten«, antwortete Kuragin und wandte sich erneut seinem Assistenten zu. »Gehirnmasse, eine Patronenhülse und zu guter Letzt noch eine Mütze – für den Anfang nicht schlecht.«

»Herr Major denken doch nicht etwa an ein Komplott?«

»Schon möglich, Genosse«, stimmte Kuragin zu und paffte einen Rauchkringel in die Luft. »Die Frage ist nur, wer so dreist wäre, ein derartiges Ding durchzuziehen. Na ja, der Krieg ist ja wohl vorbei, aber irgendwie erinnert mich die Vorgehensweise an die …«

Das Schrillen des Feldtelefons in der nahen Baracke machte Kuragins Gedankengang zunichte. »Verdammt noch mal, wie oft wird man denn hier noch unterbrochen!«, war der Major drauf und dran, die Geduld zu verlieren, ließ seinen Zigarillo fallen und drückte ihn mit der Stiefelspitze aus. »Falls es für mich ist, Dmitri Nikolajewitsch – ich bin für niemanden zu sprechen.«

»Auch nicht für Marschall Sokolowski?«, erwiderte

Kuragins Assistent, nachdem er den Anruf entgegengenommen, den Hörer rasch beiseite gelegt und den Kopf aus der Baracke gestreckt hatte.

Eine Bemerkung auf den Lippen, die er lieber für sich behielt, ließ Kuragin seinen Assistenten stehen. Dann ging er ans Telefon.

Das Gespräch war kurz, nicht länger als eine Minute. Um zu verdauen, was er soeben zu hören bekommen hatte, brauchte Juri Andrejewitsch Kuragin jedoch erheblich länger. »Sind die denn alle verrückt geworden?«, murmelte er vor sich, als der Hörer längst wieder auf der Gabel lag. Daran würde er noch eine Weile zu kauen haben, Befehl oder nicht.

»Etwas von Bedeutung, Herr Major?«, fragte sein Assistent für seine Verhältnisse ungewöhnlich diskret.

»Allerdings, Dmitri Nikolajewitsch«, erwiderte Kuragin gedämpft, nicht ohne sich zuvor nach allen Seiten umgesehen zu haben. »Befehl aus Moskau. Sämtliche Ermittlungen, Untersuchungen und Aktionen, die in Zusammenhang mit dem Verschwinden unserer Jungs stehen könnten, sind umgehend einzustellen.«

»Wie bitte?«

»Sie haben richtig gehört, Herr Hauptmann«, fuhr Kuragin seinen Assistenten an, entließ ihn und schlenderte mit nachdenklicher Miene auf die Glienicker Brücke zu. Dort angekommen, vergrub er die Hände in den Hosentaschen und blieb regungslos stehen.

Da war etwas im Busch, keine Frage. Die Frage war lediglich, weshalb Berija plötzlich einen Rückzieher machte. Ohne einen Befehl von allerhöchster Stelle, will heißen von Stalin, wäre dies ja wohl schlecht möglich gewesen.

Um nicht zu sagen undenkbar.

Doch hatten Stalin, der Chef des Ministeriums für Innere Angelegenheiten, Lawrenti Berjia, und nicht zuletzt Marschall Sokolowski ihre Rechnung ohne Juri Andrejewitsch Kuragin gemacht. »Ihr könnt mich mal«, stieß der nämlich hervor. »Jetzt erst recht!«

›Dessen ungeachtet war in den ersten Nachkriegsjahren die Werwolf-Ideologie bei einer Reihe von Deutschen lebendiger, als sie es während der letzten Kriegsmonate und in der unmittelbaren Nachkriegszeit selbst gewesen war. Dies zeigten Sprengstoffanschläge gegen Militäreinrichtungen der Besatzungsmächte oder Spruchkammergebäude. Im März 1946 hob die US-Militärregierung eine NS-Untergrundbewegung aus und verhaftete über tausend Beteiligte. In Frankfurt am Main teilte US-Brigadegeneral E. I. Sibert am 1. April 1946 Einzelheiten über die bislang gefährlichste aufgedeckte Untergrundbewegung mit.‹

Volker Koop: *Himmlers letztes Aufgebot. Die NS-Organisation ›Werwolf‹.* Köln / Weimar / Wien 2008, S. 252.

WOTAN

(Berlin / Washington / Lakenheath Airfield, Sussex)

17

Flughafen Berlin-Tempelhof, amerikanischer Sektor | 11.57 h

Triebwerke volle Pulle, gute Sicht und funktionierendes Radar. An Bord der C-54 Skymaster, einem sogenannten Rosinenbomber, lief scheinbar alles nach Plan. Das dachte auch First Lieutenant Jimmy Cummings, der 29-jährige Pilot. Doch er sollte eines Besseren belehrt werden.

»Delta Charlie 1066 to Tempelhof Tower – requesting permission to land«, nuschelte der sommersprossige Farmerssohn aus Nebraska in sein Mikro, während sich der Kopilot, ein Kumpel aus der High School, gelangweilt in seinem Sitz rekelte. Aus dem Lautsprecher dudelte der Chattanooga Choo Choo, die einzige Abwechslung an Bord. Für Cummings war das hier pure Routine, wie auch für den Rest der fünfköpfigen Crew. In Gedanken längst bei der Kantine, einer Lucky Strike und einer Partie Poker, hatte sich eine gewisse Lässigkeit breitgemacht. Kein Wunder, wenn man wie Cummings die Strecke von Frankfurt nach Berlin schon ein paar Dutzend Mal hinter sich gebracht hatte. Bei Nebel spielte wenigstens das Radar verrückt, kam hin und wieder etwas Hektik auf. An so einem schönen Tag wie heute, nur durch ein paar Federwolken getrübt, konnte davon jedoch keine Rede sein.

Mission completed, sollte man meinen.

Doch der Tod, der unterhalb der C-54 Skymaster auf der Lauer lag, hatte den silbern glänzenden Rosinenbomber bereits im Visier. Er kam in Gestalt einer sowjetischen Flugabwehrkanone vom Typ 2M-3, Kaliber 25 mm, doppelläufig und gut getarnt. Aus einer Höhe von 2.500 Metern, als die C-54 im Landeanflug war, nicht auszumachen.

Ein paar Sekunden später, als das Geschütz sowjetischer Bauart mehr als 200 Schuss pro Minute auszuspeien begann, war es mit der Langeweile an Bord der Skymaster jedoch vorbei. »Permission gran…«, funkte der Tower zurück, doch ging der Rest der Nachricht im Gebrüll des Kopiloten unter. »Jesus fucking Christ!«, schrie der passionierte Bodybuilder, als die Geschosse, jedes von ihnen knapp ein Kilo schwer, die C-54 wie einen Papierdrachen durchsiebten, »die da unten schießen auf uns!«

Auf Cummings, der das Steuer fest umklammert hielt, wirkten die Worte des Kopiloten zunächst wie ein Scherz. Doch dann, als ein Triebwerk Feuer gefangen, der Öldruckmesser den Geist aufgegeben und die Maschine binnen Sekunden auf unter 2.000 Meter abgesackt war, hatte er verstanden. »Mayday, Mayday!«, schrie er mit sich überschlagender Stimme, als bis auf eines sämtliche Triebwerke ausgefallen waren und dichte Rauchschwaden daraus hervorquollen. »Tempelhof Tower – can you hear me? Altitude 5.000 feet, sinking rapidly!«

Jetzt nur keinen Volltreffer in den Tank, hämmerte es Cummings durch das Hirn, als die Skymaster ins Trudeln geriet. Vor lauter Rauch konnte er kaum etwas sehen, und der Kerosingestank schnürte ihm die Luft ab. 1.500 Fuß, das heißt, wenn das überhaupt stimmte. Ein Blick aus dem Seitenfenster, und Cummings wurde klar, dass er den Häusern bedrohlich nahe war. »Da!«, keuchte der Kopilot und zog ihm am Arm, den Blick starr geradeaus gerichtet. Jetzt konnte es auch Cummings sehen. Die Landebahn, etwa eine halbe Meile voraus. Und jede Menge Häuser, Wohnblocks und Fabriken. Und natürlich Kinder, für die das Beobachten der Candy-Bomber das Größte war. Cummings krallte sich am Steuer fest, fluchte, was das Zeug hielt und versuchte, die C-54 zu stabilisieren. Ohne Erfolg. Die Maschine stotterte, schlingerte, rauchte wie ein Schlot – und gehorchte ihm nicht mehr. Einem Kometen ähnelnd, der wie aus dem Nichts aufgetaucht war, raste die brennende Skymaster mit halsbrecherischer Geschwindigkeit auf die Landebahn zu. »Mayday, Mayday!«, brüllte Cummings ins Mikrofon, während er den Schaulustigen, die sich nicht von der Stelle rührten, in die schreckgeweiteten Gesichter starrte. »Ground attack, can you hear me? Mayday!« Warum zum Teufel hauen die nicht ab?, schoss es ihm durch den Kopf. Stehen da und glotzen mich wie die Ölgötzen …

Lieutenant Jimmy Cummings aus Nebraska, 29 Jahre alt und Vater zweier Kinder, kam nicht mehr dazu, den Gedanken zu Ende zu führen. Kaum hatte die C-54 die Landebahn erreicht, wobei sie den Zaun nur um ein paar Meter verfehlte, schoss ein turmhoher Feuerball aus ihr empor, und die Explosion, die daraufhin folgte, war kilometerweit zu hören.

Doch davon bekamen weder der Pilot noch seine Crew etwas mit. Sie waren längst tot, eins mit den Trümmern, die wie ein Sturmwind über die Landebahn fegten.

18

Berlin-Kreuzberg, Polizeipräsidium in der Friesenstraße, amerikanischer Sektor | *12.20 h*

»Sag mal, Süßer – haste vielleicht ne Havanna für mich?«

In einem Anflug von Galgenhumor, der ihn derzeit immer häufiger überkam, atmete Sydow befreit auf. Endlich mal jemand, der ihn nach einer Zigarre fragte. Zur Abwechslung wirklich mal was Neues.

»Tut mir leid, Lola – die sind uns gerade ausgegangen. Aber wir kriegen bestimmt bald wieder welche rein.«

Die rothaarige, mit Netzstrümpfen, hautengem Atlaskleid und Federboa bekleidete Zweizentnerfrau, aus deren grell geschminktem Mund ein Zigarrenstummel ragte, gab ein missmutiges Grunzen von sich. »Ist das etwa der Dank, dass ick meene staatsbürjerlichen Pflichten so prompt erfüllt habe?«

»Wie du bereits sagtest, Lola, es ist deine Pflicht, mir eine Audienz zu gewähren. So ein kleines Plauderstündchen hat doch wohl noch niemandem geschadet, oder?«

»Kommt janz drauf an, Schätzchen, wo dich der Affe jebissen hat«, raunzte Kreuzbergs Bordellkönigin, kratzte sich am Schienbein und kaute auf dem Zigarrenstummel herum. »Müsst es ja verdammt noch mal eilig haben, wenn mir die halbe Portion von der Sitte in aller Herrgottsfrühe aus der Falle jeklingelt hat. Haste wenigstens nen Schnaps für mich?«

»Leider auch nicht«, sülzte Sydow mit Blick auf den

Kocher neben ihm. »Aber es gibt gerade Gas, und ich könnte uns zwei Tassen Muckefuck aufsetzen.«

»Willste mir umbringen, oder wat ist hier los, Sydow?«, polterte die Rote Lola indigniert. »Ohne Schnaps läuft hier jar nüscht, merk dir das.«

»Erst die Arbeit, dann das Vergnügen, Lola«, wehrte Sydow ab und nahm hinter seinem Schreibtisch Platz.

»Vergnügen? Wenn du willst, kannste heut Abend mal auf nen Sprung …«

»Danke, Lola. Kein Bedarf.« Sydow öffnete den Umschlag, den Bechtel ihm gerade rübergebracht hatte, betrachtete die Schwarz-Weiß-Aufnahmen und wählte eine davon aus. »Um deine kostbare Zeit nicht zu vergeuden, hätte ich da einige Fragen.«

»Hört sich verflucht noch mal nach Verhör an, Schätzchen«, brummelte Lola missvergnügt, während sich der Stummel in ihrem Mundwinkel allmählich in Wohlgefallen auflöste. »Weeste – so was mag ick …«

»Nennen wir's ein Gespräch unter Freunden, Frau Pommerenke«, fiel Sydow seinem Gegenüber, das ebenso gut als Catcherin hätte auftreten können, ins Wort. Dann drückte er ihr ein Foto, auf dem die Gesichtspartie der Toten zu sehen war, in die Hand. »Zumal du mit der Dame hier wohl noch nichts zu tun gehabt hast. *Geschäftlich*, wollte ich sagen.«

Auf dem Gesicht der Bordellkönigin, trotz oder wegen ihrer 55 Jahre mit reichlich Rouge vollgekleistert, tauchte ein breites Krokodilsgrinsen auf. »Det haste aber schön jesagt, Schätzchen«, antwortete die Rote Lola und ließ den Zigarrenstummel in Sydows Aschenbecher plumpsen. »Und weil ick somit aus dem Schneider bin, will ick dir auch jerne meenen mütterlichen Beistand jewähren.«

»Freut mich zu hören, Lola«, antwortete Sydow zuckersüß, um danach umgehend zur Sache zu kommen: »Auf den Punkt gebracht, *Schätzchen* – ich darf doch wohl annehmen, dass dir die Dame auf dem Foto bekannt vorkommt, oder nicht?«

»Und wat ist mit der Havanna?«

»Ob sie dir bekannt vorkommt, Lola, wollte ich wissen.«

»Schon jut, schon jut«, lenkte Erna Pommerenke alias die Rote Lola ein. »Bekannt is vielleicht nich das richtije Wort, aber …«

»Was dann?«

»Jesehen hab ick sie schon ein paar Mal.«

»Gesehen?«

»Mein Jott, kannst du aber penetrant sein, Sydow«, raunzte die Rote Lola zurück. »Auf gut Deutsch: Det Blondchen is'n paar Mal in meinem Revier aufjetaucht. Ami-Nutte, soviel ich weiß. Hielt sich für was Besseres. Die Flausen hat ihr mein Egon aber janz schnell ausjetrieben.« Misstrauisch geworden, hielt die Bordellkönigin inne und warf Sydow einen ihrer Krokodilsblicke zu. »Was is eijentlich mit ihr? Is sie ermordet worden?«

Sydow nickte.

»Und wieso fragste ausjerechnet mir?«

»Aus keinem anderen Grund als dem, ihren Namen aus dir herauszukitzeln, mein Schatz. Und den Ort, wo die Dame tagsüber logiert haben könnte.«

»Det wees ick nich. Daran kann ich mir wirklich nicht erinnern, Sydow-Schatz.«

»Eine Havanna, und das sofort.« Die eiserne Reserve anbrechen. Sydow hätte sich glatt ohrfeigen können. »Als Gegenleistung für ihren Namen. Adresse inklusive.«

»Hab ick dir schon mal jeflüstert, Schätzchen, dass an dir ein Hausierer verloren jegangen is?«

»Falls das ein Kompliment gewesen sein soll, verbindlichsten Dank.« Obwohl es ihm fast das Herz brach, öffnete Sydow die Schreibtischschublade und förderte die darin befindliche Zigarrenkiste zutage. »Hier, Gnädigste – der verabredete Preis«, flötete er beim Überreichen der Trophäe.

Erna Pommerenke dankte es ihm mit einem Wonnegrunzen. »Lilian heißt sie«, raunte ihm die Rote Lola zu, während sie die Havanna entzündete. »Lilian Matuschek.«

»Ihre Bleibe?«

»Woher soll ick denn wissen, in welcher Bruchbude …«

»Wo sie gewohnt hat, will ich wissen.«

Eingehüllt in Zigarrenrauch, ließ Erna Pommerenke geraume Zeit bis zu ihrer Antwort verstreichen. »So wat Penetrantes wie dich hat die Welt noch nicht jesehn.«

»Ende der Vorstellung, Lola«, hakte Sydow unbarmherzig nach. »Ihre Adresse, bevor ich auf dumme Gedanken komme.«

»Kemperplatz«, gab die Bordellkönigin trotzig zurück. »Oder halt irjendwo in der Nähe. Ob du's glaubst oder nicht, Sydow, die jenaue Adresse kann ick dir wirklich nicht …«

»Nicht nötig, Lola«, antwortete Sydow, erhob sich und gab seiner Gesprächspartnerin zu verstehen, dass die Unterhaltung hiermit beendet war. »Ob du's glaubst oder nicht, Lola, falls du keinen auf Grimms Märchen gemacht hast, finden wir die auch so. Und wenn nicht, rückt dir dein Sydow-Schatz noch mal kräftig auf die Bude, klar?«

*

Um zum Leiter der Kripo zu gelangen, der ihn auf halb eins einbestellt hatte, musste Sydow in den nächsten Stock. Im Treppenhaus, das gerade renoviert wurde, roch es penetrant nach Ölfarbe, und nicht zum ersten Mal beschlich ihn das Gefühl, auf einer Großbaustelle zu arbeiten. Gegen den Lärm der Dakotas und C-54 Skymaster war dies jedoch nichts. Das Präsidium lag in der Nähe des Flughafens Tempelhof, und das bekam man hier auch zu spüren. Beziehungsweise zu hören. Vor einer knappen halben Stunde hatte es dort eine Explosion gegeben, aber da sich die Amerikaner nicht in die Karten schauen ließen, waren keinerlei Details nach außen gedrungen.

Kriminalrat Erwin Hattengruber, Leiter der Inspektion M I, logierte in einem Zimmer, das sich in puncto Kargheit durch nichts von den insgesamt acht Abteilungen der Kripo unterschied. Das Mobiliar, wozu unter anderem ein Aktenschrank, diverse Regale und ein ausgefranster Sessel gehörten, stammte noch aus der Vorkriegszeit, genau wie der Schreibtisch, an dem er im Moment von Sydows Eintreten saß. Onkel Erwin, wie er augenzwinkernd genannt wurde, ging auf die 50 zu, hatte Geheimratsecken und hellblondes, nach hinten gekämmtes und stets angefeuchtetes Haar. In Kreisen der hiesigen Beamten war er geradezu eine Legende und darüber hinaus das Schreckgespenst aller Schwarzhändler gewesen, die er während seiner Tätigkeit im Betrugsdezernat gleich reihenweise eingebuchtet hatte. Nach der Währungsreform im Juni war es ruhiger um ihn geworden, doch hatte das seiner Beliebtheit keinen Abbruch getan. Aufgrund einer Kriegsverletzung, derentwegen er das linke Bein nachzog, war er fast ausnahmslos im Innendienst tätig, ließ sich jedoch von seinen Beamten, wie in diesem Fall von Sydow, regelmäßig Bericht erstatten.

»Setz dich, Tom«, begrüßte ihn Hattengruber, unterschrieb eine Akte und wies mit dem Kinn auf den Stuhl, der unmittelbar vor seinem Schreibtisch stand. »So, dann lass mal hören –«, fügte er mit gewinnendem Lächeln hinzu, jeder Zoll die Vaterfigur, an der sich nicht nur Sydow, sondern die meisten Kripobeamten orientierten. »Was hast du über diese Selbstmörderin rausgekriegt?«

»Selbstmörderin?«, fragte Sydow verblüfft, unsicher, ob sich Hattengrubers Frage auf die Tote am Lehrter Bahnhof bezog. »Ich fürchte, da muss ich dich enttäuschen, Erwin. Der Fall, an dem ich arbeite, hat mit Selbstmord nicht das Geringste zu tun.«

»Womit sonst?«, forschte der Kriminalrat. »Eine verhackstückte Leiche auf den Gleisen – um was, wenn nicht Selbstmord, kann es sich in so einem Fall denn schon handeln?«

»Um Mord, Erwin«, gab Sydow postwendend zurück, die Hände immer noch auf die Stuhllehne gestützt. »So zumindest der Zeuge, den ich vorhin ins Gebet genommen habe.«

»Zeuge?«, fragte Hattengruber, verschränkte die Hände unterhalb des Knies und lehnte sich entspannt zurück. »Wo hast du den denn aufgetrieben?«

»Da gab's nichts aufzutreiben, Erwin. Es handelt sich dabei um einen gewissen Ernst Pawelka, von Beruf Lokführer. Du ahnst, worauf ich hinauswill?«

»Der arme Teufel, der die Tote … wie heißt sie denn eigentlich?«

»Lilian Matuschek.«

»Du willst also damit sagen, dass die Dame vor einen einfahrenden Zug gestoßen worden ist?«

»Geworfen, Erwin. Geworfen.« Um das Gespräch nicht unnötig in die Länge zu ziehen, lieferte Sydow einen detaillierten Bericht, in dessen Verlauf der Kriminalrat immer nachdenklicher wurde. »Wie gesagt«, schloss er und ließ sich auf den Stuhl vor dem Schreibtisch sinken, »nach allem, was wir bis jetzt wissen, haben sich der Kerl und diese Lili Marleen auf der Brücke kräftig in die Haare gekriegt. Mit dem Ergebnis, das ich dir geschildert habe.«

»Irgendwelche Details, was das Aussehen ihres Mörders betrifft? Besondere Kennzeichen oder so?«

»Blond, Bürstenschnitt, um die 30 und überdurchschnittlich groß.« Die Hände im Nacken verschränkt, ließ Sydow die Szene auf dem Bahnsteig zum wiederholten Male Revue passieren. »Ich bin mir fast sicher, dass es sich bei dem Mörder von Lilian Matuschek und dem Mann, der Pawelka abknallen wollte, um ein und dieselbe Person gehandelt hat.«

»Hm.« Im Gegensatz zu der für ihn typischen Spontanität hielt sich Hattengruber merklich zurück, und es dauerte mehrere Sekunden, bis er einen Kommentar abgab. »Fragt sich nur, warum.«

Sydow runzelte die Stirn und sah den Mann, in den letzten eineinhalb Jahren so etwas wie sein Mentor, stirnrunzelnd an. »Weil er einen Zeugen aus dem Weg räumen wollte, der ihm oder wem auch immer hätte gefährlich werden können.«

»Sieht so aus, Tom, als wärst du in einen ziemlichen Schlamassel hineingeraten.«

»Schon möglich«, gab Sydow achselzuckend zurück. »Wie du ja weißt, lässt mich so was ziemlich kalt.«

»Tom, wie er leibt und lebt. Durch nichts und niemanden zu erschüttern.«

»Apropos erschüttern. Kannst du damit was anfangen?« Hattengruber sah sich plötzlich mit einer Klarsichtfolie konfrontiert, die Sydow aus seinem Jackett gekramt hatte. »Schon mal was von einem Reichswerwolf gehört?«

»Wo hast du das denn her?«

»Aus dem Panoptikum. Spaß beiseite: Dank einem gewissen Heribert Peters, dem, wie du weißt, nichts entgeht, haben wir wenigstens so etwas wie eine Spur.« Sydow erhob sich und begann, im Zimmer auf und ab zu gehen. »Aus der Faust der Toten, um es genau zu sagen. Was bedeutet, dass wir die Aussage des Lokführers ernst nehmen müssen. Auf der Brücke muss es demzufolge ein ziemliches Gerangel gegeben haben. Um nicht zu sagen eine wüste Keilerei. Kann sein, dass ich mit meiner Theorie auf dem Holzweg bin, aber vieles spricht dafür, dass die beiden wegen irgendwelcher Dokumente in heftigen Streit geraten sind. Wer weiß, vielleicht war sogar Erpressung im Spiel. Tatsache ist, dass es sich mit hoher Wahrscheinlichkeit um Dokumente aus der Nazizeit gehandelt hat. Kein Krimskrams, sondern Informationen, die es in sich haben. Anders kann ich mir den Tod einer gewissen Lilian Matuschek nämlich nicht erklären. Beziehungsweise die Tatsache, dass ihr Mörder den Tatzeugen aus dem Weg räumen wollte.«

»Komisch«, warf Hattengruber mit Blick auf den Briefkopf ein, »aber ich war immer der Meinung, die Zeiten, in denen Werwölfe ihr Unwesen getrieben haben, seien ein für allemal vorbei.«

»Anscheinend nicht, Erwin.« Auf den Sims eines der beiden Fenster gestützt, ließ Sydow den Kopf nach vorn sacken und blieb geraume Zeit stumm. Hattengruber tat es ihm gleich. Das Schweigen mochte ein, zwei Minuten angedauert haben, als Sydow laut aufseufzte, den Kopf hob und sich zu seinem Vorgesetzten umdrehte. »So lange ist es ja auch nicht her, seit Himmler sein letztes Aufgebot zu den Fahnen gerufen hat.«

»Ich glaube, du siehst Gespenster, Tom.« Ohne Sydows Blick zu erwidern, gab Hattengruber seine entspannte Haltung auf und ließ die Ellbogen auf dem Schreibtisch ruhen. »Das waren noch halbe Kinder, Tom. Und wenn nicht, hatten diese Werwölfe wohl nicht mehr alle Tassen im Schrank. In einer Situation, wo der Krieg längst gelaufen war, noch Leib und Leben zu riskieren, bedeutet für mich, dass man nicht mehr ganz bei Trost sein kann.«

»Oder ganz fanatisch sein muss.«

Hattengruber seufzte kaum hörbar auf. »Du bist dabei, dich in etwas zu verrennen, Tom«, machte er aus seiner Meinung keinen Hehl. »Na schön, nehmen wir mal an, es lungern noch ein paar von diesen Werwölfen rum – denkst du vielleicht, die sind eine Gefahr für uns?«

»Was nicht ist, kann ja noch werden.« Sydow vergrub die Hände in den Taschen und ließ den Blick zwischen den Füßen hin- und herpendeln. »Auf die Gefahr, mich lächerlich zu machen – ich habe vor, weiter in diese Richtung zu ermitteln. Etwas anderes bleibt mir ja wohl auch nicht übrig.«

»Tu, was du nicht lassen kannst«, erwiderte Hattengruber verstimmt und knöpfte sich den nächsten Aktenstapel vor. »Mordsradau vorhin, findest du nicht auch?«

»Die Explosion drüben auf dem Flughafen?«

Der Kriminalrat gab ein zustimmendes Brummen von

sich. »Hat sich so angehört, als habe es beträchtlichen Flurschaden gegeben. Wenn die Amis so weitermachen, brennt uns eines Tages vielleicht noch die Bude …«

Ob es das Läuten des Telefons oder die Akte auf dem Tisch gewesen war, die Hattengruber mitten im Satz verstummen ließ, konnte Sydow nicht feststellen. Dem Gesicht nach zu urteilen, das Onkel Erwin nach dem Abheben des Hörers machte, war von seiner Frohnatur nicht viel übrig geblieben. Er wirkte verblüfft, um nicht zu sagen konfus. »Kann schon sein, Herr Polizeipräsident, dass die Briten ihn angefordert haben«, erhob er die Stimme und sah Sydow kopfschüttelnd an. »Aber finden Sie nicht auch, dass wir denen mal zeigen sollten, wer hier der Herr im Hause ist?«

Man konnte Hattengruber ansehen, dass die Antwort nicht so ausfiel wie erhofft. So schnell gab er jedoch nicht nach. »Und wieso ausgerechnet er?«, ereiferte er sich, hart an der Grenze zur Unhöflichkeit. »Als ob wir nichts Besseres zu tun hätten, als diesen Zirkus mitzu…« Wenn Hattengruber etwas nicht leiden konnte, dann die Tatsache, mitten im Satz unterbrochen zu werden. Da es sich bei seinem Gesprächspartner jedoch um den Polizeipräsidenten handelte, schluckte er seinen Ärger hinunter und ließ die Flut der Belehrungen, die auf ihn niederprasselte, mit verkniffener Miene über sich ergehen. »Geht in Ordnung, Herr Polizeipräsident«, stieß der Kriminalrat schließlich hervor, verzog das Gesicht und hängte auf.

Die Frage, die Sydow auf der Zunge lag, sollte ihren Adressaten nicht mehr erreichen, denn kaum hatte Hattengruber aufgelegt, stand er auf und trat auf Sydow zu. »Sieht so aus, als hättest du bei den Briten einen Stein im Brett«, murmelte er wie im Selbstgespräch, außerstande, seinen Groll zu verbergen. »Ums nicht gar so spannend zu machen: Ein Leichenfund im Grunewald. Unserem Herrn Polizeipräsidenten zufolge ist die Rentnerin, die ihren Hund Gassi geführt hat, unmittelbar nach Entdeckung des Leichnams einer britischen Militärstreife in die Arme gelaufen.«

Sydow schwante Übles. »Und was habe ich damit zu tun?«, fragte er.

»Eine Menge, Tom«, gab Hattengruber unbeirrt zurück, auf dessen Stirn sich zwei Runzeln zu einem V vereinigten. »Laut Auskunft des Herrn Polizeipräsidenten haben die Briten darauf gedrängt, Berlins bester Kripobeamter möge sich des Falles annehmen.«

Sydow richtete den Zeigefinger auf sich und schüttelte ungläubig den Kopf.

»Doch, Tom, du«, versetzte Hattengruber, auf einmal wieder der Alte. »Gut möglich, dass es mit deiner glorreichen Vergangenheit zusammenhängt. Der Fall Heydrich hat dich eben auf einen Schlag berühmt gemacht. *Nach dem Krieg*.«

»Weißt du was, Erwin – die können mich mal«, trotzte Sydow, dem die Vorstellung, zwei Fälle auf einmal lösen zu müssen, überhaupt nicht behagte.

Auf Augenhöhe mit seinem Untergebenen, blitzte im Gesicht des Kriminalrates ein flüchtiges Lächeln auf. Kurz darauf wurde er wieder ernst und fragte: »Auch dann, wenn sich auf dem Oberarm des Toten eine Wolfsangel befindet?«

19

Washington D. C., Weißes Haus | *06.55 h Ortszeit*

»Hiobsbotschaften – und das mitten in der Nacht«, seufzte Harry S. Truman, seit mehr als drei Jahren amerikanischer Präsident, während er in einem Polstersessel versank. Auf schlechte Nachrichten aus Berlin konnte er verzichten, mit 64 sowieso. »Ich hoffe, Sie haben gute Gründe dafür, Jim.«

»Wenn das keine sind, weiß ich nicht mehr«, antwortete US-Verteidigungsminister James V. Forrestal mit unüberhörbarer Sorge und nahm auf eine Handbewegung des Präsidenten hin ebenfalls Platz. »Erst diese Messerstecherei an der Glienicker Brücke – und nun das.«

»Wegen … wegen einer Frau, das muss man sich mal vorstellen«, murmelte Truman, legte den Kopf in den Nacken und fuhr über die grau melierten Schläfen. »Als ob wir mit der Blockade nicht schon genug Probleme am Hals hätten.«

»Mehr als genug«, pflichtete Forrestal, Ex-Marineflieger und acht Jahre jünger als Truman, dem Präsidenten bei. Der smarte Workaholic mit den irischen Wurzeln und dem tadellos sitzenden Nadelstreifenanzug runzelte die Stirn. »Und ich fürchte, sie werden eher noch zunehmen.« Forrestal machte ein betretenes Gesicht. »Um es auf den Punkt zu bringen, Mr. President: Vor knapp einer Stunde ist es auf dem Flughafen Tempelhof in Berlin zu einem fürchterlichen … nennen wir es einmal Unglück … gekommen.«

Nicht gerade bester Laune, öffnete Truman seinen Kragenknopf und sagte: »Die hat es ja weiß Gott schon häufig genug gegeben.«

»In der Tat, Mr. President«, antwortete Forrestal kühl, ließ die Angelegenheit jedoch nicht auf sich beruhen. In seiner Eigenschaft als Geschäftsmann hatte er sich eine an Arroganz grenzende Selbstsicherheit angewöhnt, auch und gerade in schwierigen Situationen. Und schwierig war die Lage, in der nicht nur er sich befand, allemal. »Bedauerlicherweise haben wir es nicht mit einem Unfall, sondern mit etwas weitaus Schlimmerem zu tun.«

»Und das wäre?«

»Mr. President, Sir. Unseren bisherigen Erkenntnissen zufolge ist eine im Landeanflug befindliche C-54 Skymaster vom Boden aus beschossen worden, Mr. President, Sir.«

Auf einen Schlag hellwach, machte Truman einen Satz nach vorn. »Das ist doch wohl nicht Ihr Ernst, Jim!«, stieß er verdattert hervor.

»Ich fürchte, es kommt noch schlimmer, Sir.« Forrestal öffnete seine Aktentasche und fischte ein Clipboard heraus, auf dem er sich in der Eile ein paar Notizen gemacht hatte. »Wenn Sie erlauben, Sir«, warf er ein und überflog das vollgekritzelte Blatt. »Wie mir Clay* am Telefon bestätigt hat, ist die Skymaster tatsächlich unter Beschuss geraten. Vermutlich mithilfe einer Flugabwehrkanone.«

»Unfassbar.«

»Aber wahr, Sir. Kurz vor dem Aufprall der Maschine auf dem Rollfeld hat der Pilot Mayday gefunkt. In der

* Lucius D. Clay (1897–1978), Militärgouverneur der US-amerikanischen Besatzungszone und Initiator der Luftbrücke

Hektik konnte der Tower zwar nicht alles verstehen. Die Worte ›ground attack‹ hingegen überaus deutlich.«

»Und die Besatzung?«

»Tot. Gottseidank binnen Sekunden. War gar nicht so einfach, die armen Teufel zu bergen.«

»Verdammt brenzlige Situation, Jim.«

»Da muss ich Ihnen recht geben, Mr. President. Zumal die Einschusslöcher an den Tragflächen trotz Explosion der Maschine nicht zu übersehen waren.«

»Dieser Stalin, ich hab's ja schon immer gewusst.« In seinem Groll hätte Truman den Sowjetdiktator liebend gerne mit Flüchen überschüttet, nahm sich jedoch ein Beispiel an Forrestals Gefasstheit und behielt die Schimpfwörter aus seiner Jugend im ländlichen Kansas für sich. »Und was nun?«

»Das frage ich *Sie*, Sir«, entgegnete Forrestal, obwohl er mit der Frage gerechnet hatte. »Eindeutigere Beweise gibt es ja wohl kaum.«

Truman legte die Handflächen auf die Oberschenkel und erstarrte. Dann erhob er sich und trat ans Fenster.

»Hat irgendjemand davon Wind gekriegt, Jim?«

»Nein, Sir. Clay hat eine Nachrichtensperre verhängt.«

»Gut so.« Den Blick auf den Rosengarten gerichtet, der vom Licht der Morgendämmerung überflutet wurde, rührte sich Truman nicht von der Stelle. Der 30. August versprach ein heißer Tag zu werden, im wortwörtlichen wie auch im übertragenen Sinn. »Auf keinen Fall darf etwas davon an die Öffentlichkeit dringen. Bevor wir uns zum Handeln entschließen, will alles wohl überdacht sein. Zum gegenwärtigen Zeitpunkt kann ich mir keinen Fehler leisten. In etwas mehr als zwei Monaten sind ja schließlich Wahlen.«

Forrestals Mundwinkel verzogen sich zu einem süffisanten Grinsen. »Das stimmt, Sir«, antwortete er, klug genug, seine Gedanken nicht offen zu äußern. In seinen Augen verstanden die Russen nämlich nur eine Sprache. Und das war die der Gewalt. »Und was passiert, Mr. President«, sprach er gedehnt, mit der Absicht, Truman in die Enge zu treiben, »wenn die Russen keine Ruhe geben? Wer weiß, auf was für Ideen Stalin noch kommt.«

»Mit anderen Worten: Sie sind der Meinung, die wollen es diesmal wissen, uns provozieren, den Schwarzen Peter in die Schuhe schieben. Damit wir es sind, die als Erste den Knüppel auspacken.«

»Wobei es im Fall aller Fälle nur eine Sorte von Knüppel gibt, mit dessen Hilfe wir ihnen zeigen können, was eine Harke ist. Erst recht, wenn die Dampfwalze richtig in Fahrt kommt. Bei allem gebührenden Respekt, Sir – wenn Uncle Joe* Ernst macht, können Sie Berlin vergessen. Das wissen Sie doch so gut wie ich. O. K., dann kneifen wir eben den Schwanz ein, werden Sie sagen. Wozu wegen knapp drei Millionen Deutschen den Dritten Weltkrieg riskieren. Die Frage ist nur, Mr. President, was Ihre Wähler dazu sagen. Ich persönlich bin der Meinung, dass wir uns keine weitere Schlappe leisten können. Die Russen machen im Osten sowieso, was sie wollen. Mein Wort darauf, Sir – die wollen uns auf die Probe stellen. Passiert nichts, kommt der nächste Nadelstich. Und darauf folgt gleich wieder der nächste. Es sei denn, wir zeigen denen, wo's langgeht, Sir. Wenn möglich, von Anfang an. Gib einem Russen den kleinen Finger und er reißt dir die ganze Hand ab.«

---

* Josef Stalin, siehe Liste der Charaktere

»Heißt das, Sie plädieren dafür, Atomwaffen einzusetzen?«, fragte Truman mit brüchiger Stimme und drehte sich zu Forrestal um. »Und wer sagt Ihnen, dass die nicht schon längst welche haben?«

»*Wissen* kann man das natürlich nie, Sir. Allerdings muss ich betonen, dass sämtliche uns zur Verfügung stehenden Quellen von einem Vorsprung zwischen drei und zehn Jahren ausgehen. Zugunsten der USA, versteht sich.«

»Und was, wenn Stalin blufft?«

»In diesem Fall sollten wir unsere Überlegenheit ausnutzen, solange sie noch besteht. Ein halbes Dutzend gezielte Schläge, und Stalin wird um Gnade winseln. Darauf können Sie sich verlassen, Sir. Wenn der in unserer Lage wäre, würde er doch das Gleiche tun.«

Ohne auf Forrestals Bemerkung einzugehen, verließ Truman seinen Platz am Fenster und nahm hinter seinem Schreibtisch Platz. »Meiner Ansicht nach, Jim«, sprach er mit Bedacht, das Kinn auf den Handrücken gestützt, »sollten Sie einen Fehler nicht begehen. Einen gravierenden, wie ich betonen muss.«

Forrestal horchte auf. »Und der wäre, Sir?«

»Uns in einen Topf mit Stalin und Genossen zu werfen. Ich hoffe, wir sind uns einig, dass es diesbezüglich gewaltige Unterschiede gibt.«

»Natürlich, Sir.« Der Hieb saß. Forrestal schlug den Blick nieder und hüllte sich in Schweigen. Die erste Runde war an Truman gegangen. K. o. war er deswegen aber noch lange nicht. Da kannte ihn der Präsident schlecht.

»Anders ausgedrückt, fürs Erste werden wir so tun, als sei nichts gewesen. Oberste Geheimhaltungsstufe.« Auf Forrestals fragenden Blick hin fuhr der Präsident fort:

»Was nicht heißt, dass wir untätig bleiben werden, Jim. Wenn Sie schon mal wach sind, seien Sie bitte so gut und erweisen mir einen Gefallen.«

»Welchen denn, Sir?«

»Trommeln Sie sämtliche Kabinettsmitglieder zusammen. Punkt zehn, wenn's geht.«

»Wird gemacht, Sir.«

Über Trumans Gesicht ging ein Schatten nieder. »Und veranlassen Sie, dass eine Staffel B-29 nach England verlegt wird – *atomar bestückt*, versteht sich.«

20

Berlin-Grunewald, britischer Sektor | *14.15 h*

Zwei Mordopfer innerhalb von vier Stunden, auf einen Plausch ins Leichenschauhaus und zu allem Überfluss noch die Rote Lola. Als Zugabe noch eine auf Hollywood getrimmte Aufpasserin der Briten. Wenn das keine Pechsträhne war, wollte er nicht Tom Sydow heißen.

Eine gewisse Kriemhild Flinke-Nothdurft, stolze Entdeckerin eines Leichnams, nicht zu vergessen. »Im Klartext, gnädige Frau«, nahm Sydow nach dem x-ten Versuch, den Redeschwall der Rentnerin von der Gattung Rotkäppchens Großmutter zu bremsen, den Gesprächsfaden wieder auf. »Sie waren gerade dabei, auf dem Promenadenweg am Grunewaldsee spazieren zu gehen, als Ihr Fiffi verrückt gespielt …«

»Er heißt Winston, Herr Kriminalkommissar, benannt nach dem britischen Premier…«

»Winston«, vollendete Sydow, »der mit der Zigarre, Sie sagten es bereits.« Noch so eine Belehrung, und es würde den nächsten Mord geben. »Das heißt, er hat wie der Teufel gebellt, sich losgerissen und ist wie eine gesengte Sau in die Büsche …«

»Zwei überaus unpassende Vergleiche, Herr Kommissar.«

»Und dann?«, knirschte Sydow, dessen Geduld auf eine harte Probe gestellt wurde. Krokowski, der das Zeichen zum Abtransport des Leichnams gab, war die Schadenfreude ins Gesicht geschrieben. »Hätten Sie vielleicht die Güte, auf den Punkt zu kommen?«

Rotkäppchens Großmutter machte ein beleidigtes Gesicht. »Danach hat er sich nicht mehr von der Stelle gerührt, gebellt und mit den Vorderbeinen in der Erde herumgewühlt. Nicht ohne Grund, wie Sie wissen.«

Obwohl er sich fragte, ob das schwanzwedelnde Phlegma zu Füßen seiner Gesprächspartnerin je gebellt hatte, ließ sich Sydow von ihrem Tonfall nicht beirren. »Fazit, gnädige Frau: Nachdem Ihr Fi… äh … nachdem Winston auf den Leichnam gestoßen war, haben Sie das Feld geräumt, um die Polizei zu benachrichtigen. Und das Glück gehabt, direkt in die Arme einer britischen Streife zu laufen. Trifft das zu, Frau Flinke-Nothdurft?«

»So halbwegs, Herr Kommissar«, mäkelte Rotkäppchens Großmutter herum. »Wobei noch hinzuzufügen wäre, dass …«

»War's das, Tom?«, fragte Bechtel, nachdem er seine Ausrüstung zusammengepackt hatte. Sein Rühmann-Grinsen verhieß nichts Gutes. »Weißt du, ich muss nämlich dringend meine Notdurft verrichten.«

»Na dann, Glück auf!«, schnauzte ihm Sydow hinterher, als er sich auf den Rückweg zum Parkplatz machte. »Und gute Erholung.«

»Schön wär's«, konterte der Polizeifotograf. »Wenn das so weitergeht, wächst mir die Arbeit über den Kopf.«

Und mir erst!, dachte Sydow und drehte sich zum Albtraum aller Kripobeamten um. »Das gilt auch für Sie, gnädige Frau«, teilte er unter Zuhilfenahme seines Strahlemannlächelns mit. Ein Kraftakt, der ihm so schwer fiel wie noch nie.

»Was denn?«

»Das mit dem schönen Tag«, flötete Sydow mit unüberhörbarem Sarkasmus im Ton und reichte Rotkäppchens Großmutter die Hand.

Kriemhild Flinke-Nothdurft hatte verstanden. Und reagierte getreu ihrem Doppelnamen schnell. So schnell, dass sie Krokowski, der die Gegend nach Spuren absuchte, beinahe über den Haufen gerannt hätte.

»Finden Sie das eigentlich in Ordnung, Herr Kommissar?«

Das Pin-up-Girl. Er hatte es glatt vergessen.

»Was denn?«, fragte Sydow und drehte sich demonstrativ um. Um zum Ergebnis zu kommen, dass der Leichnam rasch verscharrt worden war, musste man kein Experte sein. Die nur knapp einen halben Meter tiefe Grube war Beweis genug.

»Die Art und Weise, wie Sie mit der alten Dame umgesprungen sind.«

»Wie bitte?«, entrüstete sich Sydow und wirbelte herum. »Das ist doch wohl nicht Ihr Ernst.« Wenigstens verstand Miss Pin-up-Girl deutsch. Das erleichterte die Konversation.

»Doch, ist es«, erwiderte die Aufpasserin des britischen Stadtkommandanten, von der er nicht einmal den Namen kannte. Aber den würde er schon noch herausfinden. »Oder finden Sie nicht, man sollte vor Älteren Respekt haben?«

»Finden Sie nicht, Sie sollten sich erst mal vorstellen, bevor Sie hier einen auf Knigge machen?«, holte Sydow zum Gegenschlag aus. »Oder sind Sie in geheimer Mission unterwegs?«

Sydow hatte die Bemerkung eher beiläufig gemacht, als eine Art Scherz. Bei seiner Kontrahentin kam dies jedoch überhaupt nicht gut an. »Gehen Sie eigentlich immer so mit den Leuten um, Herr …«

»Kriminalhauptkommissar von Sydow.«

»Ich weiß«, räumte das Rita-Hayworth-Imitat ein, dem Sydow am liebsten Gift verabreicht hätte. Dann stieß sich Gladys McCoy von der Eiche ab, an die sie sich gelehnt hatte, und schlenderte auf Sydow zu. Vom hochnäsigen Tonfall, den sie bislang angeschlagen hatte, war nichts übrig geblieben, und das Pokerface, das sie machte, ließ sie umso rätselhafter erscheinen. »Was das betrifft, bin ich vom Stadtkommandanten ins Bild gesetzt worden. Tom von Sydow, 35 Jahre, ledig, von Beruf Kriminalhauptkommissar, seit seiner Rückkehr aus London wieder in Diensten der Kripo Berlin.«

»Hören Sie, Miss …«

»Carrington.«

»Na schön, wer immer Sie auch sein mögen: Rücken Sie endlich damit heraus, weshalb Sie hier sind, damit ich in Ruhe meine Arbeit erledigen kann.«

»Das sagte ich doch bereits, oder?«

»Sicherheitsbeauftragte, dass ich nicht lache«, murmelte Sydow wie im Selbstgespräch, in den Anblick der etwa zwei mal einen halben Meter messenden Grube vertieft. Über die Baumwipfel, in deren Schatten man die Hitze halbwegs ertragen konnte, donnerte der nächste in einer nicht enden wollenden Kette von Rosinenbombern hinweg. Musik in Sydows Ohren, weniger jedoch in denjenigen des brünetten Fräuleinwunders, das er bereits jetzt gefressen hatte. Das Gleiche galt anscheinend für Miss Pin-up, die auf der entgegengesetzten Seite der Vertiefung Aufstellung nahm. »Das kann ja wohl alles Mögliche heißen.«

»Bedaure, Herr von Sydow«, ließ sich die Dame namens

Carrington, an deren Identität er ernsthafte Zweifel hegte, von ihm nicht in die Karten schauen. »Sollten Ihnen meine Auskünfte nicht genügen, muss ich Sie bitten, den Herrn Stadtkommandanten zu kontaktieren.«

»Wozu sind Sie dann überhaupt hier?«

In die Augen der vermeintlichen Sicherheitsbeauftragten trat ein belustigtes Funkeln. Dunkelbraun!, fuhr es Sydow in den Sinn. Auch das noch. Genau wie die von Rebecca. Kaum war ihm der Gedanke gekommen, wurde ihm flau im Magen, und um davon abzulenken, richtete er seinen Blick auf das Unterholz in der Nähe der knorrigen alten Eiche.

Gladys McCoy, der seine plötzliche Beklommenheit nicht entgangen war, milderte daraufhin spürbar den Ton. So hatten sie weder Generalmajor Edwin O. Herbert und seine Stabsoffiziere, noch die Besatzung der Sunderland erlebt. »Um gemeinsam mit Ihnen den Fall zu erörtern.« Die MI6-Agentin seufzte. »Unter Landsleuten müsste das doch wohl möglich sein, oder?«

Sydow bückte sich nach einem Ast und schleuderte ihn ins Gestrüpp. »Wer immer Sie auch sein mögen, Miss – schlecht informiert sind Sie auf jeden Fall nicht.«

»Soll das heißen, wir können uns an die Arbeit machen?«

»Von mir aus.«

Der Gesichtsausdruck von Gladys McCoy begann sich zu entspannen. »Wie alt schätzen Sie den Mann?«, fragte sie, während der Fahrer des Leichenwagens den Motor anwarf und der Opel eine Staubwolke aufwirbelte und verschwand.

»Um die 30, vielleicht jünger.« Sydow hätte sich ohrfeigen können. Dafür, dass er diese Mätzchen mitmachte und sich wie ein Pennäler examinieren ließ, hatte er weiß

Gott nichts Besseres verdient. »Wie alt genau, wird die Obduktion erweisen.«

»Genickschuss, nicht wahr?«

»Sieht ganz danach aus. Fragt sich nur, mit was für einer Waffe.«

»Und aus welchem Grund.«

»Sie sagen es, Miss. Und vor allem, weshalb das Mordopfer splitterfasernackt gewesen ist.«

Gladys McCoy hob die sorgsam gezupften Brauen. »Keine Ahnung«, gab sie achselzuckend zurück. »Und Sie?«

»Hm.« Den Ellbogen auf die Handfläche gestützt, ließ Sydow den Blick auf den Lichtflecken ruhen, mit denen die Lichtung in der Nähe des Grunewaldsees besprenkelt war. »Wenn man bedenkt, dass das Mordopfer vermutlich exekutiert worden ist, käme nur ein triftiger Grund in Betracht.«

»Und der wäre?«

»Die Identifizierung zu erschweren, was denn sonst?«

»So, meinen Sie.« Die MI6-Agentin fuhr mit dem Zeigefinger über die Unterlippe und suchte Sydows Blick. »Und die Tätowierung an seiner Schulter? Bereits eine Idee, um welches Symbol es sich dabei handelt?«

»Um eine Wolfsangel«, erklärte er lapidar, nicht willens, sich von Miss Catwalk aus der Reserve locken zu lassen.

Doch so leicht, wie sich Sydow das gedacht hatte, ließ sich die Britin nicht abwimmeln. »Hört sich irgendwie martialisch an.«

»Ist es auch.«

»Und wieso?«

»Schon mal was von Werwölfen gehört?«, fragte Sydow und erwiderte ihren Blick.

»Wenn ich ehrlich bin – nein.«

»Tatsächlich?«

»Ihr Misstrauen in allen Ehren, Herr …«

»Sydow. Das von können Sie sich übrigens sparen. Darauf kann ich getrost verzichten. Und was den von Ihnen bekrittelten Argwohn betrifft, Miss: Reine Berufskrankheit, nichts Persönliches.«

»Freut mich zu hören.« Gladys McCoy strich sich eine Haarsträhne aus dem Gesicht. »Sie waren dabei, mir zu erklären, was es mit dem Tattoo auf sich hat.«

»So, war ich das.« Sydow rümpfte die Nase und fügte widerstrebend an: »Streng genommen handelt es sich nicht um irgendein Symbol, sondern um die Kombination aus zwei Runen, bestehend aus einem ›i‹ und einem ›s‹, um es genau zu sagen. Die Abkürzung für ›ich siege‹.«

»Das Zeichen der Werwölfe.«

»Gut kombiniert. Für den Fall, dass sie Ihnen tatsächlich kein Begriff sind, Miss: Es handelt es sich um Himmlers letztes Aufgebot, kurz vor knapp, als der Karren schon längst im Dreck gelandet war. Die ganz Fanatischen sozusagen. SS, Hitlerjungen, Wirrköpfe aus der Partei. Ihr Auftrag: Den Alliierten das Leben so schwer wie möglich zu machen. Brücken in die Luft jagen, Bahnverbindungen unterbrechen, Angriffe aus dem Hinterhalt und dergleichen mehr. Die Exekution von Verrätern nicht zu vergessen.«

»Wie dem auch sei – die Zeiten sind ja wohl endgültig vorbei.«

»Ihr Wort in Gottes Gehörgang, Miss.«

»Soll das heißen, Sie sind der Meinung, dass es diese Werwölfe immer noch …«

»Das soll überhaupt nichts heißen«, fiel Sydow seiner Gesprächspartnerin ins Wort, wobei er sich davor hütete,

Lilian Matuschek und das Brieffragment zu erwähnen. »Gut möglich, dass das Mordopfer nicht das Geringste mit Werwölfen zu tun und sich die Tätowierung nur so aus Spaß zugelegt hat.«

»Nur so aus Spaß?«

»Oder dass der gute Mann dabei war, sich unbeliebt zu machen. Mit Betonung auf ›war‹.«

»Oder?«

Auf Sydows Gesicht machte sich ein spitzbübisches Grinsen breit. »Soll das heißen«, konnte er der Versuchung, sich über Miss Unbekannt lustig zu machen, nicht widerstehen, »Sie sind der Meinung, dass es diese Werwölfe immer noch …«

»Verzeihung, wenn ich Sie unterbreche, Herr Kommissar, aber ich hätte da ein paar wichtige Informationen. Unter vier Augen, wenn Sie gestatten.«

»Aber klar doch!«, rief Sydow demonstrativ aus, erleichtert, sich seiner Aufpasserin entledigen zu können. Dann begab er sich mit Krokowski außer Hörweite. »Schießen Sie los, junger Mann«, forderte Sydow seinen Kollegen von der Spurensicherung nach einem Blick über die Schulter auf, »was haben Sie rausgekriegt?«

Krokowski, der sich trotz der Hitze partout nicht von seiner Fliege trennen wollte, machte ein nachdenkliches Gesicht. »Eine Menge«, raunte er Sydow zu. »Ehrlich gesagt weiß ich gar nicht, wo ich anfangen soll. Tatsache ist, dass sich vor unserer Ankunft jede Menge Leute hier rumgetrieben haben.«

»Und wie viele?«

»In etwa ein Dutzend.«

Sydow pfiff durch die Zähne. Das konnte ja heiter werden. »Ganz schöner Volksauflauf. Sonst noch was?«

Krokowski nickte. »Stiefelspuren, Herr Kommissar«, murmelte der Blondschopf mit nachdenklichem Gesicht. »Bei den Fußabdrücken handelt es sich zu 90 Prozent um Stiefelspuren.«

»Und bei den restlichen zehn?«

»Um normale Halbschuhe. Zwei Paar, unter Umständen sogar drei.«

»Irrtum ausgeschlossen?«

»So gut wie.« Von der Geschäftigkeit, die Krokowski an den Tag zu legen pflegte, war nichts mehr übrig geblieben, und seine besorgte Miene sprach für sich. »Sieht so aus, als gäbe es noch eine Menge zu tun.«

»Worauf Sie sich verlassen können, mein Freund«, pflichtete Sydow ihm bei. »Riecht förmlich nach Fememord, wenn Sie mich fragen.«

»Heißt das, Sie haben jemanden unter Verdacht?«

Sydow rang sich zu einem Nicken durch. »Das schon.«

»Und wen?«

»Ein Rudel Wölfe«, antwortete Sydow mit belegter Stimme, und fügte auf Krokowskis erstaunten Blick hin an: »Egal, um wen es sich bei dem Ermordeten handelt, ich fürchte, da kommt noch allerhand auf uns …«

»Runter!«

Aus einem Impuls heraus, den er sich hinterher nicht erklären konnte, hatte sich Sydow umgedreht. Nur um festzustellen, dass die Miene einer gewissen Miss Carrington mit derjenigen eines Pin-up-Girls nichts mehr gemein hatte. Die Augen weit offen, war sie auf einmal kalkweiß geworden, und noch während sie ihre Warnung ausstieß, schnellte ihr Körper nach vorn. Bevor Sydow überhaupt begriff, was gespielt wurde, hatte sie ihn zu Boden gerissen, auf eine Art, wie er es ihr nicht zugetraut hätte. Sekundenbruchteile später war es mit dem Idyll auf der Waldlichtung vorbei, und ein ohrenbetäubendes Krachen, verbunden mit einer grell auflodernden Feuerwalze, erstickte jedweden Gedanken im Keim.

»Da!« Es war Krokowski, der als Erstes die Sprache wiederfand, und als Sydows Blick seinem Zeigefinger folgte, fiel er auf den Mann mit der Panzerfaust. Sein Gesicht war geschwärzt, und obwohl es Sydow absurd vorkam, bildete er sich ein, der Angreifer könne seine Gedanken lesen. Mithilfe seiner Waffe, einer Panzerfaust 150, konnte er nichts mehr ausrichten. Es sei denn, er würde ein neues Geschoss auf das Projektil montieren. Doch dazu war offenkundig nicht genug Zeit. Folglich entschied er sich zur Flucht, und bevor sich Sydow aufrappeln konnte, hatte der Unbekannte das Abschussrohr fallen gelassen und war im Unterholz verschwunden.

Der Spuk hatte keine fünf Sekunden gedauert, dann war er vorbei. Die Luft roch nach verkohltem Holz, und in der Eiche, wo das mehr als sechs Kilo schwere Geschoss eingeschlagen war, klaffte ein rußfarbenes Loch. Der Atem des Krieges lag in der Luft, der Gestank nach Sprengstoff, verbrannter Erde und Rauch.

Wieder halbwegs klar im Kopf, sah sich Sydow nach seiner Aufpasserin um. Für das, was er sah, fehlten ihm die Worte, wenngleich er so tat, als überrasche es ihn kaum. »Sicherheitsbeamte des Stadtkommandanten, soso«, grollte er mit Blick auf die Browning Kaliber 7,65 mm, mit der die Britin auf den Attentäter gezielt hatte. »Und wozu schleppen Sie so ein Ding mit sich herum?«

»Für alle Fälle, Herr Kriminalhauptkommissar«, antwortete Gladys McCoy, ließ die Waffe unter ihrem Kostüm verschwinden und wandte sich wortlos zum Gehen.

21

Berlin-Schöneberg, Gebäude des Alliierten Kontrollrates in der Potsdamer Straße | *15.45 h*

Es gab Tage, an denen General Lucius D. Clay das Leben einfach zum Kotzen fand. Heute, an einem Dienstag im August, war es wieder einmal so weit. Der Tag war noch keine vier Stunden alt gewesen, als man ihn aus dem Bett geklingelt hatte. Im ersten Moment hatte sich die Nachricht von der Messerstecherei zwischen zwei GIs wie ein schlechter Witz angehört, und er hatte den Offizier vom Dienst wie einen Rekruten zusammengestaucht. Seine Wut hatte sich jedoch rasch wieder gelegt. Das kam daher, weil der Schauplatz der Messerstecherei zu den neuralgischsten Punkten Berlins zählte. Die Glienicker Brücke war nun einmal so etwas wie ein Nadelöhr, die Russen nur 50 Meter entfernt. Nach allem, was er bislang in Erfahrung bringen konnte, hatten die jedoch nicht das Geringste damit zu tun. Kaum zu glauben, aber wahr. In diesem Punkt stimmten sämtliche Zeugenaussagen überein. Die beiden Streithähne, ein Gefreiter und ein Korporal, hatten die Dame vor drei Tagen in einer Kreuzberger Bar kennengelernt. Na ja, Dame war vielleicht übertrieben, aber da man zwischen Nutten und amüsierwilligen Fräuleins nicht immer unterscheiden konnte, zog er diese Bezeichnung vor. Einem Augenzeugen zufolge war besagte Blondine dann am gestrigen Abend am Checkpoint aufgetaucht, an dem die beiden Dienst geschoben hatten. Was genau sich dort abgespielt hatte, war im Dunkeln geblieben. Tatsache war, dass der Gefreite allem Anschein nach mit seinem Vorgesetzten in Streit geraten, mit dem Messer auf ihn losgegangen und durch einen Schuss in die Herzgegend getötet worden war. Was den Korporal betraf, war dieser an den Wunden, die ihm zugefügt worden waren, verblutet. So zumindest die Version der MP. An deren Darstellung hegte Clay jedoch erhebliche Zweifel. Zumal von der Dame, derentwegen der Streit entbrannt war, bislang jegliche Spur fehlte.

Soweit die erste Hiobsbotschaft, die ihn im Verlauf des Tages erreicht hatte. Nichts im Vergleich zu der zweiten, an der er immer noch zu kauen hatte.

Eher widerstrebend schlug der 51-jährige Viersternegeneral die Akte auf, die vor ihm auf dem Schreibtisch lag. Ein Blick genügte, um seine Laune in Richtung null sinken zu lassen. Und nicht nur das. Beim Gedanken daran, wie er Berlin durch den nächsten Winter bringen sollte, bekam er das kalte Grausen. Das Minimum pro Tag lag bei 2.000 Tonnen, sonst war die Stadt geliefert. Der Organisator der Luftbrücke runzelte die hohe Stirn. Auf was er sich eingelassen hatte, war ihm zwar von Anbeginn klar gewesen. Hatte es für das, was er in Gang gebracht hatte, doch keinen Präzedenzfall gegeben. Eine Millionenstadt aus der Luft versorgen, möglicherweise für längere Zeit. Vor ihm hatte das noch keiner versucht, geschweige denn in Erwägung gezogen. Der kleinste Zwischenfall, und es würde zum Dritten Weltkrieg kommen. Verglichen damit, was darauf folgen würde, kam ihm die Hölle wie eine Sommerfrische vor.

Wie auf Bestellung klingelte in diesem Moment das Telefon. Na endlich!, dachte Clay, der seine Sekretärin angewiesen hatte, sämtliche Anrufer abzuwimmeln. »Clay hier«, meldete sich der Vierstemegeneral, den Hörer in der linken, den Kaffeebecher in der rechten Hand. »Was gibt's?«

Am anderen Ende der Leitung war ein zögerliches Räuspern zu hören. Dann kam der Stabsoffizier, den er mit der Untersuchung des Absturzes der C-54 Skymaster beauftragt hatte, zur Sache.

Und Lucius D. Clays Kaffee wurde kalt.

»Sagen Sie das noch mal!«, stieß Clay ungläubig hervor, während er den Becher zur Seite schob. »Eine sowjetische Flugabwehrkanone vom Typ 2M-3?«

»In der Tat, Sir«, krächzte es aus dem Hörer, wobei dem Anrufer beinahe die Stimme versagte. »Sozusagen der letzte Schrei. Kaliber 25 Millimeter, zwei Rohre mit bis zu 300 Schuss pro Minute. Reichweite 3.000 Meter, circa eineinhalb Tonnen schwer. Direkt unter der Einflugschneise des Flughafens platziert. Die Bastarde haben genau gewusst, was sie tun.«

»Eineinhalb Tonnen schwer?« Clay machte ein ungläubiges Gesicht. »Dann müssen es aber verdammt viele Bastarde gewesen sein.«

»So um die sechs, sieben Stück. Sagt zumindest die Spurensicherung.«

»Und die Flugabwehrkanone?«

»Immer noch an Ort und Stelle, Sir.«

»Wie bitte?«

Aus dem Hörer erklang ein weiteres Räuspern. »Sie haben richtig gehört, Sir. Das Corpus Delicti ist immer noch da. Wie bestellt und nicht abgeholt. In Sichtweite des Jagdschlosses Grunewald. Von diesen russischen Scheißkerlen allerdings keine Spur. Sieht so aus, als sei ihnen jemand in die Quere gekommen.«

Clay fuhr mit dem Zeigefinger über den Nasenrücken und schwieg. An dieser Sache war etwas faul. So sicher wie das Amen in der Kirche. Blieb zu klären, was. So dumm, das Neueste vom Neuen einfach liegen zu lassen, waren die Russen bestimmt nicht. Und ausgerechnet im britischen Sektor. Ausgeschlossen. Clay fuhr mit dem Handballen über die geschlossenen Lider. In was für einen Schlamassel bin ich da bloß hineingeraten!, dachte er gequält. »Wie kommen Sie eigentlich darauf, dass es die Russen waren, Lieutenant?«

Dieses Räuspern konnte einen wirklich wahnsinnig machen. »Wer soll es denn sonst gewesen sein, Sir?«

»Gute Frage.«

»Von einem Motiv, das die Täter ja wohl haben, gar nicht zu reden.«

»Nun machen Sie aber mal halblang, junger Mann«, stauchte Clay seinen Gesprächspartner zusammen. »Einmal angenommen, Sie hätten recht – haben Sie überhaupt eine Ahnung, worauf sich Stalin und Co. folglich gefasst machen müssten?«

»Klar, Sir«, antwortete der Stabsoffizier in markigem Ton. »Wir würden Sie in die Steinzeit zurückbomben.«

»Und womit, Sie Schlauberger?«

Am anderen Ende der Leitung wurde es still. Kein Räuspern!, fuhr es Clay in einem Anflug von Galgenhumor durch den Sinn. Immerhin etwas. »Mithilfe von Bomben, Sir, oder liege ich da falsch?« Die Erleuchtung kam spät, aber nicht zu spät. »Sie wollen doch nicht etwa damit sagen, Sir«, nahm der Stabsoffizier einen neuen Anlauf, nachdem er mitten im Satz stecken geblieben war, »dass Truman als Erstes Atomwaffen einsetzen würde?«

»Na, was denn sonst?«, schnauzte Clay seinen Gesprächspartner an. »Bin ich denn hier von lauter Idioten umgeben? Wenn, dann wäre das doch die einzige Möglichkeit, ihnen eins vor den Latz zu knallen. Oder muss ich Ihnen erzählen, dass die Russen immer noch über viereinhalb Millionen Mann unter Waffen haben? Gesetzt den Fall, wir würden denen mit der Atomkeule eins überbraten – was würde Ihrer Meinung nach geschehen?«

»Somit wäre hier in Berlin der Teufel los.«

»Was Sie nicht sagen!«, knirschte Clay entnervt. »Wenn die ihre 36 Panzerdivisionen in Marsch setzen, können wir einpacken. Kapiert, junger Mann? Als Westpoint-Absolvent müssten Sie das eigentlich wissen. In diesem oder einem ähnlichen Fall wäre die Kacke so richtig am Dampfen. Berlin, Persien, Korea – womöglich sogar gleichzeitig. Damit uns ja nicht langweilig wird.«

»Aber wenn es die Russen nicht waren, Sir, wer sonst?«

»Sehen Sie, junger Mann, jetzt kommen wir der Sache schon näher.« In Gedanken wieder bei der abgeschossenen C-54, hüllte sich der Gouverneur des US-Sektors in Schweigen. Da hatte er sich ja etwas Schönes eingebrockt, nichts im Vergleich zum D-Day, seinerzeit als Eisenhowers Stabschef. Das hier war eine Nummer größer. Und hoffentlich nicht eine Nummer zu groß für ihn.

»Sind Sie noch dran, Sir?«

Clay brummte etwas, das der Stabsoffizier nicht verstand und auch nicht verstehen sollte und kehrte in Gedanken in die Gegenwart zurück. »War das alles?«, fragte er, in der stillen Hoffnung, der Tag möge ihm keine weiteren Hiobsbotschaften mehr bescheren.

Der Stabsoffizier bejahte.

»Dann hören Sie jetzt mal gut zu, junger Mann«, redete Clay geradezu beschwörend auf ihn ein. »Das, worüber wir gerade gesprochen haben, bleibt unter uns. Ist das klar?«

»Selbstverständlich, Sir«, lautete die Antwort des Stabsoffiziers, aus dessen Tonfall ein gerüttelt Maß an Skepsis herauszuhören war. »Klarer Fall von oberster Geheimhaltungsstufe.«

»Und das gilt nicht nur für Sie und mich, kapiert? Wer die Klappe nicht hält, geht in den Bau. Am besten gleich ein paar Monate, damit dem Betreffenden nicht zu wohl wird. Oder er kommt vor ein Kriegsgericht, je nachdem. Habe ich mich klar genug ausgedrückt, junger Mann?«

»Auf alle Fälle, Sir.«

»Sonst noch was, Lieutenant?«

Ein Knacken, gefolgt von betretenem Schweigen. Clay wollte gerade auflegen, als der Ordonnanzoffizier den Mut aufbrachte, den rhetorischen Charakter der Frage zu ignorieren. »Ja, Sir«, lautete die zögerliche Antwort, »ich hätte da noch ein Anliegen.«

»Und das wäre?«

»Was ist mit den Angehörigen der Besatzung, Sir? Meinen Sie nicht, wir müssen ihnen reinen Wein einschenken?«

»Gar nichts müssen wir«, warf Clay kategorisch ein. »Schon vergessen, was ich Ihnen gerade eingeimpft habe?«

»Nein, Sir.«

Clay verdrehte die Augen. Irgendwie konnte einem dieser Jungspund aus Montana ja leidtun. So etwas von naiv hatte die Welt noch nicht gesehen. »Denken Sie sich halt was aus«, wies er den Stabsoffizier an. »Schließlich kann ich mich nicht um alles kümmern.«

»Und die Russen, Sir?«

»Nur die Ruhe, mein Sohn«, antwortete Clay gequält. »Was Stalin, Berija und Co. angeht, werden wir weiter so tun, als sei die ganze rote Brut nicht …«

Weiter kam Lucius D. Clay, Stadtkommandant und Militärgouverneur, nicht mehr. Denn auf einmal war die Leitung tot. In seiner Ratlosigkeit, die allerdings nicht von langer Dauer war, führte Clay dies auf das jugendliche Ungestüm des Anrufers zurück. Es dauerte allerdings nicht lange, bis er erfuhr, was im amerikanischen Hauptquartier an der Saargemünder Straße, Sitz des ehemaligen Luftgaukommandos III, wirklich geschehen war.

Aber da war die Bombe, die unweit des Haupteingangs in einem PKW versteckt gewesen und zwei Wachposten nebst einem Zivilangestellten zum Verhängnis geworden war, längst explodiert.

22

Berlin-Mitte, Brandenburger Tor | *15.50 h*

›Sie verlassen den britischen Sektor‹ – an diese oder ähnliche Schilder konnte er sich einfach nicht gewöhnen, und je öfter er mit ihnen konfrontiert wurde, umso mehr hingen sie ihm zum Hals heraus.

Verlorener Krieg hin oder her.

An der Realität, das heißt der Situation seiner geteilten Heimatstadt, änderte dies jedoch nichts. Das wusste Sydow genau. Und es war der Grund, weshalb er das Schild in Sichtweite des Brandenburger Tores geflissentlich ignorierte und einen Blick auf die andere Seite warf. Die sowjetischen Posten, fast noch Kinder, dafür aber mit umgehängter Kalaschnikow, waren nicht zu übersehen. Genauso wenig wie das Porträt von Stalin auf dem Pariser Platz. So viel zum Thema Realität, dachte Sydow, steckte die Hände in die Taschen und schlenderte auf die Sektorengrenze zu. Mehr als drei Jahre war der Krieg nun vorbei, und noch immer waren die Schäden nicht zu übersehen. Wäre der Tag nicht so schön gewesen, hätten die Schutthaufen, Einschusslöcher und das demolierte Adlon noch viel deprimierender auf ihn gewirkt. Nichts als Ruinen, Trümmerteile und Schutt, Schutt und nochmals Schutt. Kaum ein Gebäude, das nichts abbekommen hatte, angefangen beim Kronprinzenpalais, über die Staatsoper bis hierher zum Brandenburger Tor. Seit Kriegsende hatte sich zwischen Brandenburger Tor und Lustgarten so gut wie nichts getan, da konnten Ulbricht und Genossen rumtönen, wie sie wollten. Sobald Väterchen Stalin nicht mehr seine schützende Hand über sie halten würde, wäre es aus und vorbei mit ihnen. Für ihn, und nicht nur für ihn, stand das unverrückbar fest.

»Sieh an, der Herr Kommissar – na, wenn das keine Überraschung ist«, hörte Sydow eine verschmitzte Stimme sagen, nicht ohne Respekt, aber auch mit unüberhörbarem Spott. Froh, dem tristen Anblick zu entgehen, drehte er sich auf dem Absatz um und blinzelte in die Richtung, aus der die Stimme kam. Die Sonne blendete ihn, und es dauerte seine Zeit, bis er den Rufer erspäht hatte. »Ach, du bist's, Kalle!«, rief Sydow überrascht aus, als er in dem Betreiber der Imbissbude in unmittelbarer Nähe des Brandenburger Tores einen alten Bekannten aus der Zeit florierender Schwarzmärkte erkannte. Mit denen war es zwar definitiv vorbei, dem Wohlergehen von Fluppen-Kalle hatte dies jedoch offenbar keinen Abbruch getan. »Was machst du denn hier?«

»Geschäfte«, gab der Ex-Schwarzhändler zurück, seit seinem letzten Zusammentreffen mit Sydow um einiges rundlicher, um nicht zu sagen dicker geworden. »Sie wissen doch, Herr Kommissar – mit den Geschäften ist es wie mit den Weibern. Da muss man jede Gelegenheit beim Schopf packen.«

Sydow rang sich ein Lächeln ab und blickte in Richtung Siegessäule. Eigentlich hätte er sich schon längst auf die Socken machen müssen, aber wie die Dinge nun einmal lagen, ließ ihn dieser Ort nicht los. Sechs Jahre. Kaum zu glauben. Sechs Jahre war das alles bereits her. Und doch schien es, als sei es erst gestern gewesen. Die Hetzjagd durch halb Berlin, die Gestapo ständig im Nacken. Das Wiedersehen mit Rebecca, die sich *das* Staatsgeheimnis schlechthin unter den Nagel gerissen hatte. Und dann erst die Landung von McLeod auf der Ost-West-Achse, nur einen Katzensprung entfernt von hier. Verglichen damit waren der Start, das Sperrfeuer der Flak und der anschließende Flug nach England das reinste Vergnügen gewesen.

»Warum so nachdenklich, Herr Kommissar?«, ließ Fluppen-Kalle seine Reminiszenzen schließlich wie eine Seifenblase zerplatzen. »Ausgerechnet an einem so schönen Tag.«

»So schön nun auch wieder nicht, Kalle«, erwiderte Sydow und kramte in der Tasche seines Jacketts herum. Ganz allmählich begann sich bei ihm der Hunger zu regen. Wie pflegte Tante Lu doch zu sagen: Mit leerem Magen zum Dienst – wo kämen wir da hin!

»Lassen Sie stecken, Herr Kommissar – geht auf mich«, forderte der ehemalige Kleinganove Sydow auf und hielt ihm einen Hot Dog mit Senf vor die Nase. Der wiederum roch so gut, dass Sydow einfach nicht widerstehen konnte.

»Beamtenbestechung, Kalle – pass auf, sonst landest du dafür im Knast«, flachste Sydow und biss herzhaft zu. Eines musste man diesem Schlitzohr ja lassen. Dafür, dass er auf der Schwarzen Börse am Brandenburger Tor einer der gewieftesten Lieferanten von Glimmstängeln gewesen war, hatte er eine atemberaubende Metamorphose durchgemacht. »Aber wem sag ich das – hinter schwedischen Gardinen kennst du dich ja bestens aus.«

Aus dem Munde des rotwangigen Wurstverkäufers kam ein herzhaftes Lachen. »Nichts für ungut, Herr Kommissar, aber die Zeiten, in denen ich mit Lucky Strike, Camel oder Pall Mall gehandelt habe, sind unwiderruflich vorbei. D-Mark heißt jetzt die Devise. Was Besseres als die Währungsreform hätte einem wie mir gar nicht passieren können. Das muss man diesem Erhardt und diesem Adenauer ja lassen.«

Wie genau der alte Gauner aus dem Wedding die Kurve in Richtung soziale Marktwirtschaft gekriegt hatte, wollte Sydow nicht wissen. Der Tag war weiß Gott anstrengend genug gewesen. Und längst noch nicht zu Ende. Allein schon beim Gedanken, was noch alles auf ihn zukommen würde, verging ihm der Appetit.

»Stimmt was nicht, Herr Kommissar?«, schob der Neu-Unternehmer, der mit richtigem Namen Karlheinz Pasewalk hieß, flugs hinterher. Einem wie ihm konnte man nichts vormachen. Darauf war er mächtig stolz.

»Wenn du mich so fragst, Kalle – ja«, gab Sydow prompt zurück, angelte das Foto von Lilian Matuschek aus dem Jackett und schob es über den Tresen. Auf einen Versuch mehr oder weniger kam es ja wohl nicht an. »Kommt dir die Dame da bekannt vor?«

Zu Sydows Verblüffung biss Fluppen-Kalle tatsächlich an. »Von wegen Dame«, bekam er sich vor Heiterkeit fast nicht mehr ein, dämpfte jedoch umgehend den Ton. Mit Ausnahme eines Stadtstreichers, der seine Imbissbude links liegen ließ, war jedoch niemand in der Nähe, und nachdem er sich vergewissert hatte, ob die Luft tatsächlich rein war, fuhr Pasewalk fort: »Wenn das eine war, will ich Adolf …«

»Lieber nicht, Kalle«, würgte Sydow den schrägen Humor seines Gesprächspartners ab und steckte das Foto wieder ein. »Also: War dir die Tote bekannt?«

»Hab ich mir doch gleich gedacht, dass es mit der ein schlimmes Ende nehmen würde«, mokierte sich Fluppen-Kalle und warf ein paar Bouletten auf den Rost.

»Wieso denn?«

»Weil sie ein oberkrummes Ding gedreht hat – darum.«

»Na, du hast's gerade nötig, Kalle«, amüsierte sich Sydow und vertilgte den Rest seines Hot Dogs.

»Nicht, was Sie denken, Herr Kommissar«, setzte sich Pasewalk mit erhobenen Händen zur Wehr. »Für einen wie mich war das Ding, das Lili gedreht hat, eine Nummer zu groß.«

Sydow wischte sich den Mund ab und machte ein treudoofes Gesicht. »Lili?«

»An Ihnen ist wirklich ein Schauspieler verloren gegangen, Herr Kommissar«, lachte Pasewalk, der ihn sofort durchschaute. »Nichts für ungut: Mir können Sie so leicht nichts vormachen.«

»Wenn dem so ist, lass hören, Kalle.«

»Weil Sie's sind, Herr Kommissar. Die anderen in der Friesenstraße können mich nämlich mal.« Nach einem neuerlichen Blick in die Runde und einem Griff zum Spatel, mit dem er die Bouletten gekonnt umdrehte, wandte sich Pasewalk wieder seinem Gesprächspartner zu. »Wie gesagt«, kam Fluppen-Kalle auf das Thema zurück. »Lili hat ihre Karten überreizt. Stimmt schon, ging ihr ziemlich mies in letzter Zeit. Kaum Kundschaft, und wenn, war es keine, mit der sich Kohle machen ließ. Wenn du obendrein noch mit dem Saufen anfängst, biste geliefert.«

»Kundin von dir?«

»Kann man so sagen. Ist vor vier, fünf Wochen zum ersten Mal hier aufgekreuzt. Na ja, auf diese Weise kommt man eben ins Gespräch. Sieht so aus, als sei es ihr unmittelbar nach dem Krieg besser gegangen. Ein spendabler Ami, und schon läuft der Laden. Falls Sie verstehen, was ich meine, Herr Kommissar.«

»Bin von Muttern aufgeklärt worden, Kalle.«

»Na, dann isses ja gut, Herr Kommissar. Wie gesagt – nachdem Adolf und Konsorten das Handtuch geworfen hatten, ist Lili recht gut über die Runden gekommen. Sah ja wohl zudem ganz passabel …«

»Heute Morgen nicht mehr.«

Pasewalk machte ein ernstes Gesicht. »Wieso? Stimmt irgendwas nicht mit ihr?«

»Mord.«

»Au backe.«

»Ein Grund mehr, mir alles zu beichten, findest du nicht auch?«

»Auf alle Fälle, Herr Pfarrer.« Fluppen-Kalle kratzte sich hinterm Ohr. Danach räusperte er sich, beugte sich nach vorn und sagte: »Wenn mich nicht alles täuscht, hatte sie vor, jemanden zu erpressen. Im großen Stil.«

»Zugabe, Herr Pasewalk.«

»Kann sein, dass ich mich irre, aber …«

»Vor mir brauchst du keine Manschetten zu haben, Kalle. Spuck's aus.«

»Sie haben leicht reden, Herr Kommissar. Ihnen geht es ja auch nicht an den Kragen.«

»JWO?«, fragte Sydow gespannt.

»Jemand von janz weit oben, Sie haben es erfasst«, antwortete der Kleinganove und wischte sich die Hände an seiner Schürze ab.

»Darf man erfahren, um wen es sich gehandelt hat?«

»Keine Ahnung. Auf jeden Fall hat Lili eine Mordswut im Bauch gehabt. Diese Saubermänner mit ihren Persilscheinen würden noch mal ihr blaues Wunder erleben, hat sie gesagt.«

»Waren das ihre Worte?«

»Hundertprozentig, Herr Kommissar. Klarer Fall von

Ex-Nazi, wenn Sie mich fragen. Fragt sich nur, was sie gegen den Betreffenden in der Hand gehabt hat.«

»Möchte ich ehrlich gesagt auch wissen«, log Sydow, in Gedanken längst wieder bei dem mysteriösen Papierfetzen, auf dem der Name Himmlers aufgetaucht war. Dass viele sogenannte alte Kameraden den Weg vom Henker zum Saubermann in Rekordzeit hinter sich gebracht hatten, wusste er nur zu gut. Dass es in Berlin nur so von ihnen wimmelte, auch. Je höher, umso mehr Dreck am Stecken. Da machte er sich nichts vor. Nichts schweißte bekanntlich mehr zusammen als gemeinsam begangene Verbrechen. Es sei denn, man kam ihnen per Zufall auf die Spur. So wie das im Falle einer gewissen Lilian Matuschek der Fall gewesen zu sein schien.

»Eine ganz kurze Frage noch, Kalle«, fuhr Sydow fort, wurde jedoch durch einen Studebaker Marke Land Cruiser, der mit quietschenden Reifen vor der Imbissbude hielt, jäh unterbrochen.

»So ist das eben, Herr Kommissar«, flüsterte ihm Fluppen-Kalle zu, als ihr beider Blick auf die aufgetakelte Blondine und den smarten Sergeant-Major in seiner Ausgehuniform fiel. »Ami am Morgen, vertreibt Kummer und Sorgen.«

Dann tippte er mit dem Zeigefinger an seine Papierkappe, hieß seine Kundschaft überschwänglich willkommen und tat so, als habe das Gespräch mit Sydow überhaupt nicht stattgefunden.

*

Wieder am Steuer seines VW, mit dem er von der Siegessäule aus in Richtung Süden fuhr, hatte Sydow Mühe, seine düstere Stimmung zu vertreiben. Mit dem Wetter hatte das nichts zu tun, eher mit seiner Umgebung. Am Tiergarten, den die Berliner zu Brennholz verhackstückt hatten, war der Krieg nicht spurlos vorübergegangen. Hie und da gähnten noch vereinzelte Bombentrichter, ansonsten war der Park mit Gemüsebeeten übersät. Bäume, unter denen man Schutz vor der prallen Sonne fand, waren jedenfalls Mangelware, und von einstiger Blütenpracht war nichts mehr zu sehen.

Erleichtert, diese Mondlandschaft durchquert zu haben, bog Sydow schließlich in die Tiergartenstraße ein. Auf das einstige Botschaftsviertel, nur noch ein Schatten früherer Tage, verschwendete er jedoch keinen Blick. Dort, wo sich einst stattliche Residenzen befunden hatten, ragten dutzendweise Ruinen empor. Und von denen hatte er im Verlauf der letzten drei Jahre genug gesehen.

Dass die Rauchsäule, die in Sichtweite des Kemperplatzes in den sich allmählich bewölkenden Himmel stieg, etwas mit seinem Fall zu tun haben könnte, wollte Sydow zunächst nicht wahrhaben. Doch er wurde eines Besseren belehrt. In Gedanken bei dem, was ihn erwartete, parkte er seinen VW an der Einmündung Bendlerstraße und ging den Rest des Weges zu Fuß.

Je näher er dem Haus kam, von wo aus sich ein ungehinderter Blick zum Reichstag eröffnete, desto mehr wurde ihm bewusst, dass er zu spät gekommen war. Ein Verdacht keimte in ihm auf, so ungeheuerlich, dass er ihn sofort wieder verwarf. Auf so eine Idee kannst wirklich nur du kommen!, redete er sich ins Gewissen, zwängte sich zwischen den Schaulustigen hindurch und zückte die Dienstmarke mit der Aufschrift ›Kriminalpolizei‹.

Das Haus, in dem der Brand ausgebrochen war, hatte

drei Stockwerke. Es als Wohnhaus zu bezeichnen wäre allerdings übertrieben gewesen. Seit 1945, als es kurz vor Kriegsende einen Volltreffer abbekommen hatte, war es nur notdürftig repariert worden. Weiter als bis zum Erdgeschoss, in dem derzeit niemand wohnte, waren die Bemühungen allerdings nicht gediehen, weshalb man es getrost eine Ruine nennen konnte. Ganz besonders jetzt, unmittelbar nach dem Brand.

Blieb nur noch der Keller, in dem laut Auskunft eines Feuerwehrmannes eine gewisse Lilian Matuschek gehaust hatte. Mehr schlecht als recht, wie Sydow bei einer Nachbarin in Erfahrung bringen konnte, die nicht hinzuzufügen vergaß, welchem Gewerbe die von ihr als Flittchen apostrophierte Blondine nachgegangen war. Eine Aussage, die etliche der Umstehenden mit zustimmendem Kopfnicken bestätigten.

Sydow tat so, als hörte er all dies zum ersten Mal, bedankte sich artig und steckte den Notizblock wieder in sein Sakko. »Da können Sie jetzt nicht rein, Herr Kommissar!«, ermahnte ihn der Einsatzleiter, doch Sydow hörte nicht auf ihn. Die Bemerkung eines Feuerwehrmannes, auf Spuren von Brandbeschleunigern gestoßen zu sein, überhörte er dagegen nicht.

Auf dem Weg in den Keller, vorbei an verkohlten Balken, Trümmern und Schutt, musste sich Sydow sein Taschentuch vor den Mund halten. Der Geruch nach Benzin, Spiritus und Phosphor war allgegenwärtig, doch davon ließ er sich nicht abschrecken. Ebenso wenig wie von der Möglichkeit, dass das dreistöckige Gebäude jeden Moment einstürzen konnte. Wie immer, wenn Sydow Lunte gerochen hatte, war er nicht zu bremsen, weder durch drohende Gefahren noch durch die mahnenden

Worte des Einsatzleiters, der auf halber Strecke umgekehrt war. Sein Instinkt ließ ihm keine Ruhe, und das, nicht etwa die Gebote der Vernunft, war das Ausschlaggebende.

Im Souterrain, durch dessen winzige Oberlichter kaum Helligkeit hereindrang, herrschte das totale Chaos. In erster Linie lag das natürlich an dem Brand, der dafür gesorgt hatte, dass mit Ausnahme des gusseisernen Ofens so gut wie nichts vom Mobiliar übriggeblieben war. Bei näherem Hinsehen konnte man jedoch erkennen, dass der Kellerboden mit allen nur erdenklichen Gegenständen übersät war. Manche von ihnen, unter anderem die verkohlten Überreste von Schubladen, Regalen und zweier Koffer, konnte Sydow noch halbwegs gut erkennen. Andere wiederum, mit hoher Wahrscheinlichkeit Kleider, Schuhe und eine Matratze, fast gar nicht mehr.

Um seine Schlüsse zu ziehen, musste Sydow nicht lange nachdenken. Alles deutete darauf hin, dass die Kellerwohnung kurz vor Ausbruch des Brandes auf den Kopf gestellt worden war. Nicht etwa systematisch, sondern ohne Rücksicht auf Verluste. Selbst ein Laie konnte das auf den ersten Blick sehen.

Auf wessen Kappe dieses Durcheinander hier ging, war ebenfalls offensichtlich. Schenkte man Pasewalks Aussage Glauben, konnte es sich dabei nur um einen der oberen Zehntausend handeln. Sydow lachte verächtlich auf. So jemand würde sich nicht die Finger schmutzig machen, schon gar nicht, wenn er eine braune Vergangenheit hatte. Ein Handlanger also – aber wer? Der Schluss, dass es sich bei dem Mörder der Prostituierten und dem Brandstifter um ein und dieselbe Person handelte, lag vor dem Hintergrund dieser Frage auf der Hand. Dass dieser vor nichts zurückschreckte, hatte er ja hinlänglich unter Beweis gestellt. Unter anderem durch die Kaltblütigkeit, mit der er versucht hatte, Pawelka aus dem Weg zu räumen. Wie er es jedoch fertiggebracht hatte, Lilian Matuscheks Wohnung ausfindig zu machen, war Sydow ein Rätsel.

Fazit: Wer auch immer es war, der seinen Kettenhund von der Leine gelassen hatte, für ihn stand eine Menge auf dem Spiel. Um die Spuren seiner Vergangenheit zu tilgen, hatte der Betreffende nicht gezögert, einen Auftragsmörder anzuheuern und die Frau, die ihn erpresst hatte, kaltblütig aus dem Weg räumen zu lassen. Daraus ergab sich, dass es sich bei Mister Saubermann keinesfalls nur um einen x-beliebigen Mitläufer handeln konnte. Die gab es wie Sand am Meer, millionenfach. Wer so viel riskierte, musste eine Menge Dreck am Stecken und noch mehr zu verlieren haben. Sydow ließ sein Taschentuch wieder verschwinden und blickte sich um. Besagter Mann fürs Grobe hatte wirklich ganze Arbeit geleistet. Das musste ihm der Neid lassen.

Doch was sich Mister Ex-Nazi auch einfallen lassen würde, bei ihm, Tom Sydow, war er an den Falschen geraten. Ein hohes Tier bei der SS – einer, der die Hacken zusammengeschlagen und anschließend Hunderte von Leuten massakriert hatte? Schon möglich, wenn nicht gar wahrscheinlich. Einer von der rücksichtslosen Sorte. Von diesen Fanatikern, die nicht hatten einsehen wollen, dass das Dritte Reich unweigerlich den Bach runtergehen würde. Von diesen Werwölfen, die den Kanal auch nach Kriegsende immer noch nicht voll gehabt und dem Führer, Himmler oder welchem braunen Arschloch auch immer unverbrüchliche Treue geschworen hatten. Sydows Züge verhärteten sich, und während er so dastand, fiel ihm das

Brieffragment wieder ein, auf dem der Name Himmlers aufgetaucht war. ›Wie von Ihnen, Reichsführer Himmler, mit Schreiben vom 9.4. gewünscht, anbei die erbetene Liste mit …‹ Um auf die Idee zu kommen, dass sich der Name von Mister Persilschein auf dieser Liste befand, musste man wirklich nicht Sherlock Holmes heißen. Das verstand sich quasi von selbst. Die Frage war nur, in wessen Händen sich der Rest des Schreibens und die ihm beigefügte Liste befand. Beziehungsweise wie umfangreich sie war und welche weiteren Überraschungen sie noch zutage fördern würde. Wer weiß, fragte sich Sydow, wie viele alte Kameraden von Herrn Saubermann in diese Affäre verwickelt sind. Und wie viele von ihnen sich bis in höchste Positionen vorgearbeitet haben.

Besser, zum gegenwärtigen Zeitpunkt nicht allzu viele Gedanken darauf zu verschwenden, ermahnte sich der Kripo-Beamte, beugte das Knie und begann, die herumliegenden Trümmer zu inspizieren. Zu dumm, dass er auf sich allein gestellt war. In einem derartigen Durcheinander glich die Suche nach Indizien derjenigen nach der Nadel im Heuhaufen, aber da Krokowski alle Hände voll zu tun hatte, musste er sich notgedrungen damit abfinden.

Die verkohlten Fasern einer Tischdecke in der Hand, musste Sydow automatisch an Onkel Erwin denken. Was hatte ihm der jetzige Herr Kriminalrat und einstige Mentor eingeschärft? Spuren gibt es immer, vor allem da, wo man sie am wenigsten vermutet. Aha. Nahm man sich diese Maxime zu Herzen, musste es sie folglich auch hier geben.

Die Frage war lediglich, wo.

Einen Fluch auf den Lippen, rappelte sich Sydow wieder auf. Das mit den Spuren war leichter gesagt als getan. Um sicherzugehen, dass ihm nichts entging, hatte der Brandstifter bestimmt jeden Quadratmeter abgesucht. Darauf konnte er sich getrost verlassen. Und was, wenn der Handlanger von Herrn Saubermann bereits fündig geworden war? Sydow machte ein missmutiges Gesicht. In diesem Fall würde ein gewisser Herr Hauptkommissar ganz schön bescheuert aus der Wäsche gucken.

Und mit leeren Händen dastehen.

»Verdammte Sch…«, stieß Sydow im Angesicht des demolierten Bettgestells und der herumliegenden Schubladen hervor, brach die bevorstehende Schimpfkanonade jedoch abrupt ab, rannte zur Tür und von dort aus die Stufen bis zum Treppenabsatz hoch, der sich auf halber Höhe zwischen Erdgeschoss und Souterrain befand. Typisch Sydow!, gestand er sich kopfschüttelnd ein. Auf so eine Idee wäre selbst ein Anfänger gekommen.

Im Gegensatz zum Keller hatte das stille Örtchen ziemlich wenig abgekriegt, und zu Sydows Freude sah es dort richtig ordentlich aus. Wenn er jedoch geglaubt hatte, sein Geistesblitz würde ihn ans Ziel führen, sah er sich getäuscht. Das Abflussrohr in die oberen Etagen, die noch nicht wieder instand gesetzt worden waren, war unversehrt, die Möglichkeit, darin etwas zu verstecken, offenbar nicht genutzt worden. Pech gehabt, Herr Kriminalhauptkommissar. Wieder mal auf dem Holzweg, und das nicht zu knapp.

Im Begriff, das heimliche Gemach wieder zu verlassen, blieb Sydows Blick an dem Zeitungsstapel haften, der dort aus naheliegenden Gründen deponiert worden war. An sich war dies nichts Besonderes, da sich kein normaler Mensch Klopapier leisten konnte. Was Sydow auffiel, war die penible Ordnung, mit der die gefalteten Bögen aufeinandergeschichtet waren, und da er nichts unversucht lassen wollte, hob er den Stapel auf, setzte sich auf die Treppe und sah ihn sich genauer an.

Und wurde sofort fündig.

*

»Bedenkt man, was ich deinetwegen riskiere, ist jetzt aber eine Stange Camel fällig«, machte Fritz Lindner, genannt Flitze, aus seiner Beunruhigung keinen Hehl. »Du weißt doch: Iwan hört mit.«

»Bist eben ein wahrer Freund, Flitze«, redete Sydow dem Redakteur der Berliner Zeitung, einem hoffnungslosen Kettenraucher, gut zu, während er die Umgebung der Telefonzelle in unmittelbarer Nähe des Kemperplatzes nicht aus den Augen ließ. »Wäre glatt aufgeschmissen, wenn ich dich nicht hätte.«

»Auch schon gemerkt?«, ließ sich die Stimme am anderen Ende der Leitung vernehmen.

»Klar doch, Flitze.«

Stille. Sydow dachte schon, der Freund aus gemeinsamen Pennälerzeiten habe aufgelegt, als sich der Starreporter der Berliner Zeitung erneut zu Wort meldete. »Es ist so, wie du vermutest. Was die Ausgaben betrifft, die du mir genannt hast, handelt es sich um Bilder von ein und der gleichen Person.« Ein Anfall von Raucherhusten, danach wieder Stille. »Eine Person, die mir nicht ganz unbekannt ist«, schob Sydows Schulfreund hinterher, um mehrere Sekunden später hinzuzufügen: »Und dir auch nicht, Tommy-Boy.«

»Jetzt machst du mich aber neugierig.«

»Eine Stange Camel – ja oder nein? Sonst halte ich es in Sibirien nicht aus.«

Obwohl ihm nicht danach war, musste Sydow grinsen. »In Ordnung, Flitze«, versprach er, wohl wissend, auf was er sich da eingelassen hatte. »Und nun lass hören.«

»Gerne«, flachste Lindner. »Sitzt du gut?«

»Leider nein.«

»Dann halt dich irgendwo fest«, setzte der Redakteur noch eins drauf und gab den Namen des Mannes preis.

Vor Überraschung blieb Sydow glatt die Spucke weg, und selbst nachdem er die Nachricht verdaut hatte, konnte er es immer noch nicht glauben. Das also war der Mann, dessen Konterfei Lilian Matuschek fein säuberlich aus der Berliner Zeitung ausgeschnitten hatte. Und das gleich ein halbes Dutzend Mal. Der Mann, den sie mit hoher Wahrscheinlichkeit zu erpressen versucht hatte. »Mein lieber Schwan!«, ächzte er. »Auf den wäre ich nun wirklich nicht gekommen. Wäre es zu viel verlangt, wenn du mir aus eurem Archiv jeweils eine …«

»… Kopie besorgst?«, lachte Lindner in den Hörer hinein. »Aber klar doch, Schwarm aller ledigen Damen. Ich lass sie dir ins Präsidium bringen. Postwendend. Du kennst ja den Preis.« Nachdenklich geworden, fügte der Redakteur hinzu: »Darf man fragen, um was es geht?«

»Tut mir leid, Flitze«, hielt sich Sydow bedeckt. »Je weniger du weißt, umso besser.«

»Mit anderen Worten: Es geht um Kopf und Kragen.«

»Nach allem, was bis jetzt geschehen ist, schon«, gab Sydow zur Antwort, während er die Ereignisse des Tages noch einmal Revue passieren ließ. Zwei Tote, ein mysteriöser Geheimbund und zu guter Letzt noch die Attacke mit der Panzerfaust – über Langeweile konnte er wahrhaftig nicht klagen. »Was nicht heißt, dass ich keinen Wert auf dein Detailwissen lege.«

»Dafür bin ich also gut genug«, frotzelte der Redakteur, ließ sich aber doch noch herab, Sydow umfassend ins Bild zu setzen. »Wenn du schlau bist, Tom«, schloss er seinen mehrminütigen Bericht, »dann machst du einen Bogen um den Kerl. Mit dem ist wirklich nicht gut Kirschen essen.«

»Weiß ich, Flitze«, bekräftigte Sydow, während ein gequältes Lächeln über seine Züge glitt. »Weiß ich. Dafür ist es jedoch leider zu spät.«

»Hätte mich auch gewundert, wenn gerade du jetzt den Schwanz einziehst«, antwortete sein Schulfreund in anerkennendem Ton, woraufhin ihm für kurze Zeit die Stimme versagte. »Also viel Glück, Tom. Und halt die Ohren steif.«

»Du auch, Flitze«, antwortete Sydow und hängte auf.

Kaum imstande, seine Rührung zu verbergen, hielt Sydow geraume Zeit inne. Schließlich nahm er den obersten von einem halben Dutzend Zeitungsartikeln zur Hand, den er auf dem Telefonapparat deponiert hatte, faltete ihn auseinander und starrte das quadratische Loch in seiner Mitte wutentbrannt an. »Und nun zu dir, Mister Persilschein«, flüsterte er. »Damit du nicht noch mehr Unheil anrichten kannst.«

23

Washington D. C., Weißes Haus | *10.10 h Ortszeit*

»Verdammt knifflige Situation«, konstatierte George C. Marshall, Außenminister und ehemaliger Fünfsternegeneral, als Forrestals Bericht zur Lage in Berlin beendet war. »Und was gedenken Sie zu tun, Mr. President?«

»Gar nichts.«

»Gar nichts?«, hakte der 67-jährige, knorrige und in Ehren ergraute Ex-Stabschef nach.

»Falls Sie den Einsatz militärischer Mittel meinen, George«, kam Verteidigungsminister Forrestal seinem Oberbefehlshaber zuvor, »es wurde vor Kurzem eine Staffel B-29 vom Typ Superfortress nach England verlegt.«

»Atomar bestückt«, ergänzte der Präsident und nahm auf einem Stuhl vor seinem Schreibtisch Platz. »Wenn alles glattgeht, müsste sie in diesen Minuten dort ankommen.«

Im Oval Office kehrte Schweigen ein, und die Kabinettsmitglieder, die sich auf den Sesseln im Arbeitszimmer des Präsidenten niedergelassen hatten, wichen Trumans Blick aus.

Mit 45 einer der Jüngeren, war es der Postminister, der das Schweigen brach. »Meiner Ansicht nach genügt das vollauf«, stellte er kategorisch fest. »Wenn Sie mich fragen, Mr. President, sollten wir in Bezug auf Berlin jeglichem Ärger aus dem Wege gehen.«

»Was heißt hier Ärger?«, begehrte Marshall auf. Der Außenminister, Organisator des nach ihm benannten Hilfsprogramms, konnte sein Temperament kaum zügeln. »Schließlich waren es doch wohl die Russen, denen wir die Sperrung der Zufahrtswege zu verdanken haben.«

»*Vor* oder *nach* Einführung der D-Mark in Berlin?«, fragte der Finanzminister spitz.

»Eine Frage von untergeordneter Bedeutung, finden Sie nicht?«, fuhr Marshall seinen Nebenmann an, nicht willens, den Seitenhieb auf sich sitzen zu lassen. »Gesetzt den Fall, Sie würden etwas von militärischen Belangen verstehen, kämen Sie vermutlich zur gleichen Schlussfolgerung wie ich. Kurz gesagt: Die Russen verstehen nur eine Sprache, und zwar die der Gewalt. Wenn wir die Hände in den Schoß legen, wird es unweigerlich zum nächsten Zwischenfall kommen. Darauf können Sie Gift nehmen, John.«

»Lieber nicht, George. Sonst würden die Militärs das ganze Geld verplempern. Muss ich extra betonen, dass wir uns keine militärischen Abenteuer mehr leisten können?«

»Leuten wie Ihnen, die immer nur ans Geld denken, sollte man eigentlich den Mund verbieten«, schäumte Marshall, der am Sieg über Hitler entscheidenden Anteil gehabt hatte.

Das war auch der Grund, weshalb Trumans Rüge relativ moderat ausfiel. »Ich muss doch sehr bitten, Gentlemen«, fiel er den beiden Streithähnen ins Wort. »Wenn wir übereinander herfallen, ist niemandem damit gedient.«

»Uneinigkeit wäre ja wohl das Letzte, was wir in der gegenwärtigen Situation brauchen können«, haute Forrestal in die gleiche Kerbe und lenkte das Gespräch auf seinen Gegenstand zurück. »Zumal vor dem Hintergrund unserer Erfahrungen mit Stalin zu befürchten ist, dass es die Russen wohl kaum bei diesem Nadelstich belassen werden.«

»Und was, wenn es ein Unfall war?«, wandte der Postminister kleinlaut ein. »Wäre ja wohl nicht die erste Skymaster, die in Tempelhof eine Bruchlandung hingelegt hat.«

»Tut mir leid, Sie korrigieren zu müssen«, trumpfte Marshall hochnäsig auf. »Wenn ich Jim vorhin richtig verstanden habe, liegen Beweise vor, dass die Maschine vom Boden aus beschossen worden ist. Stimmt's, oder hab ich recht?«

»Stimmt«, antwortete Forrestal, den Blick auf Truman geheftet, der sich bislang herausgehalten hatte. »Woraus folgt, dass wir uns auf eine Strategie einigen sollten. Getreu der Devise: Gib dem Russen einen Finger, beißt er dir die ganze Hand ab. Oder liege ich da falsch, Mr. President?«

»Keineswegs, Jim. Zumindest, was Ihre Einschätzung der Russen betrifft.«

»Will heißen – noch einen Mucks, und wir bomben sie in die Steinzeit …«

»Ihre Schlussfolgerung, George«, antwortete Truman gedehnt und sah Marshall über den Rand seiner Brille hinweg an. »Nicht meine.«

»Darf man fragen, welche Optionen uns Ihrer Meinung nach offen stehen?«

»Jede Menge.«

»Bei allem schuldigen Respekt, Sir: Ich wüsste nicht, welche.«

Rein äußerlich die Ruhe selbst, schlug Truman die Beine übereinander und sah die Mitglieder seines Kabinetts der Reihe nach an. »Eins gilt es zu bedenken, Gentlemen – falls wir Nuklearwaffen einsetzen, sollten wir gute Gründe dafür haben. Gute Gründe und absolut wasserdichte Fakten. Mir nichts, dir nichts den Dritten Weltkrieg vom Zaun zu brechen, kommt für mich nicht infrage.«

Truman hatte den Satz noch nicht vollendet, als das Telefon schrillte.

»Truman hier.«

Im Verlauf des nun folgenden Gesprächs wurde Truman immer blasser, und solange die Kabinettsmitglieder zurückdenken konnten, hatten sie ihn noch nie so betroffen erlebt. »Das darf doch nicht wahr sein!«, warf er nach einer Weile ein, mit dem Ergebnis, dass seine Minister fragende Blicke austauschten. Dass es schlechte Nachrichten waren, mit denen der Präsident konfrontiert wurde, konnte sich jeder denken, und als Truman auflegte, hatte die Spannung ihren Siedepunkt erreicht. »Das war Clay«, rückte Truman nach längerem Schweigen heraus, wobei er sowohl Marshalls als auch Forrestals Blick sorgsam mied. »Sieht ganz danach aus, als ob die Russen tatsächlich hinter dem Flugzeugabsturz stecken.«

»Und wie kommt er darauf, Sir?«

»Ganz einfach, George«, antwortete der Präsident, dem die Genugtuung in der Stimme des Außenministers nicht entgangen war, »bei dem Geschütz, mit dem die Skymaster vom Himmel geholt worden ist, scheint es sich um eine russische Flugabwehrkanone vom Typ 2M-3 zu handeln. Das Neueste vom Neuen sozusagen. Fundort: unmittelbar unter der Einflugschneise.« Truman setzte seine Brille ab und starrte ins Leere. »Aber das ist längst noch nicht alles«, fügte er zerknirscht hinzu.

»Noch nicht alles?«, echote Forrestal, der ahnte, worauf das Gespräch hinauslaufen würde. Und weiter: »Soll das etwa heißen, es hat einen neuerlichen Anschlag gegeben?«

Truman nickte.

»In welcher Form, Sir?«

»Zur Abwechslung einmal in Form einer Bombe, Jim«, versetzte Truman mit grimmigem Humor.

»Einer Bombe?«, riefen mehrere Anwesende gleichzeitig aus.

»Ganz recht, Gentlemen«, bekräftige Truman mit Blick auf ein Porträt von Washington, das über dem Kamin am anderen Ende des Oval Office hing. »Clays Bericht zufolge hat es drei Tote gegeben – zwei Wachsoldaten und einen Zivilisten, der gerade dabei war, das Hauptquartier zu verlassen.«

»Und die Bombe?«

»Fernzündung«, antwortete Truman mit belegter Stimme. »Im Klartext: Um wen es sich bei den Tätern auch immer gehandelt haben mag, sie haben einen russischen Moskwitsch 400 in unmittelbarer Nähe des Haupteingangs abgestellt, das Weite gesucht und die circa 20 Kilogramm Sprengstoff, die zuvor in der Limousine deponiert worden waren, per Fernzündung zur Explosion gebracht.«

»Verzeihung, wenn ich Ihnen ins Wort falle, Sir«, ließ der Außenminister nicht locker, »aber wenn ich Sie richtig verstehe, kann es in Bezug auf die Täter doch wohl kaum noch Zweifel geben.«

»Eine Flugabwehrkanone, die einfach stehen gelassen, ein Moskwitsch, von dem aus eine Bombe gezündet wird – tut mir leid, Gentlemen, aber meiner Ansicht nach stinkt die Sache zum Himmel.«

Einmal in Fahrt, gab es für Marshall nun kein Halten mehr. »Was muss denn eigentlich noch passieren, Herr

Postminister«, knirschte er, »bevor Sie endlich kapieren, dass wir an der Schwelle zum Dritten Weltkrieg stehen? Wollen Sie etwa abwarten, bis Stalin und Co. das Weiße Haus in die Luft jagen? Wollen Sie das – ja oder nein? Tut mir leid – aber Sie sind doch wohl von allen guten Geistern verlassen.«

»Wenn Sie meinen, George«, gab der Postminister ungerührt zurück. »Sagen Sie aber hinterher nicht, ich hätte Sie nicht gewarnt.«

»Vor was denn – zum Teufel noch mal? Sie wissen doch ebenso gut wie ich, dass uns die Russen nichts entgegenzusetzen haben.« Ein hintergründiges Lächeln im Gesicht, schweifte des greisen Außenministers Blick über die Gesichter seiner Kabinettskollegen. Geraume Zeit später ließ er die Katze aus dem Sack. »Einmal angenommen, Uncle Joe hätte seine Finger *nicht* im Spiel: Wäre das nicht trotzdem *die* Gelegenheit, den Russen ein für alle Mal klarzumachen, wer hier der Herr im Hause ist?«

»Wenn, dann aber ohne meine Zustimmung.«

»Jetzt hören Sie mal gut zu, Sie …«, begann Marshall, feuerrot im Gesicht, und schleuderte dem Postminister wütende Blicke entgegen. Doch Truman hob schließlich die Hand, und der Außenminister gab zähneknirschend klein bei.

»Damit nicht ausgerechnet *hier* der Dritte Weltkrieg ausbricht, Gentlemen, sollten wir zu einer Entscheidung kommen«, tadelte er die beiden Streithähne, worauf sich die allgemeine Aufregung legte. »Und darum schlage ich vor, unsere B-29-Bomber unmittelbar nach ihrer Ankunft in England in höchste Alarmbereitschaft zu versetzen. Wie im Übrigen auch unsere Jungs in Berlin. Westeuropa natürlich nicht zu vergessen. Ich weiß zwar nicht, was noch auf uns zukommt, sollte der Fall der Fälle jedoch eintreten, müssen wir auf alles vorbereitet sein. Das Wichtigste ist, dass von dem, was bisher passiert ist, auf keinen Fall etwas nach außen dringt. Auf keinen Fall, verstanden? Das gilt auch für die Angehörigen sämtlicher Opfer, die am heutigen Tag ums Leben gekommen sind. Was diesen Punkt angeht, werden wir uns etwas einfallen lassen müssen.«

»Und was ist mit den Briten?«, brummte Marshall vor sich hin. »Zumindest die sollten wir ja wohl informieren. Bis der Secret Service Lunte riecht, wird es bestimmt nicht lange dauern.«

»Na schön, George«, willigte Truman widerstrebend ein und wandte sich dem Verteidigungsminister zu. »Veranlassen Sie, dass die britische Stadtkommandantur von General Clay umgehend ins Bild gesetzt wird.«

»Und wann …«, wagte Forrestal einen vorsichtigen Versuch, die Meinung des Präsidenten zu erkunden. »wann sollten wir Ihrer Meinung nach zuschlagen?«

»Wie heißt es doch so schön«, tat Truman ihm widerstrebend den Gefallen, »aller guten Dinge sind drei. Will heißen: Noch so ein Nadelstich, und unsere Vögel werden in Richtung Russland starten.« Truman erhob sich und schlenderte zur Tür, die hinaus in den Rosengarten führte. Die Hand auf der Klinke, drehte er sich noch einmal um. »Und dann – aber erst dann! – werden wir Stalin mal so richtig auf den Zahn fühlen.«

24

Insel Schwanenwerder, amerikanischer Sektor | *16.50 h*

Er war am Ziel. Endlich. Alles, was er jetzt brauchte, waren gute Nerven, ein wenig Geduld und einen geschärften Blick.

Und genau darin bestand das Problem.

Er hatte ein Repetiergewehr, befand sich in einer idealen Schussposition und war vom Nachbargrundstück aus nicht zu sehen. So weit, so gut. Das Problem indes war ein anderes, nämlich seine Kurzsichtigkeit. Wenn, dann war sie es, die ihm einen Strich durch die Rechnung machen würde.

Ohne Blick für die Stechmücken, die in Scharen über ihn herfielen, legte Nikolai Borodin das russische Repetiergewehr vom Typ Mosin Nagant beiseite und atmete tief durch. Der Schweiß rann ihm in Strömen über seinen Körper, und aus dem Rhododendron, hinter dem er in Deckung gegangen war, stieg der Geruch welker Blüten auf. Von hier, dem Bootssteg einer verlassenen Nobelvilla, war die Terrasse des hochherrschaftlichen Anwesens an der Inselstraße gut zu überblicken, und hätte Ewald nicht auf dem Absatz kehrtgemacht, wäre er am Ziel seiner Wünsche gewesen.

Doch was auch geschehen würde, über Obersturmführer Ewald alias Paul Mertens war das Urteil bereits gesprochen. Und er, Nikolai Borodin, würde es vollstrecken.

So oder so.

Wie er so dalag, die Terrasse des Nachbargrundstückes im Blick, kehrten Borodins Gedanken in die Vergangenheit zurück. Vor nicht allzu langer Zeit war die Insel von Nobelvillen übersät gewesen, und alles, was Rang und Namen besaß, hatte hier Hof gehalten. So zum Beispiel Goebbels, Speer und wie sie alle sonst noch hießen – das reinste Nazi-Paradies. Heute, gut drei Jahre nach dem Krieg, war das anders. Die meisten Villen standen leer, unter anderem diejenige, in die er sich eingenistet hatte.

Von der ehemaligen Fabrikantenvilla gegenüber konnte man das nicht sagen. Fast schien es, als sei das Dritte Reich niemals untergegangen, und während Borodin das Anwesen im Auge behielt, loderte unbändiger Zorn in ihm empor. Die Fassade war frisch renoviert, der Tisch auf der Terrasse gedeckt, der Sonnenschirm aufgespannt und auch sonst fehlte es an nichts. Eine perfekte Sommeridylle, so schien es. Wäre da nur der Hausherr, Ex-SS-Obersturmführer Paul Ewald, nicht gewesen.

Der Mann, den er bei nächstbester Gelegenheit erschießen würde.

Damit nicht noch in letzter Minute etwas schiefging, knöpfte sich Borodin erneut sein Repetiergewehr vor. Wie oft er es im Verlauf der letzten zwei Stunden überprüft hatte, wusste er nicht. Er wusste nur, dass es keinen Weg zurück mehr gab. Und dass er sich durch nichts aus der Ruhe bringen lassen durfte.

Kaliber 7,62 mal 54 Millimeter, Reichweite 550 Meter, 15 Schuss pro Minute. Das würde reichen.

Das *musste* reichen.

Oder etwa nicht?

Wäre es nicht besser gewesen, zur Polizei zu gehen? Beweise hatte er ja wohl genug in der Hand. Genug, um Obersturmführer Paul Ewald hinter Schloss und Riegel zu bringen. Für immer. Nikolai Borodin stöhnte gequält auf, und während seine Hände den Gewehrlauf umklammerten, tauchten die Bilder aus der Vergangenheit wieder vor ihm auf. Bilder, die ihn seit jenem Tag im September immer wieder heimgesucht und ihm das Leben zur Hölle gemacht hatten. Solange er lebte, würde er sie nicht vergessen. Weder die Schreie, noch die Schüsse, noch die aufeinandergetürmten Leichen. Zehntausendfach, hunderttausendfach, millionenfach. Nein, von hier aus würde es kein Zurück mehr geben. Sonst käme er sich wie ein Verräter vor.

Durch das Lachen eines Kindes aufgeschreckt, war Borodin plötzlich hellwach, bog die Zweige auseinander und spähte auf die andere Seite hinüber. Kein Zweifel, dort drüben stand ein Mädchen. Drei Jahre alt, blond und von ausgelassener Fröhlichkeit.

Und seinem Vater, der soeben die Terrasse betrat, wie aus dem Gesicht geschnitten.

Fast mechanisch, ohne einen Moment nachzudenken, griff Borodin nach seinem Gewehr, schob den Lauf durch den Rhododendron und zielte. »Mein ist die Rache«, flüsterte er vor sich hin, doch als er abdrücken wollte, hob Ewald plötzlich seine Tochter hoch und wies mit ausgestrecktem Arm auf die Havel hinaus.

Jetzt nur keine Schwäche zeigen!, hämmerte es Borodin durch den Sinn, während der Lauf des Repetiergewehrs ziellos umherirrte. Sein Herz klopfte so heftig, dass er seine Waffe kaum noch ruhig halten konnte, und sein Atem hörte sich wie ein Blasebalg unter Hochdruck an. Aus Sekunden, die ungenutzt verstrichen, wurde eine Minute. Noch immer trug Ewald das Mädchen auf dem Arm, sprach mit ihm, strich ihm durch das Haar. Schieß endlich!, riefen ihm die Gespenster der Vergangenheit zu. Schieß! Keuchend vor Anstrengung, krümmten sich Borodins Finger um den Abzug, doch bevor der Ukrainer abdrücken konnte, machte Ewald kehrt und verschwand im Haus.

Den ersten Fluch seines 22-jährigen Lebens auf den Lippen, richtete sich Borodin auf, ließ den Karabiner ins kniehohe Gras sinken und schlug die Hände vors Gesicht. Seit jenem Tag, als er dem Tod entronnen war, war er sich nicht mehr so erbärmlich vorgekommen wie jetzt.

Erbärmlich, ausgelaugt und nutzlos.

Nikolai Borodin begann zu schluchzen. Es waren die ersten Tränen, die er seit sieben Jahren vergoss, und er war absolut machtlos gegen sie. Den Kopf gesenkt, kauerte der Ukrainer neben dem Steg, ohne Gefühl für Zeit, Ort und die Welt ringsum.

Und so kam es, dass er die Schritte, die sich auf dem zum Steg führenden Kiesweg näherten, nicht hörte. In seiner Verzweiflung, die ihn wie eine Woge unter sich begrub, hörte er die attraktive Endzwanzigerin nicht einmal zu dem Zeitpunkt, als sie bereits unmittelbar neben ihm stand, das Gewehr aufhob und den Blick über die gramgebeugte Gestalt schweifen ließ.

Borodin bemerkte die Frau erst, als sie ihm auf die Schulter tippte, die Brille zurückgab, die im Gras gelandet war, und ihm mitfühlend ins Ohr flüsterte: »Secret Service Seiner Majestät, junger Mann. Ich würde vorschlagen, Sie überlassen den Dreckskerl uns.«

25

Sowjetisches Ehrenmal Tiergarten, britischer Sektor | 16.50 h

Iwan hört mit – über diesen Sydow und seinen Kumpel Lindner konnte Kuragin nur schmunzeln. Allein schon die Annahme, dem MGB würde ihre Aktion verborgen bleiben, erheiterte ihn. Das Abhören von Telefonaten war ja wohl inzwischen zur Routine geworden. Das hätte der Genosse Redakteur einer Zeitung im Ostsektor eigentlich wissen müssen. Trotzdem oder gerade deswegen würde diesem Schreiberling kein Haar gekrümmt werden. Wer weiß, für was dieser Dilettant noch zu gebrauchen ist, dachte Kuragin, rauchte seinen Zigarillo zu Ende und schnippte ihn in einen Gully. Also wirklich, lachte der MGB-Major in sich hinein. Wirklich zum Schmunzeln, dieser Typ.

Wenn, ja, wenn die gegenwärtige Lage nicht so brisant gewesen wäre.

Um nicht unnötig aufzufallen, wandte sich Kuragin der acht Meter hohen Bronzestatue im Zentrum des Ehrenmals an der ehemaligen Ost-West-Achse zu. Es stellte einen Rotarmisten mit geschultertem Gewehr dar und erinnerte an die Schlacht um Berlin. Der Wachwechsel war gerade vorüber, und abgesehen von den Rotarmisten, die entlang der Pfeilerreihe Aufstellung genommen hatten, war die Anlage menschenleer.

Zumindest dem Anschein nach.

Mit Blick zum Himmel, an dem dunkle Wolken heraufzogen, passierte Kuragin die Pfeilerreihe und ging die

Stufen hinunter, die in den rückwärtigen Teil des Ehrenmals führten. Hoffentlich bleibt uns beiden die nächste Schlacht um Berlin erspart, dachte er bei sich, während er sich instinktiv nach der Bronzestatue umwandte. Beim nächsten Mal wird es nämlich keine Ehrenmale mehr geben.

Und auch keine Gewinner oder Verlierer.

Kurz davor, sich von ihm übermannen zu lassen, bot Kuragin dem Trübsinn die Stirn. Noch war das von ihm befürchtete Szenario nicht Wirklichkeit geworden. Und das war im Moment das Wichtigste.

Auf den Mann, der auf der von Ziersträuchern umgebenen Parkbank saß, konnte er sich wenigstens verlassen. Das hatte die Zusammenarbeit mit dem zwei Jahre älteren Stalinverehrer bewiesen. Kodak, so sein Tarnname, arbeitete beflissen und diskret, und vor allem arbeitete er höchst effizient. »Dobryj den«,* begrüßte Kuragin seinen V-Mann bei der Berliner Polizei und ließ sich neben ihm auf der Parkbank nieder.

»Guten Tag, Genosse«, antwortete Kodak irritiert.

»Warum so nervös?«

»Aufgrund des Risikos, wie immer.«

»Keine Sorge«, spielte Kuragin die Besorgnis seines Kontaktmannes herunter, begleitet vom Plätschern des Springbrunnens, der inmitten des von außen nicht einsehbaren Gevierts lag. »Wir befinden uns hier auf sowjetischem Territorium. Was kann Ihnen also schon passieren.«

Kodak hob einen Kieselstein auf und wog ihn in der Fläche der rechten Hand. »Hier ja wohl nichts«, raunzte er

---

* russ.: Guten Tag!

verstimmt. »Aber wenn ich wieder im Einsatz bin, dürfte es ziemlich ungemütlich werden.«

Kuragin zog die Brauen hoch. »Hört sich an, als sei Ihnen jemand auf den Fersen. Keine Sorge: Sollte Ihre Tarnung auffliegen, können Sie sich voll und ganz auf mich verlassen.«

»Gut zu wissen. Die Hoffnung stirbt ja bekanntlich zuletzt.«

»Auf alle Fälle«, gab Kuragin lächelnd zurück, ohne seinen Nebenmann eines Blickes zu würdigen. »Und da dem so ist, sollten Sie mich nun mit den neusten Informationen versorgen. Speziell über einen Mitarbeiter Ihrer Behörde namens von Sydow.«

Kodak blickte überrascht auf. »Ach, daher weht der Wind«, murmelte er und warf den Stein ins Gebüsch. »Ja, der hat im Moment allerhand zu tun. Um es genau zu sagen, kann sich der Herr Kollege vor Arbeit kaum retten.«

»Und wieso?«

»Erst die Leiche am Lehrter Bahnhof, dann die nächste im Grunewald – so viel wie heute hat der gute Herr von Sydow schon lange nicht mehr zu tun gehabt.«

»Aristokrat?«

»Wenigstens einer, der sich nichts darauf einbildet.«

»Viel zu tun, sagten Sie?«

»Jede Menge. Was genau gerade am Laufen ist, kann ich beim besten Willen nicht sagen. Jedenfalls nichts Genaues. Sicher ist, dass es ordentlich zur Sache geht.«

»Inwiefern?«

»Auf Sydow ist geschossen worden. Im Verlauf einer Tatortbesichtigung im Grunewald. Mit einer Panzerfaust.«

»Wie bitte?«

Kodak nickte. »Deutsche Wertarbeit, Genosse. Sieht nach etwas Größerem aus.«

»Etwas Größerem, soso.«

»Wie Genosse Stalin nicht müde wird zu betonen: Der Faschismus ist noch lange nicht tot.«

»Will heißen?«

»Auf der Schulter des Mannes, der im Grunewald verscharrt wurde, war eine Wolfsangel eintätowiert. Todesursache: Genickschuss. Motiv unbekannt.«

»Ein Werwolf also.«

»Ins Schwarze getroffen, Genosse Major«, erwiderte Kodak mit unüberhörbarer Ironie. »Und jetzt kommt's – zum Zeitpunkt der Tat soll sich etwa ein Dutzend Personen am Ort des Geschehens rumgetrieben haben. Behauptet zumindest der Grünschnabel von der Spurensicherung.« Kodaks Stimme sank zu einem ahnungsvollen Flüstern herab. »Riecht verdammt noch mal nach einem Komplott. Nach irgendeiner groß angelegten Aktion.«

»Und die Leiche am Lehrter Bahnhof?«

»Das ist es ja gerade. Mit hoher Wahrscheinlichkeit scheint es zwischen den beiden Morden einen Zusammenhang zu geben. Das Interessante daran: Dem Vernehmen nach soll die Frau, die von einer Rangierlok überrollt worden ist, einen an Himmler adressierten Papierfetzen bei sich gehabt haben. Absender: ein sogenannter ›Reichswerwolf‹.«

In seiner Eigenschaft als MGB-Major war Juri Andrejewitsch Kuragin zwar Einiges gewohnt. Was er da zu hören bekam, ließ die Fassade der Abgebrühtheit, die er sich über die Jahre hinweg angeeignet hatte, jedoch bröckeln. »An Himmler?«, brach es aus Kuragin hervor, während es ihn nicht mehr auf der Parkbank hielt. »Wissen Sie das genau?«

Auf dem Gesicht des V-Mannes tauchte sein Heinz-Rühmann-Lächeln auf. »Worauf Sie sich verlassen können. Schließlich ist man ja nicht umsonst Polizeifotograf.« Kodak lehnte sich entspannt zurück. »Mit besten Beziehungen zur Pathologie.«

Kuragin zündete sich einen Zigarillo an und hielt ihm die Schachtel hin. »Wie es sich für einen V-Mann des MGB wohl auch gehört«, revanchierte er sich, nachdem sein Mittelsmann die Offerte abgelehnt hatte. »Spaß beiseite – wen haben Sie an der Angel?«

»Dr. Heribert Peters, Pathologe in Moabit. Duzfreund und Skatpartner.« In einer Pose, die Außenstehende als gelangweilt empfunden hätten, genoss Kodak die letzten Strahlen der Nachmittagssonne, bevor sie hinter einem pechschwarzen Wolkengebirge verschwand. Fast gleichzeitig frischte der Wind auf und wirbelte die ersten Birkenblätter durch die Luft. »Wie mir mein Freund unter dem Siegel des Vertrauens zu flüstern geruhte, scheint der Tote im Grunewald regelrecht exekutiert worden zu sein. Klamotten: Fehlanzeige.«

»Exekutiert?«

»Ganz recht. Und wissen Sie auch, mithilfe welcher Waffe?«

»Vielleicht mit einer Tokarew Modell TT-33, Genosse?«

Mit Kodaks demonstrativer Lässigkeit war es Knall auf Fall vorbei. »Woher …«, begann er, zu überrascht, um dies vor Kuragin zu verbergen.

»Nur so ein Gedanke«, erstickte der Major die Frage bereits im Keim und wandte sich dem V-Mann zu, während sich seine Lippen zu einem feinsinnigen Lächeln kräuselten. »Der MGB ist eben überall.«

»Mit einer Patrone, die mit an Sicherheit grenzender Wahrscheinlichkeit aus sowjetischen Beständen stammt«, fügte Kodak wie ein Schüler hinzu, der bei seinem Lehrer nachträglich lieb Kind machen will. »Können Sie sich das erklären?«

»Nein«, erwiderte Kuragin, dem die Lust am Rauchen auf einen Schlag verging. »Oder besser gesagt: *noch nicht*.« Dann wechselte er das Thema. »Irgendwelche Neuigkeiten von den Amerikanern?«

»Nichts Bestimmtes. Das mit der Messerstecherei an der Glienicker Brücke haben Sie ja bestimmt mitgekriegt.«

Kuragin ließ den Zigarillo fallen und drückte ihn aus. »Über RIAS, na klar«, bekräftigte er. »Sonst noch was?«

»Jede Menge Gerüchte. Beim Absturz einer Skymaster in Tempelhof soll es nicht mit rechten Dingen zugegangen sein.«

»Sabotage?«

»Vielleicht auch nur Latrinenparolen, wer weiß. Wie im Übrigen auch das Gerücht, in der Nähe des amerikanischen Hauptquartiers sei es zu einer größeren Explosion gekommen.«

»Ach ja?« Die Intensität, mit der die Neuigkeiten über ihn hereingebrochen waren, ließ Kuragin frösteln. Die vorherbstliche Kühle, die den Tiergarten einhüllte, tat ein Übriges. »Wenn ich mir beim MGB etwas abgewöhnt habe, ist es die Unsitte, an Zufälle zu glauben.«

Kurt Bechtel, Fotograf bei der Spurensicherung der Kripo Berlin, zog fragend die Brauen hoch. »An was dann, Genosse Major?«

»Zuallererst einmal an meinen Instinkt, Kodak«, sagte Kuragin, straffte sich und knöpfte seinen Uniformkragen zu. »Und der sagt mir, dass wir kurz vor dem Dritten Weltkrieg stehen.«

»Vor dem Dritten Weltkrieg?«

»In der Tat, Genosse«, rief ihm Kuragin, der sich zum Gehen gewandt hatte, über die Schulter hinweg zu. »Und zwar mit allem Drum und Dran.«

26

Insel Schwanenwerder, amerikanischer Sektor | 17.40 h

»Wirklich gemütlich hier«, rief Sydow hohnlächelnd aus, als er das Wohnzimmer der ehemaligen Fabrikantenvilla in der Inselstraße 39 betrat. Im Gegensatz zum heruntergekommenen Nachbarhaus war die Zeit an der Villa der Familie Mertens anscheinend spurlos vorübergegangen, und man bekam den Eindruck, der Krieg habe überhaupt nicht stattgefunden.

Kronleuchter aus Bergkristall, Parkett vom Feinsten, sündhaft teurer Sekretär aus Mahagoni, Terrasse mit Blick auf die Havel. In der guten Stube von Mister Persilschein fehlte es an nichts. »Gemütlicher geht es wohl kaum«, fügte Sydow hinzu, nachdem er von der Terrassentür aus einen Blick auf das weitläufige Grundstück geworfen hatte. »Wie haben Sie das bloß hingekriegt?«

Dass in der Frage eine gehörige Portion Bosheit mitschwang, war Sydow nur allzu bewusst. Seinem 36-jährigen Gesprächspartner, dem Hausherrn, allerdings auch. »Mithilfe von Gärtnern«, kanzelte er Sydow von oben herab ab. Damit war er bei ihm allerdings an der falschen Adresse.

»Darauf wäre ich nun wirklich nicht gekommen, Herr Mertens«, konterte Sydow maliziös, nahm ohne Aufforderung Platz und ließ die Hände auf der Rückenlehne des sündhaft teuren Jugendstilsofas ruhen. Die Lichtstreifen auf dem Parkett waren verblasst, und die Gewitterfront, die sich über dem Wannsee zusammengebraut hatte, rückte näher. »Scheint so, als gingen die Geschäfte gut.«

»Sie sind doch nicht hergekommen, um mich das zu fragen, Herr Kommissar? Oder … oder sind Sie am Ende von der Steuerfahndung?«

»Ihre Scherze in Ehren, Herr Mertens«, erwiderte Sydow kühl, »aber dies ist weder die Zeit noch der Ort dafür.«

»Dürfte ich dann vielleicht erfahren, um was es geht?«, grollte der 36-jährige Hausherr mit hochrotem Kopf.

»Immer mit der Ruhe, der Herr«, warf Sydow beschwichtigend ein, während er den stiernackigen Zweizentnermann näher unter die Lupe nahm. »Wer wird denn gleich in die Luft gehen.«

»Sagen Sie, was los ist, meine Frau und ich erwarten heute Abend noch Gäste.«

»Daraus wird nichts, Herr Mertens«, verkündete Sydow mit Blick auf den Teetisch und die Tassen aus Meißener Porzellan, für die er mehrere Monatsgehälter hätte hinblättern müssen. »Damit Ihrer Frau nicht langweilig wird, können Sie die Dame des Hauses ja mit dem Hund Gassi schicken.«

Wenn Blicke töten könnten, wäre Sydow jetzt leblos umgefallen. »Ein Wort von mir, und Sie können Ihren Hut nehmen«, knirschte Ewald, der einen perfekten Rausschmeißer abgegeben hätte, mit wutverzerrtem Gesicht. »Darauf können Sie Gift nehmen.«

Schütteres Haar, Boxernase und Doppelkinn, dachte Sydow bei sich. Ein Mann, mit dem nicht zu spaßen war. »An Ihrer Stelle, Herr Mertens«, änderte Sydow abrupt seinen Ton, legte den Kopf auf die Seite und sah den Mann, um dessen Gunst halb Berlin buhlte, mit geringschätziger Miene an, »würde ich mich nicht so weit aus dem Fenster lehnen – und schon gar nicht, wenn ich im Verdacht stünde, das Leben eines Menschen auf dem Gewissen zu haben.«

Kurz davor, auf Sydow loszugehen, überlegte es sich Ewald dann doch anders. Stattdessen bleckte er die Zähne und ließ sich in einen Korbsessel sinken. »Aber, aber, Herr Kommissar«, tat er gönnerhaft kund, nachdem er sich wieder einigermaßen im Griff hatte. »Das meinen Sie doch wohl hoffentlich nicht ernst.«

»Oh doch.«

»Darf man fragen, ob Sie sich das auch gut überlegt haben?«

»Was denn?«

»Mich einer Tat zu bezichtigen, die ich nicht begangen habe.«

»Natürlich haben Sie das Verbrechen nicht begangen, Herr Mertens. Denn wer macht sich schon gerne die Finger an einer Straßennutte schmutzig?«

Durch die nahezu geschlossenen Augenlider des Hausherrn schoss ein Blick, der jeden weiteren Kommentar überflüssig machte. »Halten Sie es nicht für angebracht, mir zu sagen, worum es geht?«

»Ihre schauspielerischen Fähigkeiten in allen Ehren, Herr Mertens, aber die Unschuldsnummer können Sie sich sparen.«

Die Hände im Nacken, lehnte sich Ewald zurück. »Darf man fragen, ob Sie für das, was Sie mir vorwerfen, auch Beweise haben?«

Mit einem Satz, der die Pose von Ewald jäh zunichtemachte, war Sydow auf den Beinen und baute sich drohend vor ihm auf. »*Ich* stelle hier die Fragen, ist das klar?«, fuhr er den Zweizentnermann an. »Erstens: Wo sind Sie heute Morgen gewesen?«

»Zu Hause.«

»Zeugen?«

»Meine Frau.«

Über Sydows Gesicht huschte ein angewidertes Lächeln. »Was dagegen, wenn ich das nachher überprüfe?«

»Tun Sie, was Sie nicht lassen können, Herr Kommissar. Um mich einzuschüchtern, müssen Sie schon schwerere Geschütze auffahren.«

»Zweitens: Womit verdienen Sie eigentlich Ihr Geld, Mertens?«

»Import und Export. Darf man fragen, was Sie das angeht?«

»*Mit was*, habe ich gefragt.« Sydow war seinem Widersacher so nahe, dass er seinen Schweiß riechen konnte. Und erfahren genug, um zu merken, dass Mister Persilschein die Hosen gestrichen voll hatte. »In Zeiten wie diesen, wo ganz Berlin am Tropf hängt, kann man doch wohl nicht reich werden, oder?«

»Haben Sie eine Ahnung!«

Sydow stieß ein verächtliches Lachen aus. »Gut möglich, dass ich die nicht hatte. Jedenfalls nicht bis vor Kurzem. Deswegen habe ich nämlich Erkundigungen eingezogen. Und die sind nicht unbedingt günstig für Sie ausgefallen.«

»Erkundigungen? Bei wem denn?«, presste Ewald voller Häme hervor.

»Wie gesagt«, dachte Sydow nicht daran, sich auf sein Geplänkel einzulassen, »was meine Informationen angeht, scheinen Sie eine geradezu rasante Karriere hinter sich zu haben. Wahrhaft erstaunlich, um es dezent auszudrücken. Schwarzhändler, dubioser Geschäftemacher und dann – Abrakadabra! – ein Mann, um den sich alle reißen. Allen voran die hohe Politik.«

Ewald verzog das Gesicht, und die Kräuselung seiner Lippen mutete wie die Mimik eines Raubtieres an. »Ist das etwa verboten?«

»Einen Auftragsmörder anzuheuern, meinen Sie? Ich denke schon. Bedenkt man, was für Sie auf dem Spiel gestanden hat – beziehungsweise noch steht.« Ohne Ewald aus den Augen zu lassen, schlenderte Sydow zur Tür, griff zur Klinke und ließ sie laut und vernehmlich einrasten. »Aus Rücksicht auf Ihre Familie«, erklärte er süffisant und wandte sich wieder dem Hausherrn zu. »Denn jetzt, verehrter Herr Mertens, geht es ans Eingemachte.«

»Ach ja?«

»Und das bedeutet: Mir brennen da ein paar Dinge unter den Nägeln, die ich unter allen Umständen klären möchte. Drittens: Wie alt sind Sie eigentlich?«

Zu borniert, um Sydows Falle zu wittern, griff Ewald nach einer Zigarrenschachtel, hangelte eine Havanna heraus und nahm die wohleinstudierte Pose eines Rittergutsbesitzers an. »Ich denke, Sie lesen Zeitung«, antwortete er in verächtlichem Ton. »Für den Fall, dass dem so ist, müssten Sie eigentlich wissen …«

»Was Sie im Krieg gemacht haben, Mertens? Nein, weiß ich ehrlich gesagt nicht. Sonst wäre ich um Einiges schlauer. Zumindest, was Ihre Karriere im Dienst der SS betrifft. Aber was nicht ist, kann ja noch werden.« Sydow bedachte Ewald mit einem geringschätzigen Blick. »Machen wir's kurz: Was genau haben Sie in Ihrer Eigenschaft als ›Werwolf‹ denn eigentlich so getrieben? Keine Sorge – über die Zeit *vor* 45 werden wir noch reden.«

»Nichts gegen Ihre Fantasie, Herr Kommissar, aber …«

»Hier, Mertens – frisch aus dem Archiv«, fuhr Sydow

dazwischen und warf ein Bündel Zeitungsausschnitte auf den Tisch. »Na, fängt's vielleicht an zu klingeln?«

»Bei was denn?«, blieb Ewald seiner Linie treu. »Ein Zeitungsartikel über mich ist doch weiß Gott nichts Besonderes.«

»Stimmt. Aber eine Prostituierte, die mindestens ein halbes Dutzend Bilder von Ihnen ausgeschnitten hat, schon. Riecht verdammt noch mal nach Erpressung, wenn Sie mich fragen.«

»Einmal angenommen, Sie hätten recht – wäre das denn so ungewöhnlich?«

Aus Sydows Mund kam ein gallenbitteres Lachen. »Natürlich nicht. Ungewöhnlich ist nur die Art, mit der Sie auf den Erpressungsversuch reagiert haben. Etwas dagegen, wenn ich Ihr Gedächtnis kurz auffrische?«

Ewald blies einen Rauchkringel in die Luft und schwieg.

»Keine Antwort ist auch eine Antwort«, fuhr Sydow mit einem gezwungenen Lächeln fort. »Bringen wir's also hinter uns. Fakt ist, dass sich eine 27-jährige Prostituierte seit geraumer Zeit für Sie interessiert und zu guter Letzt erpresst zu haben scheint. Motiv: Habgier. Respektive der Wunsch, auch einmal auf der Gewinnerseite zu sein. Bedenkt man, in was für einem Dreckloch sie gehaust hat, leicht nachzuvollziehen.« Die Hand auf den Balken der Terrassentür gestützt, blieb Sydow stehen. Der Wind hatte merklich aufgefrischt und fegte in immer heftigeren Böen über die Havel hinweg. »In jedem Falle fasst besagte Dame den Entschluss, ihre dürftigen Lebensumstände zu ändern«, ergänzte Sydow und nahm wieder auf dem Jugendstilsofa Platz. »Das heißt, Sie unternimmt einen Erfolg versprechenden Erpressungsversuch.«

»Erfolg versprechend?«

»Und ob. Würde nämlich rauskommen, in welchen Kreisen Sie sich bewegen, hätten Sie sofort einpacken können. Das heißt, Lilian Matuschek – so ihr Name – geht aufs Ganze, droht damit, Ihre Vergangenheit im Dienst der SS publik zu machen und lässt sich schließlich breitschlagen, eine in ihrem Besitz befindliche Liste mit den Namen besonders vertrauenswürdiger Kameraden an einen Ihrer Gorillas zu übergeben. Treffpunkt: Invalidenstraße. Uhrzeit: kurz vor sieben. Soweit verständlich?«

»Mit Ihrer gütigen Erlaubnis würde ich die Liste gerne einmal sehen.«

»Ende der Vorstellung, Mertens!«, donnerte Sydow, riss den Brief an Himmler aus der Tasche und hielt ihn Ewald vors Gesicht. »Ich zitiere: ›An den Reichsführer-SS und Chef der deutschen Polizei. Wie von Ihnen, Reichsführer Himmler, mit Schreiben vom 9.4. gewünscht, anbei die erbetene Liste mit …‹«

»Sehe ich das richtig, Herr Kommissar, dass es sich bei Ihrem vermeintlichen Beweisstück nur um einen vergilbten Fetzen Papier handelt? Soll das heißen, Sie haben nichts weiter gegen mich in der Hand?«

Die Häme in Ewalds Stimme war nicht zu überhören, und er gab sich auch keine Mühe, mit ihr hinterm Berg zu halten. Auf der Havel war das Geräusch eines Motorbootes zu hören, aber da er ganz auf Ewald fixiert war, hörte Sydow nur mit einem Ohr hin. »Und die Leiche im Grunewald?«, hielt er dagegen, wohl wissend, auf welch dünnem Eis er sich bewegte. »Aus welchem Grund wurde Ihr Kamerad exekutiert? Was führen Sie und Ihre Blutsbrüder von der SS im Schilde? Diese sogenannten Werwölfe, die nicht kapiert haben, dass ihre Zeit längst abgelaufen ist? Raus mit der Sprache, Mertens, sonst lasse ich Sie dem Haftrichter vorführen!«

»Der mich ein paar Minuten später wieder auf freien Fuß setzen wird«, vollendete Ewald, erhob sich und schlenderte auf die Terrassentür zu. Das Motorengeräusch war jetzt deutlich zu hören, nicht viel mehr als einen Steinwurf entfernt. »Ich fürchte, Sie sind im Begriff, einen Riesenfehler zu begehen«, fuhr er mit unüberhörbarer Genugtuung fort, die Havanna in den Mundwinkel geklemmt. Dann goss er sich einen Sherry ein und trat trotz des aufkommenden Unwetters auf die Terrasse hinaus. »Deshalb würde ich Ihnen raten, sich das Ganze noch einmal gut zu überlegen. Im Grunde meines Herzens bin ich nämlich ein toleranter Mensch. Und darum ein Vorschlag zur Güte, Herr Kommissar: Für den Fall, dass Sie Vernunft annehmen, würde ich von meiner Absicht, Ihre Vorgesetzten einzuschalten, absehen und die ganze leidige Angelegenheit auf sich beruhen lassen. Zumal es Dinge gibt, für die ich viel Energie und meine ganze Aufmerksamkeit aufwenden muss.«

»Wie etwa die Wiedererrichtung des Dritten Reiches?«

Vom Brausen des Windes überdeckt, war von Ewalds Stimme nur ein ersticktes Lachen zu hören. »Nichts für ungut, Herr Kommissar, aber sind Sie nicht auch der Meinung, Ihr Gefasel von Werwölfen, der SS und einem finsteren Komplott geht ein bisschen zu …«

Im Nachhinein, mit reichlich Abstand zu den Eindrücken, die ihn in diesem Moment überrollten, konnte sich Sydow an jedes Detail erinnern. Als er mit ihnen konfrontiert wurde, war er dazu nicht in der Lage. Alles kam so plötzlich, dass er wie gelähmt auf dem Sofa verharrte, unfähig, auf die Geschehnisse zu reagieren.

Das Lachen von Mertens machte den Anfang. Zeit, etwas darauf zu erwidern, blieb Sydow jedoch nicht. Kaum hatte er damit begonnen, sich über sein Gegenüber lustig zu machen, war Ewald nämlich tot. An der Balustrade, auf die er sein Sherryglas gestellt hatte, wurde Paul Mertens alias Ewald von den Geschossen einer Browning M2 Kaliber 12,7 mal 99 mm in Sekundenschnelle durchsiebt. Die Kugeln trafen ihn mit einer derartigen Wucht, dass sein Schädel förmlich explodierte, mit tödlicher, durch nichts zu stoppender Präzision. Bevor Sydow begriff, was gespielt wurde, war die Balkontür mit Blutspritzern übersät, und als er seine Lähmung überwunden hatte, beschrieb Paul Ewald, Ex-Obersturmführer der SS, einen Halbkreis, durchbrach den rechten Türflügel und blieb in einem Gemisch aus Glasscherben, Blut und Holzsplittern liegen.

Auf einen Schlag wie elektrisiert, würdigte Sydow ihn keines Blickes, sondern zückte seine Waffe, duckte sich und spähte auf die Terrasse hinaus. Das Maschinengewehrfeuer war verebbt, und als er sich ins Freie wagte, war von der Havel aus das Aufheulen eines Motors zu hören.

Sydow zögerte keine Sekunde. Die Walter PPK in der Hand, stürmte er in den Garten und von dort aus auf das Ufer zu. Das Motorboot, aus dem die Schüsse abgefeuert worden waren, war höchstens 20 Meter davon entfernt. An Bord befanden sich zwei Maskierte, einer davon am Steuer und der zweite am Heck, die Browning im Anschlag, mit der er in aller Gemütsruhe auf ihn zielte. Er schien es überhaupt nicht eilig zu haben, seiner Sache mehr als sicher.

Einem Impuls folgend, der jeglicher Vernunft spottete, blieb Sydow stehen. Der Wind peitschte ihm ins Gesicht, und der Regenschleier, der über der Havel niedergegangen war, rückte unerbittlich näher. Um ihn außer Gefecht zu setzen, hätte es keines Meisterschützen bedurft, doch aus einem unerfindlichen Grund nahm sich der Maskierte an Bord des Schnellbootes viel Zeit. Nicht sicher, ob es sich bei dieser Begegnung um einen Albtraum handelte, ließ Thomas Randolph von Sydow, Hauptkommissar der Kripo Berlin, die Waffe sinken und starrte den Maskierten unverwandt an. Warum, wurde ihm im gleichen Moment klar. Er hatte den MG-Schützen, der keinerlei Anzeichen von Eile zeigte, schon einmal gesehen.

Und den Maskierten am Steuer auch.

Die Frage nach dem Wann, die sich Sydow im gleichen Moment stellte, blieb freilich unbeantwortet. Schuld daran war der bewaffnete Maskierte, dessen Lässigkeit schlagartig wie weggeblasen war. Die Hände gegen die linke Brusthälfte gepresst, bäumte er sich urplötzlich auf, torkelte auf die Bordkante zu und verlor das Gleichgewicht. Ein ersticktes Gurgeln, Aufspritzen der Gischt, Schaumkronen, die sich mit seinem Blut vermischten. Dann war der Schütze, der das Leben von SS-Obersturmführer Ewald jäh beendet hatte, tot.

Der Maskierte am Steuer des Schnellbootes war es jedoch nicht. Kaum war sein Komplize über Bord gegangen, hatte er den Motor aufheulen lassen, Gas gegeben und jagte mit Höchstgeschwindigkeit davon, ungeachtet der Kugeln, die vom Bootssteg des Nachbargrundstückes auf ihn abgefeuert wurden. Keine fünf Sekunden, und er war hinter den Regenböen, die wie Geißelhiebe über Schwanenwerder fegten, verschwunden.

Mit dem Gefühl, durch nichts mehr zu erschüttern zu sein, legte Sydow die restlichen Meter zum Ufer zurück, wandte sich nach links und sah die Person, die ihre Parabellum immer noch im Anschlag hielt, entgeistert an. Um zu begreifen, wen er da vor sich hatte, musste er schon zweimal hinsehen, und selbst dann war ihm die Verärgerung immer noch ins Gesicht geschrieben.

Mit allem hatte er gerechnet, nur damit nicht.

»Ich denke, Sie sind mir eine Erklärung schuldig!«, rief er der Endzwanzigerin zu, während sie die Parabellum rasch unter ihrem Trenchcoat verschwinden ließ. Im Gegensatz zu ihrem ersten Aufeinandertreffen war der Traum aller Männer nicht wiederzuerkennen. Das brünette Haar streng gescheitelt, war das Gesicht von Gladys McCoy von tiefen Falten durchzogen, von der Affektiertheit, die sie an den Tag gelegt hatte, war nichts mehr übriggeblieben.

»Das denke ich auch, Herr Kriminalhauptkommissar«, entgegnete die Britin, vergrub die Hände in ihrem Trenchcoat und schlenderte am Ufer entlang auf ihn zu. Der Regen fiel in dicken Tropfen, und als sie Sydow gegenübertrat, war von der Aura, die sie umgab, kaum noch etwas zu spüren. Miss Pin-up hatte sich in Luft aufgelöst, wie Sydow überrascht feststellen musste. »Sieht ganz danach aus, als seien wir aufeinander angewiesen.«

»Ach, wirklich?«

»Meiner Meinung nach schon«, erwiderte Gladys McCoy mit Blick auf den Maskierten, der mit dem Gesicht nach unten im aufgewühlten Wasser trieb. »Sonst wird sich die Zahl der Leichen, mit denen wir beide es zu tun bekommen haben, im Verlauf des Tages noch erheblich steigern.«

»Um wie viele denn?«, raunzte Sydow, nicht willens, sich so einfach um den Finger wickeln zu lassen.

»Darüber kann man nur spekulieren«, lautete die Antwort, während sich Gladys McCoy mit dem Handrücken die Regentropfen aus dem Gesicht wischte. »Wenn wir Pech haben, werden es Zehntausende sein.«

27

Berlin-Mitte, Flakbunker Humboldthain | *18.30 h*

»Frage: Uhrzeit?«, schnarrte der Maskierte, um den sich knapp ein Dutzend Getreue geschart hatte. Von den Leichen der vier Rotarmisten, achtlos aufeinandergetürmt, nahm keiner von ihnen Notiz. Die Luft im Inneren des ehemaligen Flakbunkers roch nach Mäusekot und Urin, und im Licht der Taschenlampen, deren Kegel an der Betondecke entlangtanzten, sahen die ehemaligen Soldaten der Waffen-SS wie Untote aus.

»Halb sieben, Nummer eins!«, bellte einer der Umstehenden, wie die übrigen mit der Uniform eines Rotarmisten bekleidet. »Noch eineinhalb Stunden bis zum Beginn von Ablenkungsmanöver drei.«

»Und der Kommandotrupp für unser Hauptziel?«

»Bereit zum Losschlagen!«, stieß das knapp 30-jährige Muskelpaket, Ex-Oberleutnant der Waffen-SS, wie aus der Pistole geschossen hervor und wies mit der Kinnspitze in Richtung der Uniformierten, die rechts von ihm mit geschulterter Kalaschnikow Aufstellung genommen hatten. »Und zu allem entschlossen.«

»Das will ich auch hoffen, Oberleutnant«, antwortete der Maskierte, der Zivilkleidung trug, in markigem Ton. Mit Ausnahme des Oberleutnants hatte keiner der Uniformierten je sein Gesicht gesehen, und dabei würde es auch bleiben. »Dass eine Menge davon abhängt, brauche ich ja wohl nicht zu betonen.«

»Natürlich nicht, Nummer eins«, gab der SS-Mann

zurück. »Wie immer können Sie sich auf mich verlassen. Was auch geschieht, ›Operation Wotan‹ wird unter allen Umständen ausgeführt werden. Ohne Rücksicht auf Verluste. Koste es, was es wolle.«

Der Maskierte, dessen Fistelstimme in merkwürdigem Gegensatz zu seinem herrischen Auftreten stand, reagierte mit der Andeutung eines Nickens. »Das sind wir, die Mitglieder der ›Gruppe W 45‹, dem Andenken des Führers und seiner welthistorischen Mission auch schuldig. Nur noch zwei Stunden, und wir alle werden an der Schwelle eines neuen Zeitalters stehen. Die Zeit der Werwölfe, des Kampfes im Untergrund, der konspirativen Tarnung sind damit unwiderruflich vorbei.« Auf dem besten Wege, sich in Rage zu reden, schnappte der Maskierte nach Luft, und die Atmosphäre, welche die herumliegenden Trümmer, Schutthaufen und eingestürzten Betonwände schufen, hätte gespenstischer nicht sein können. Auf den hageren Mittvierziger schien dies jedoch keinerlei Eindruck zu machen. »Kameraden!«, rief er mit sich überschlagender Stimme aus. »Die Zeit zum Handeln ist gekommen. Fragt nicht danach, ob unser Unternehmen von Erfolg gekrönt sein wird, fragt nicht, welche Opfer es euch abverlangen wird. Was zählt, ist allein der Erfolg, nicht unser aller Leben. Steht doch eines unverrückbar fest: Unser Plan, die Amerikaner zum Losschlagen gegen die bolschewistischen Untermenschen zu verleiten, muss und wird gelingen. Darauf, und nur darauf, sollten sich unsere Gedanken konzentrieren. Haben wir uns verstanden?«

»Jawohl, Nummer eins!«, hallte es zwischen den Betonwänden hin und her. »Heil Hitler!«

»Noch irgendwelche Fragen?«

Zum Unwillen des Maskierten meldete sich der Oberleutnant zu Wort. »Und Nummer drei?«, fragte er in unterwürfigem Ton. »Eigentlich müsste er doch längst ...«

»Keine Sorge«, fiel ihm der Maskierte ins Wort und warf einen raschen Blick auf die Uhr. »Was das Schicksal von Nummer drei betrifft, brauchen wir uns zum gegenwärtigen Zeitpunkt keine Gedanken mehr zu machen.«

Auf der Stirn des Oberleutnants, dessen stramme Haltung sich spürbar gelockert hatte, machten sich tiefe Runzeln breit. »Keine Gedanken mehr?«, echote er. »Was hat das zu bedeuten?«

»Das bedeutet, er ist unabkömmlich«, erwiderte der Maskierte, wobei er das letzte Wort besonders betonte. »Sämtliche von ihm ausgeübten Funktionen werden ab sofort von Nummer zwei wahrgenommen.« Der Maskierte gab ein nervöses Räuspern von sich, massierte die Nasenflügel und schritt mit demonstrativer Gelassenheit auf den Oberleutnant zu. »Wenn wir gerade dabei sind, Kamerad –«, seine Fistelstimme sank zu bedrohlichem Flüstern herab, »was ist denn eigentlich mit der Volksgenossin, mit deren Hilfe Kamerad Maschke den Coup an der Glienicker Brücke inszeniert hat? Mit der Gespielin eines gewissen Paul Mertens, meine ich.«

»Schwimmübungen im Landwehrkanal«, ließ die sarkastische Replik des Uniformierten nicht lange auf sich warten. »Seit etwa zwei Stunden.«

Der Maskierte begann sich merklich zu entspannen. »Dann wäre *das* also geklärt«, sprach er wie zu sich selbst und musterte die Gesichter seiner Getreuen, bei deren Anblick niemand auf den Gedanken gekommen wäre, hier könne es sich nicht um Rotarmisten handeln. »Bleibt nur noch, Nummer zwei und Kamerad Maschke bei ihrer Mission die Daumen zu drücken. Wenn alles gut geht, werden sie demnächst zu uns stoßen.«

»Mission?«, ließ sich ein blonder Endzwanziger mit Gardemaß vernehmen. »Was für eine Mission?«

»Darüber, Kamerad«, antwortete der Maskierte gedehnt, während er einen erneuten Blick auf seine Armbanduhr warf, »würde ich mir an deiner Stelle nicht allzu viele Gedanken machen.« Dann wirbelte er herum, zog seine Mauser 08 und drückte sie dem völlig überrumpelten SS-Panzergrenadier gegen die Stirn. »Wer nicht für mich ist, ist gegen mich«, zischte er, bebend vor Zorn. »Verstanden, Kamerad? In der gegenwärtigen Phase der ›Operation Wotan‹ kann und werde ich keine Einwände mehr dulden. Nicht einmal dann, wenn es sich um unsere Nummer drei handelt. Oder gehandelt *hat*. Du hast doch miterlebt, was passiert, wenn man meine Geduld zu sehr strapaziert. Oder hast du den kleinen Zwischenfall während unserer Einsatzbesprechung heute früh schon wieder vergessen?«

Sprachlos vor Entsetzen, rührte sich der SS-Panzergrenadier nicht vom Fleck. »Natürlich nicht, Nummer eins«, stammelte er, während ihm der Speichel aus dem Mundwinkel tropfte. »Was immer du befiehlst, wird geschehen.«

»Genau das wollte ich hören«, schnitt ihm der Maskierte das Wort ab und ließ die Mauser wieder sinken. »Damit wir uns richtig verstehen«, fügte er nach längerem Schweigen hinzu. »Ich werde weitere Fälle von Insubordination nicht dulden. Haben wir uns verstanden?«

»Jawohl, Nummer eins«, hallte es dem Mann, in dem viele Berliner bereits den kommenden Regierenden Bürgermeister sahen, von allen Seiten entgegen. »Sieg Heil!«

»An die Arbeit, Männer«, erwiderte der Maskierte, durchquerte das Spalier seiner Getreuen und war kurz darauf hinter einer Schutthalde verschwunden.

28

Lakenheath Airfield, Suffolk/England | 17.30 h Ortszeit

Die Einsatzbesprechung hatte gerade begonnen, als Captain Nick Sarstedt der Verdacht beschlich, dass dies kein Briefing wie jedes andere werden würde. Im Verlauf seiner Dienstzeit, insbesondere während des Pazifikkrieges, hatte er Dutzende erlebt, sehr bald nicht mehr als Routine. Davon konnte am heutigen Tag jedoch keine Rede sein. Diese Einsatzbesprechung war anders. Das spürte man sofort.

Allein schon die Anwesenheit eines leibhaftigen britischen Air Marshall war verdächtig genug. Da war etwas im Busch, ohne Zweifel. Sonst hätte sich dieser Sesselfurzer nicht extra von London aus hierher bequemt. Die Miene des Geschwaderkommandeurs, der aussah, als habe man ihm gerade Elektroschocks verpasst, tat ein Übriges. Wenn Big Belly, wie er hinter vorgehaltener Hand genannt wurde, auf seine heiß geliebten Donuts verzichtete und sich stattdessen mit einem Becher Kaffee zufriedengab, war Alarmstufe eins angesagt.

Jede Wette.

Captain Sarstedt, 29 Jahre, dunkelhaarig, gut gebaut und Kommandant einer B-29 Superfortress, sollte recht behalten. Und nicht nur das. Der Südstaatler, der wie eine gelungene Kopie von Clark Gable aussah, bekam vor Überraschung fast den Mund nicht mehr zu. Da bleibt einem glatt die Spucke weg!, fuhr es ihm durch den Sinn, und ein Blick auf seine Crew überzeugte ihn, dass die Jungs genauso dachten wie er.

DEFCON* 3. Übernahme von Nuklearsprengkörpern innerhalb einer Stunde. Oberste Geheimhaltungsstufe. Mindestens zehn Maschinen ständig in der Luft. Was das zu bedeuten hatte, konnte man sich leicht ausmalen.

»Noch Fragen, meine Herren?« Trotz der Ventilatoren, deren Surren die Begleitmusik zu Big Bellys Befehlsausgabe geliefert hatten, war Sarstedts Nacken plötzlich feucht. An der Luft in der schmucklosen Wellblechbaracke konnte es nicht liegen. Vom Krieg gegen die Japse, den er Gott sei Dank heil überstanden hatte, war er da ganz andere Sachen gewohnt.

»Danke, meine Herren – wegtreten.«

Nein, schuld daran, dass er allmählich Fracksausen bekam, war sein Instinkt. Und der sagte ihm, dass dies keine x-beliebige Übung war. Das war der Ernstfall. Der Fall, über den man seit 1945 laufend debattiert, mit dem aber niemand ernsthaft gerechnet hatte.

»Moment, Nick – ich habe mit Ihnen zu reden.« Big Belly, genauer gesagt Generalmajor James Perkins, nahm Sarstedt zur Seite und wartete ab, bis die Offiziere und Crewmitglieder die Baracke verlassen hatten. Im Gegensatz zu sonst, wo er Witze am Fließband riss, war ihm das Lachen offenkundig vergangen, sein Blick fahrig und stumpf. »Kopf hoch, wird schon nicht so schlimm werden.«

»Nicht so schlimm?«, stieß Sarstedt mit ungläubigem Staunen hervor. »Soll das etwa heißen, es wird tatsächlich ernst?«

»Schon möglich, alter Junge«, wiegelte der nur 1,78 Meter große, dafür aber knapp 100 Kilo schwere Generalmajor mit der durch ein paar fettige Haarsträh-

---

* engl.: Defence readiness condition, Kriegszustand = DEFCON 1

nen kaschierten Glatze ab. »Was passieren wird, hängt einzig und allein von den Russen ab.«

»Inwiefern?«

»Dem Vernehmen nach, das heißt laut Pentagon, soll es in Berlin zu einer Reihe ernsthafter Zwischenfälle gekommen sein«, rückte Perkins mit Blick auf Sarstedts Crew, die sich vor der Baracke herumdrückte, heraus. »Der Grund, weshalb Sie und Ihre Jungs hierher beordert worden sind.«

»Sie werden lachen, aber das habe ich auch schon mitgekriegt, Herr Generalmajor.«

Auf dem Gesicht des Geschwaderkommandeurs, der Sarstedts Seitenhieb geflissentlich ignorierte, breitete sich ein Lächeln aus. Für Sarstedt ein Alarmzeichen, wie ihm aus langer Erfahrung mit allen nur erdenklichen Vorgesetzten klar geworden war. »Umso besser für Sie«, antwortete Big Belly gedämpft, »dann kann ich ja gleich zur Sache kommen.«

»Ich habe auch nichts anderes erwartet, Sir.«

»Warum so bärbeißig, Nick?«, lachte Perkins, von dessen vorgetäuschter Jovialität sich Sarstedt jedoch nicht blenden ließ. »Wenn ich Sie wäre, würde ich mich freuen.«

»Und wieso?«, fragte Sarstedt, dem bewusst war, mit wem er es hier zu tun hatte. Nämlich mit einem knochenharten Kommisskopf, der die Befehle, die er aus Washington bekam, prompt ausführen würde.

Und mit einem Zyniker sondergleichen.

»Weil man Sie, Captain Sarstedt, für eine ganz besondere Mission auserkoren hat.«

»Und die wäre?«

»Die Durchführung der ›Operation Armageddon‹, Nick.«

Sarstedt runzelte fragend die Stirn. »Tut mir leid, Sir, aber darunter kann ich mir momentan nichts vorstellen.«

»Natürlich nicht, mein Junge«, hängte Big Belly den Verständnisvollen heraus, »ist ja auch streng geheim. Wenn, dann soll das Ganze schließlich eine Überraschung werden.«

»Eine Überraschung, Sir?«

»Nicht für Sie, Nick, sondern für Uncle Joe«, erläuterte Perkins, dessen Art, um den heißen Brei herumzureden, Sarstedt absolut gegen den Strich ging. »Wäre doch gelacht, wenn wir den Russen nicht mal so richtig den Arsch heiß machen könnten.«

»Bei allem schuldigen Respekt, Sir: Hätten Sie vielleicht die Güte, mir mitzuteilen, worin meine Rolle bei der ›Operation Armageddon‹ besteht?«

Ein Stirnrunzeln von Sarstedt, und mit der Großspurigkeit seines Vorgesetzten war es vorbei. »Eine Atombombe auf Moskau abzuwerfen, Nick«, flüsterte ihm Perkins ins Ohr, klemmte sein Clipboard unter den Arm und fuhr mit dem Handrücken über sein Doppelkinn. »Wenn's geht, direkt auf den Kreml.«

Die Uniformmütze unter die linke Achsel geklemmt, wurde Sarstedt leichenblass. »Auf den Kreml?«, wiederholte er, bemüht, seine Bestürzung vor Perkins zu verbergen. »Wir?«

»Ganz recht. Wie die Dinge liegen, haben die Jungs im Pentagon Sie dazu auserkoren, Moskau dem Erdboden gleichzumachen.« Durch den aufgeschwemmten Rumpf von Perkins ging ein Ruck. »Anders ausgedrückt: Noch ein krummes Ding, ein Schuss oder ein falsches Wort, und Stalin wird das Lachen endgültig vergehen.«

29

Insel Schwanenwerder, amerikanischer Sektor | 19.05 h

»So, dann woll'n wir mal«, murmelte Sydow und zog dem Leichnam, neben dem er kniete, die Maske vom Gesicht. Das Unwetter hatte an Stärke zugenommen, und die Böen, die gegen das Bootshaus brandeten, muteten wie die Vorboten des Weltuntergangs an. »Kann mir schon denken, wer du bist.«

An die zwei Meter, Bürstenschnitt, Schmiss und durchtrainiert. Wolfsangel an der Schulter. Markantes Kinn, blond, blaue Augen.

Ein SS-Recke wie aus dem Völkischen Beobachter.

Ein Blick, und Sydows Vermutung, bei dem mutmaßlichen Mann fürs Grobe handele sich um einen SS-Angehörigen, sollte zur Gewissheit werden. Die Wolfsangel lieferte ein erstes Indiz, und die Blutgruppentätowierung oberhalb des Ellbogens ließ jegliche Zweifel verstummen. Keine Frage, der Tote war Angehöriger eines SS-Totenkopfverbandes gewesen. Das A auf dem Oberarm, das seine Blutgruppe angab, schloss jegliche Ungewissheit von vornherein aus. Ein Grund mehr, mit sich und der Welt zufrieden zu sein.

Dass er es nicht sein konnte, lag auf der Hand. Nachdem die Dame des Hauses in die Obhut zweier Beamtinnen gegeben worden war, hatten Krokowski und die Kollegen von der Spurensicherung damit begonnen, die Bude auf den Kopf zu stellen. Herausgekommen war bis jetzt allerdings noch nichts. Die Liste, mit der Paul Mertens erpresst, derentwegen der Zweimetermann mit der Ermordung von Lilian Matuschek beauftragt worden war, hatte sich anscheinend in Luft aufgelöst. Nirgendwo, nicht einmal im Safe, hatte es den geringsten Hinweis darauf gegeben.

Sydow schüttelte nachdenklich den Kopf. Die Frage war, ob sie überhaupt versteckt und am Ende nicht vielleicht vernichtet worden war. So etwas musste man natürlich in Betracht ziehen, wenngleich er das Gefühl hatte, diesbezüglich sei noch nicht das letzte Wort gesprochen.

Mit einer Miene, die sowohl Ratlosigkeit als auch unterdrückte Wut verriet, ließ Sydow den Oberarm des ehemaligen SS-Schergen wieder zurück auf den Boden gleiten, deckte ihn zu und rappelte sich auf. In eine Sackgasse war er im Zuge seiner Ermittlungen schon des Öfteren geraten, jedoch nicht annähernd wie jetzt. All das hier ergab keinen Sinn, von der Frage, was Mertens und Co. im Schilde geführt hatten oder noch führten, gar nicht zu reden. Dass hier etwas im Gange war, merkte jedes Kind, und die Frage, weshalb der Tote im Grunewald exekutiert worden war, beschäftigte Sydow unentwegt. Die Vergangenheit von Mister Persilschein war eine Sache, was er im Schilde gehabt hatte, eine andere.

»Na, schon irgendeine Spur?«, hörte Sydow plötzlich eine weibliche Stimme sagen, und da er wusste, zu wem sie gehörte, rührte er sich nicht vom Fleck.

»Irre ich mich, oder wollten Sie reinen Tisch machen, Miss?«, murrte er, die Hände in den Hosentaschen vergraben. »Damit wir beide nicht weiter im Dunkeln tappen.«

»Zigarette?«

Trotz des Grolls, den Sydow immer noch hegte, konnte er dem Angebot nicht widerstehen. »Meinetwegen«, entgegnete er, drehte sich um und sah Gladys McCoy prüfend an. »Machen Sie das eigentlich öfter so?«

»Was denn?«

»Andere Leute an der Nase herumführen.«

»Wie gut, dass Sie so direkt sind«, erwiderte die MI6-Agentin, schüttelte sich den Regen aus dem Haar und schloss die Tür. »Ich denke, das wird uns der Lösung des Falles um einiges näherbringen.«

»Wäre es dann nicht an der Zeit, sämtliche Karten auf den Tisch zu legen?«

Die Antwort auf Sydows Frage, die Gladys McCoy offenbar nicht leichtfiel, ließ geraume Zeit auf sich warten. »Ist das nicht ein bisschen viel verlangt?«

»Kommt drauf an, was Sie alles zu bieten haben.«

»Genug, um etliche Ihrer Fragen zu beantworten«, tat Gladys McCoy, in deren Mundwinkel sich winzige Grübchen bildeten, eher zögerlich kund und hielt Sydow die Zigarettenschachtel hin. »Darauf können Sie sich verlassen.«

»Wenn dem so ist«, bohrte Sydow weiter, nachdem er der Verlockung erlegen war und sich eine John Player geangelt hatte, »werden Sie gegen ein paar Fragen sicherlich nichts einzuwenden haben.«

Die MI6-Agentin tat es Sydow gleich, zündete sich eine Zigarette an und drückte ihm das Feuerzeug in die Hand. »Hartnäckig sind Sie ja, das muss man Ihnen lassen.«

»Danke für die Blumen«, antwortete Sydow, nachdem er sich eine angesteckt und mehrere Sekunden hatte verstreichen lassen. »Dafür mache ich es auch kurz.«

»Wie rücksichtsvoll von Ihnen.«

Sydow tat, als habe er den Seitenhieb überhört. »Wie ist es Ihnen eigentlich gelungen, Mertens auf die Spur zu kommen?«

»Purer Zufall«, erwiderte Gladys McCoy. »Hätte der Tote im Grunewald nicht einen Lohnstreifen der Mertens AG bei sich gehabt, würden wir vermutlich ganz schön alt …«

»Moment mal: Soll das etwas heißen, dass …«

»… aussehen. Das soll heißen, dass die Leiche bekleidet war – genau«, gestand die MI6-Agentin ein. »Eine kleine Vorsichtsmaßnahme von uns.«

»Von uns?«, stieß Sydow ärgerlich hervor. »Darf man fragen, mit wem ich hier die Ehre habe?«

»Gladys McCoy – Secret Service Seiner Majestät«, antwortete die Agentin ungerührt. »Ich hoffe, das bleibt unter uns.«

»Mal sehen, was sich machen lässt«, flüchtete sich Sydow in Ironie. »Hört sich ja nach einem verdammt heißen Eisen an.«

»Vorsichtig ausgedrückt, Herr Kommissar. So heiß, dass man sich glatt daran verbrennen kann«, ergänzte die Secret-Service-Agentin in ernstem Ton. »Worauf ich hinauswill, wollen Sie wissen? Ganz einfach: Vor drei Tagen, also am Samstag, meldet sich bei Generalmajor Herbert ein anonymer Anrufer. Zunächst rückt er nicht richtig mit der Sprache heraus, behauptet dann aber, der sogenannten ›Gruppe W 45‹ anzugehören.«

»W für Werwolf?«

»Richtig. Seinen Worten nach zu schließen, handelt es sich um eine Gruppe ehemaliger SS-Angehöriger, von denen der Anrufer behauptet, sie schreckten vor nichts zurück.«

»Originalton?«

Gladys McCoy nickte. »Wir haben das Gespräch auf Band. Das heißt, zumindest einen Großteil davon. Was wir allerdings nicht haben, ist sein Name.« Die Agentin zog hastig an ihrer Zigarette. »Dessen ungeachtet kann oder will Mister Unbekannt nicht preisgeben, was eigentlich genau am Laufen ist. Nur so viel, dass die ›Gruppe W 45‹ zu allem entschlossen sei. Und dass er Angst habe, in etwas hineingezogen zu werden, das unabsehbare Konsequenzen haben könne.«

Sydow pfiff leise durch die Zähne. »Jetzt wird mir einiges klar«, murmelte er und strich mit Daumen und Zeigefinger über das Kinn. »Passt doch alles prima zusammen.«

»Was denn?«

»Unter anderem der Befund aus der Pathologie. Laut einem gewissen Dr. Peters, bei dem ich auf dem Herweg vorbeigeschaut habe, ist der Tote aus dem Grunewald per Genickschuss ins Jenseits befördert worden. Mithilfe einer Tokarew TT-33, wie ich der Vollständigkeit halber hinzufügen muss. Sie verstehen, worauf ich hinauswill, Miss?«

»Doch nicht etwa darauf, dass der Tote mit dem Anrufer identisch ist?«

»Und ob«, ließ Sydow mit unüberhörbarer Genugtuung verlauten. »Anders ausgedrückt: Dem Mann, den wir im Grunewald ausgebuddelt haben, ist das, was diese Werwölfe vorhaben, eine Nummer zu groß. Oder er bekommt ganz einfach Schiss. Oder Gewissensbisse. Oder alles zusammen. Das Ende vom Lied ist, dass er sich mit seinen Kumpels anlegt, eine Kugel verpasst bekommt und so schnell wie möglich unter die Erde gebracht wird.«

Sydow rauchte seine Kippe zu Ende und drückte sie auf einem Ölfass aus. »So viel zum Thema Heldentod.«

Gladys McCoy nickte. »An Ihnen ist wirklich ein MI6-Agent verloren gegangen«, warf sie anerkennend ein und wandte sich dem toten Zweimetermann zu, bei dessen Anblick sich ihr Blick spürbar verengte. »Und wie erklären Sie sich, dass man uns mit der Panzerfaust auf den Leib gerückt ist?«

»Gute Frage.« Sydow tat sich mit seiner Antwort schwer, und als könne er bei dem toten SS-Mann eine Erklärung finden, konzentrierte er sich auf den Leichnam. »Offen gestanden habe ich bis jetzt noch keine vernünftige Erklärung dafür gefunden.«

»Da ist jemand, der Sie unbedingt von der Bildfläche verschwinden lassen wollte. Oder will.« Gladys McCoy drückte ihre John Player ebenfalls aus. »Bliebe zu klären, wer.«

Sydow nickte und verfiel ins Grübeln. »Wenn nicht der Mann fürs Grobe, wer dann«, murmelte er geistesabwesend vor sich hin, die eine Hand im Nacken, die andere in den Gürtel geklemmt. »Das ist die Frage.«

»Eine Frage, auf die wir möglichst bald eine Antwort finden sollten.«

»Auf jeden Fall«, bekräftigte Sydow, während er die Ereignisse des Tages Revue passieren ließ. Der Mord an Lilian Matuschek, die Schüsse auf Pawelka, die Unterredung mit Peters in der Pathologie, der Plausch mit der Roten Lola – an Unterhaltung hatte es wahrhaftig nicht gefehlt.

Auf einen Schlag kreidebleich, brachen Sydows Reminiszenzen jäh ab. Und das nicht nur wegen der Windböe, welche die Tür des Bootshauses beinahe aus den Angeln gerissen hätte. Schuld daran war der Gedanke, der ihm in diesem Moment kam, mit einer Wucht, dass er den Wind, der durch die offene Tür fuhr und ihm den Regen ins Gesicht peitschte, überhaupt nicht bemerkte.

»Darf man erfahren, woran Sie gerade gedacht haben?«, fragte Gladys McCoy, nachdem sie die Tür wieder geschlossen hatte. »Oder wollen Sie nicht darüber reden?«

»Letzteres«, antwortete Sydow in einer Weise, die Gladys McCoy aufhorchen ließ. »Zumindest nicht im Augenblick.«

»So viel zum Thema Zusammenarbeit, Herr Kriminalhauptkommissar.«

»Jetzt seien Sie doch nicht gleich beleidigt, Miss«, lenkte Sydow beschwichtigend ein. »Die Wahrheit ist, dass ich in einer Sackgasse gelandet bin.«

»Ich auch«, pflichtete ihm Gladys McCoy bei. Und ergänzte: Beziehungsweise *wir*.«

»Wie das?«

»Heute Vormittag, genauer gesagt kurz vor zwölf, wurde eine Skymaster, die sich im Landeanflug auf Tempelhof befand, mithilfe einer Luftabwehrkanone russischer Bauart vom Himmel geholt. Unnötig zu erwähnen, dass die Besatzung den Absturz nicht überlebt hat.«

Sydow lockerte seinen Hemdkragen. »Mannomann«, murmelte er. »Das kann ja heiter werden.«

»Wo Sie recht haben, haben Sie recht. Leider war das längst noch nicht alles.« Die MI6-Agentin fuhr mit dem Handrücken über die geschlossenen Lider und sprach mit gedämpfter Stimme: »Vertraulichen Informationen zufolge soll sich um vier ein weiterer Anschlag ereignet haben. Wer dafür verantwortlich ist, wissen wir nicht. Was wir allerdings wissen, ist, dass der oder die Täter äußerst professionell vorgegangen sind.« Gladys McCoys Miene verdüsterte sich. »Man nehme eine 20-Kilo-Bombe, deponiere sie in einem Moskwitsch, parke ihn unweit des amerikanischen Hauptquartiers und bringe sie anschließend per Fernzündung zur Explosion. Risiko: gleich null. Folgen: drei Tote und jede Menge Kleinholz. Soweit unsere amerikanischen Cousins.«

»Mit anderen Worten: Noch so ein Böller, und der Dritte Weltkrieg kann beginnen.«

»Beruhigend zu wissen, dass Sie meine Lagebeurteilung teilen«, flüchtete sich die Secret-Service-Agentin in Ironie, während das Unwetter vor der Tür apokalyptische Ausmaße annahm. »Die Frage ist, wer sich so etwas ausgedacht hat.«

»Was das betrifft«, hob Sydow mit nachdenklicher Miene hervor, »stehen die Urheber des Schlamassels doch wohl längst fest.«

»Moment mal, Sie glauben doch nicht etwa, dass ...«

»Doch, glaube ich«, beharrte Sydow und gab ein verächtliches Schnauben von sich. »Hinter dem, was Sie mir gerade geschildert haben, stecken nicht etwa die Russen. Die haben momentan genug mit sich selbst zu tun. Nein, so etwas riecht geradezu nach SS. Je länger ich darüber nachdenke, umso besser fügt sich alles zusammen. Will heißen: Wir sind auf der richtigen Spur. Ewald und Co. planen einen Anschlag, ein Mann aus den eigenen Reihen respektive eine Dame namens Lilian Matuschek kommt der ›Gruppe W 45‹ in die Quere, beide werden beseitigt – und dem Plan, den Dritten Weltkrieg vom Zaun zu brechen, steht nichts mehr im Wege.« Sydow holte tief Luft. »Glauben Sie mir, Miss – wenn wir uns nicht bald etwas einfallen lassen, hilft nur eins: Volle Deckung.«

»Glauben heißt bekanntlich nicht wissen, Herr Kriminalhauptkommissar.«

»In diesem Fall schon«, beharrte Sydow, dem es beim Gedanken an den Wahrheitsgehalt seiner Vermutung kalt den Rücken hinunterlief. »Das Dumme ist nur, dass wir momentan auf der Stelle treten.«

»Schon möglich«, räumte die MI6-Agentin lächelnd ein. »Wenngleich nicht unbedingt wahrscheinlich.«

»Da bin ich aber mal gespannt, Miss«, bekannte Sydow mit unterschwelliger Ironie. »Besonders darauf, was der Grund für Ihren Optimismus ist.«

»Der Grund, Herr Kriminalhauptkommissar«, sprach Gladys McCoy, wobei sie die Pointe absichtlich hinauszögerte, »der Grund ist, dass wir beide noch einen Trumpf im Ärmel haben.«

»Etwa eine Schachtel russische Zigaretten?«, flachste Sydow, obwohl er das Gefühl hatte, sein Sinn für Humor komme nicht übermäßig gut an.

Seine Gesprächspartnerin ließ sich dadurch jedoch nicht aus der Ruhe bringen. »Warm.«

»Lebensmittelkarten?«

»Falsch geraten.«

»Eine Flasche Berliner Kindl?«

»Das erst recht nicht.«

»Ich geb's auf – an wen oder was haben Sie dabei gedacht?«

»An einen Ukrainer namens Nikolai Borodin«, sprach Gladys McCoy, entriegelte die Tür und bedeutete Sydow, ihr zu folgen. »Wetten, dass Sie der Mann interessiert?«

*

Am Tor zum Nachbarhaus, das seit mehr als drei Jahren leer stand, hielten zwei Soldaten der Desert Rats Wache, und als Sydow die heruntergekommene Villa betrat, fröstelte ihn. Ein Gefühl, das sich im Folgenden noch verstärken sollte.

Der Keller, in den Gladys McCoy ihn führte, roch nach Schimmel, was den Eindruck, den die Villa auf ihn machte, nur noch unterstrich. Seit Kriegsende hatten sich nur noch die Ratten blicken lassen, von denen es hier überall wimmelte. Unter der Tür, auf die seine Begleiterin zusteuerte, drang ein schmaler Lichtschein hervor, und als er das weitläufige Gewölbe betrat, blieb Sydow überrascht stehen. Der Grund hierfür war weder der durchdringende Modergeruch noch die schummerige Beleuchtung oder die Spinnweben überall an der Wand. Der Grund war der junge Mann auf dem Hocker inmitten des rechteckigen Raumes, dessen Silhouette einen mehrere Meter langen Schatten warf. Einen Schatten, der, so schien es, direkt auf ihn gerichtet war.

Bewacht von zwei weiteren Elitesoldaten, die sich beim Erscheinen der MI6-Agentin diskret zurückzogen, blickte der dunkelhaarige, hagere und in sich gekehrt wirkende Brillenträger kurz auf. Aus dem Blick, den er Sydow zuwarf, sprach sein Misstrauen, weshalb er Gladys McCoy zunächst das Wort überließ. »Und – wieder einigermaßen erholt?«, fragte sie in freundlichem Ton.

Der junge Mann, den Sydow auf Ende 20 schätzte, gab ein zögerliches Nicken von sich, während sein Blick zwischen der Agentin und Sydow hin- und herwanderte.

»Darf ich vorstellen – Tom Sydow«, fuhr die Secret-Service-Agentin behutsam fort, worauf der Mann, über den Sydow außer dem Namen nichts bekannt war, unruhig auf seinem Stuhl hin und her rutschte. An der Decke, von der eine Glühlampe herabbaumelte, wucherte der Schimmel, und mit jeder Sekunde, die der Kripo-Beamte hier verbrachte, schnürte es ihm immer mehr die Kehle zu. »Von ihm haben Sie nichts zu befürchten.«

Über das Gesicht des Mannes flog ein Lächeln. »Das sagt sich so leicht«, flüsterte er, zu Sydows Überraschung auf deutsch, nippte an seinem Kaffeebecher und stellte ihn auf dem Boden ab. »Angesichts der Erfahrungen, die ich gesammelt habe, wohl nicht weiter verwunderlich, oder?«

Wider jegliche Vernunft und ohne erkennbaren Anlass begann sich Sydows Herzschlag zu beschleunigen. Der Versuch, sich dagegen zu sträuben, schlug jedoch fehl.

»Kein Grund zur Beunruhigung, Herr Borodin«, fügte Gladys McCoy geduldig an. »Alles, worum ich Sie bitte, ist, Herrn Kriminalhauptkommissar Sydow die gleichen Auskünfte zu erteilen wie mir.«

»Und wer sagt mir, dass ich ihm trauen kann?«, fragte der junge Mann mit resigniertem Augenaufschlag, während sich das Licht der Glühlampe in seinen Brillengläsern brach. »Einem Beamten der deutschen Kriminalpolizei?«

»Ich«, versetzte die Agentin ungerührt. »Mein Wort darauf.«

In die Augen des Mannes, pechschwarz wie sein Haar, trat ein merkwürdiges Flackern. Allem Anschein nach überlegte er sich seine Antwort genau, was Sydow Gelegenheit gab, ihn genauer in Augenschein zu nehmen. »Die gleichen Auskünfte wie Ihnen?«

»Ich bitte darum, Herr Borodin.«

Sydow stutzte. In dieser Gladys schien er sich vollkommen getäuscht zu haben, und ihn beschlich das Gefühl, bei Gelegenheit Abbitte leisten zu müssen.

»Ihnen zuliebe«, seufzte der junge Mann, bettete die Handflächen auf die Oberschenkel und sah Sydow mit einer Mischung aus Niedergeschlagenheit und Skepsis an. »Was also wollen Sie wissen, Herr …«

»Sydow – Thomas Randolph von Sydow.«

In den Mundwinkeln des Mannes tauchte die Andeutung eines Lächelns auf. »Engländer?«

»Halbengländer«, antwortete Sydow mit Bedacht und ließ sich auf einer Kiste in der Nähe des Mannes nieder. »Anno 42 aus Deutschland geflohen.«

Das Lächeln verschwand. Im Gehirn des Mannes begann es offenbar zu arbeiten, die Frage, mit der Sydow rechnete, blieb jedoch aus. Stattdessen nahm der junge Mann seine Brille ab und starrte an ihm vorbei ins Leere. »Und was kann ich für Sie tun, Herr Kommissar?«, fragte er in wehmütigem Ton, anscheinend so etwas wie ein Kennzeichen von ihm.

Sydow atmete tief durch. »Eine Menge, Herr Borodin«, gab er unumwunden zu, »vorausgesetzt, Sie verfügen über die entsprechenden Informationen.«

»Insbesondere solche, die sich auf einen gewissen Paul Mertens beziehen?«

»Wenn Sie mich so fragen – ja.«

»Um mit der Tür ins Haus zu fallen, Herr Kommissar: Er heißt nicht so.«

»Mertens?«

»In der Tat«, bestätigte Borodin und setzte seine Brille wieder auf. »Zumindest nicht väterlicherseits.«

»Sondern?«

Borodin lächelte. »Ja, ja, so seid ihr Deutschen eben. Wozu sich mit langen Vorreden aufhalten, wenn es auch schneller geht.«

»Irre ich mich, oder sind nicht auch Sie hier groß geworden?«

»Gut herausgehört, Herr Kommissar. Ist aber schon ziemlich lange her.« Borodin trank seinen Kaffee aus, behielt den Becher jedoch in der Hand. »Zurück zum Thema – im Falle von Herrn Mertens, seines Zeichens Vorstandsvorsitzender der Mertens AG, handelt es sich in Wahrheit um SS-Obersturmführer Paul Ewald, 36 Jahre, ursprünglich wohnhaft in Berlin-Reinickendorf.«

Ohne dass er sich dessen bewusst wurde, brach Sydow der kalte Schweiß aus, und ihm dämmerte, dass er mit etwas konfrontiert werden würde, das seine Vorstellungskraft überstieg. In einem Ausmaß, wie er es nicht für möglich gehalten hätte.

»Ich sehe, Sie denken mit, Herr Kommissar«, fuhr Borodin mit ernster Miene fort, während sich der Pappbecher in seiner Hand allmählich zu verformen begann. »Paul Ewald alias Mertens gehört mit zum Schlimmsten, was sich auf Gottes Erdboden je herumgetrieben hat.«

»Kriegsverbrecher?«

Wieder dieses Lächeln, nur eine Spur resignierter. »Die Sprache unserer Väter besitzt kein Wort für das, was dieser Ewald angerichtet hat«, erklärte Borodin, nachdem der Pappbecher in seiner geschlossenen Faust verschwunden war. »Kein Wunder, so etwas hat es auch noch nie gegeben.«

Sydow überlegte hin und her, fand jedoch nicht die richtigen Worte. Gladys McCoy bemerkte es, sprang für ihn in die Bresche und sagte: »Ich denke, es ist am besten, Sie fangen noch einmal von vorne an. Finden Sie nicht auch, Herr Borodin?«

Nikolai Borodin, Überlebender des Massakers von Babi-Yar, Rotarmist wider Willen und Fahnenflüchtiger, nickte wie in Trance.

Und begann zu erzählen.

*

Zehn Minuten später, als der 22-jährige Ukrainer seine Erzählung beendet hatte, breitete sich in dem Gewölbe unter der ehemaligen Nobelvilla eine bedrückende Stille aus. Borodin wirkte wie erstarrt, und mit Ausnahme der Feuchtigkeit, die von der Decke herabtropfte, gab es nichts, das diese Stille durchbrach. Jeder der drei Anwesenden hing seinen Gedanken nach und scheute davor zurück, etwas zu sagen.

Erst als das Schweigen unerträglich zu werden drohte, ergriff Gladys McCoy das Wort. Sie tat dies behutsam, so rücksichtsvoll wie nur irgend möglich. »Und Sie können beschwören, dass es sich bei dem Obersturmführer, den Sie uns beschrieben haben, und Mertens um ein und dieselbe Person gehandelt hat?«, richtete sie das Wort an Borodin, was im Grunde nicht wie eine Frage, sondern wie ein verspätetes Fazit klang.

»Sicherer geht es nicht«, bekräftigte Borodin, aus dessen Tonfall ein Hauch von Unmut sprach. »Bei dem Mann, der meine Brille zertreten hat, hat es sich definitiv um Paul Ewald gehandelt. Um genau den Mann, den ich vorhin auf der Terrasse gesehen habe.«

»Sonst noch jemand, an den Sie sich erinnern können?«,

wollte Sydow wissen, an dem die letzten zehn Minuten ebenfalls nicht spurlos vorübergegangen waren.

Borodin überlegte sich seine Antwort genau. »Ja«, bestätigte er, ließ einige Sekunden verstreichen und sagte: »Da war jemand, an den ich mich erinnere. Jemand, der mich am Arm gepackt und in die Schlucht hinunter geschleift hat.«

»Jemand von der SS?«

»Ich denke schon«, räumte der Ukrainer zögerlich ein. »Ohne meine Brille bin ich eben nur die Hälfte wert.«

»Dieser … dieser SS-Mann«, forschte Sydow gespannt nach, wobei er jedes Wort sorgfältig abwog, »ist Ihnen an ihm irgendetwas Besonderes aufgefallen? Stimme, Akzent, Gang oder was es sonst noch alles gibt?«

»Wenn Sie mich so fragen, Herr Kommissar – sein Gang«, antwortete Borodin, warf den Pappbecher achtlos weg und ergänzte: »An dem ist mir vor allem eins aufgefallen.«

»Nämlich?«

»Er hat gehinkt, Herr Kommissar«, erläuterte Borodin. »Aus welchem Grund, kann ich natürlich nicht sagen. Verstauchter Fuß, Verletzung – was weiß ich.«

In Sydows Gesicht, das im Verlauf des Gespräches immer blasser geworden war, war nun nicht einmal mehr die Andeutung eines Farbtons zu finden. Die Anspannung, unter der er stand, war nicht zu übersehen, und sein Blick verriet, wie sehr ihn Borodins Schicksal berührte. »Er hat gehinkt, sagen Sie«, hakte er mit tonloser Stimme nach, was Gladys McCoy instinktiv aufhorchen ließ.

Borodin nickte.

»Auf dem rechten oder linken Fuß?«

»Links«, antwortete Borodin verwirrt. »Wieso wollen Sie das eigentlich wissen?«

»Aus reinem Interesse, Herr Borodin. Bin eben ein Hundertprozentiger, wissen Sie.«

»Ja, wenn das so ist, Herr Kommissar«, gab der Ukrainer zurück, das für ihn typische Lächeln im Gesicht, »gibt es etwas, womit ich Ihnen vermutlich weiterhelfen kann.«

»Und das wäre?«

»Das hier«, sprach Borodin, während sein Lächeln auf einen Schlag erlosch. Dann griff er in die Brusttasche und zog ein vergilbtes Foto hervor, das er Sydow mit versteinerter Miene präsentierte. »So, Herr Kommissar«, schob er hinterher, von seinem Tonfall her nicht wiederzuerkennen. »Wie wär's, wenn wir den Spieß einfach umdrehen? Kommt Ihnen außer dem Herrn auf der linken Seite, den wir beide unter dem Namen Paul Ewald kennen, sonst noch jemand bekannt vor?«

Im Begriff, dem Ukrainer eine Antwort zu geben, versagte Sydow die Sprache. Außer Ewald, der am linken Bildrand posierte, waren zwei weitere Männer zu sehen. Um zu erkennen, um wen es sich handelte, musste er sich keine große Mühe geben. Was ihm viel größere Schwierigkeiten bereitete, war, beim Anblick der drei Männer nicht die Beherrschung zu verlieren. »Unsere Ehre heißt Treue«, stieß er mit Blick auf die Rückseite hervor, sprang auf und steckte das Foto ein. »Dann wollen wir mal sehen, wie weit ihr mit euren großkotzigen Sprüchen kommt.«

*

»Mensch, Krokowski, haben Sie mich vielleicht erschreckt!« Beim Verlassen der Villa, über der sich ein sintflutartiger

Regen ergoss, hätte Sydow seinen Adlatus beinahe über den Haufen gerannt, und da jede Minute zählte, hörte er nur mit einem Ohr hin.

»Mit einem Wort, Herr Hauptkommissar«, bekannte Theo Lingen der Zweite zerknirscht, »von wertvollen Indizien, so zum Beispiel Notizen, Aufzeichnungen und Akten, keine Spur.«

»War ja auch nicht anders zu erwarten«, erwiderte Sydow lapidar, was dazu führte, dass Krokowski indigniert die Stirn runzelte.

»Schon gut, Eduard«, lenkte sein Vorgesetzter schuldbewusst ein. »Nicht Ihre Schuld, sondern meine.« Sydow sah auf die Uhr. »Können Sie bitte so gut sein und mir einen Gefallen tun?«

»Selbstverständlich, Herr Hauptkommissar.«

»Kümmern Sie sich um Frau … um Frau Mertens, nehmen Sie ihre Aussage zu Protokoll und sehen Sie zu, dass beim Abtransport der Toten nichts in die Hosen geht.«

Krokowski strahlte über das ganze Gesicht. »Auf mich können Sie sich verlassen, Herr Kriminalhauptkommissar von …«

»Sydow, Eduard, ganz einfach Sydow«, erstickte der Kripo-Beamte den Redeschwall des Kriminalassistenten bereits im Keim. »So – und jetzt machen Sie, dass Sie wieder ins Trockene kommen.«

»Und ich?«, fragte Gladys McCoy, nachdem Krokowski wieder verschwunden war.

»Sie, Gnädigste?«

»Gladys, Herr von Sydow, ganz einfach Gladys«, witzelte die Agentin des Secret Service, kritisch beäugt von Borodin, der dem Frieden immer noch nicht über den Weg traute. »Ihre Befehle, Sir?«

Trotz der Anspannung, unter der er stand, konnte sich Sydow ein Grinsen nicht verkneifen. So gesehen war Miss Zuckerpüppchen ja ganz in Ordnung, und wenn er ehrlich war, wäre er ohne sie glatt aufgeschmissen gewesen. »Meine *Bitte*, Miss, wäre die, dass Sie sich zunächst mal um den jungen Mann hier kümmern. Um auf Nummer sicher zu gehen, würde ich vorschlagen, dass Sie ihn ins britische Hauptquartier bringen. Dort dürfte er fürs Erste sicher sein.«

»Und dann?«

»Dann kommt der aufregende Teil. Zumindest, was den weiteren Verlauf des Abends angeht.« Sydow wischte sich die Regentropfen aus dem Gesicht und sah Gladys McCoy eindringlich an. »Was ich damit sagen will, Gladys, ist, dass …«

»… es nicht von Nachteil wäre, wenn Ihnen möglichst viele Elitesoldaten der britischen Garnison zur Verfügung stehen, stimmt's?«

»Stimmt«, erwiderte Sydow, knöpfte sein Jackett zu und machte sich auf den Weg zu seinem VW, der auf der gegenüberliegenden Straßenseite geparkt war. »Also – bis bald!«

»Bis bald«, wiederholte die MI6-Agentin besorgt, bedeutete Borodin, ihr zu folgen und hastete in der entgegengesetzten Richtung davon. Einem plötzlichen Impuls nachgebend, blieb Sydow mitten auf der Straße stehen und hob die Hand zum Gruß.

Aber da war das ungleiche Paar, ohne das seine Bemühungen zum Scheitern verurteilt gewesen wären, längst verschwunden.

*

»Dann mal ran an die Bouletten«, sprach Sydow mit grimmiger Miene, kramte seinen Schlüssel aus der Tasche und schloss die Fahrertür auf. Wenigstens saß er jetzt im Trockenen, wenngleich nicht sonderlich bequem. Innerhalb der nächsten halben Stunde würde es ziemlich ungemütlich werden, im wahrsten Sinne des Wortes. Die Sache stand auf Messers Schneide, und er fragte sich, ob es klug war, seinem Widersacher ganz allein gegenüberzutreten.

Dergestalt mit sich selbst beschäftigt, steckte Sydow den Zündschlüssel ins Schloss und wollte den Motor anwerfen. Daraus wurde jedoch nichts.

Dass er nicht alleine war, wurde ihm erst bewusst, als er einen schwachen, kaum wahrnehmbaren Zigarillogeruch bemerkte. Meine Lieblingsmarke!, fuhr es ihm absurderweise durch den Kopf, aber da hatte er den gut 30 Jahre alten Mann mit dem südländischen Teint bereits im Rückspiegel entdeckt.

Bevor er etwas sagen konnte, ergriff dieser das Wort. »Guten Abend, Herr Kommissar«, begrüßte er ihn auf deutsch, dies allerdings mit leicht russischem Akzent. »Wenn Sie erlauben, würde ich gerne ein paar Takte mit Ihnen reden.«

Auf alles gefasst, griff Sydow nach seiner Waffe. Bevor er sie jedoch aus dem Halfter ziehen konnte, spürte er die Mündung einer Pistole im Genick. »Nicht doch, Herr Kommissar«, ermahnte ihn der ungebetene Gast und beugte sich ohne Anzeichen von Hast nach vorn. »Ob Sie es nun glauben oder nicht, meine Absichten sind durchweg friedlicher Natur.« Die Stimme mit dem slavischen Timbre sank zu einem eindringlichen Flüstern herab. »Bevor wir alle vor die Hunde gehen.«

»Darf man fragen, mit wem ich die unerwartete Ehre habe?«

Zunächst hatte es den Anschein, als würde Sydow keine Antwort bekommen, und während der Mann sich besann, schielte Sydow nach seiner Waffe. Kurz davor, sie zu ziehen, hielt ihn ein Räuspern in seinem Rücken davon ab. »Nun gut, Herr Kommissar«, gab Sydows Gesprächspartner widerwillig klein bei. »Wenn Sie darauf bestehen: Mein Name ist Kuragin – Juri Andrejewitsch Kuragin.«

»Angenehm«, versetzte Sydow mit beißender Ironie.

Kuragin lachte kurz auf. »Nicht so voreilig, Herr Kommissar«, zahlte er es ihm mit gleicher Münze heim. »Angesichts dessen, was ich zu berichten weiß, wird Ihnen das Lachen bald vergehen.«

›Und er versammelte sie an den Ort, der auf Hebräisch Harmagedon heißt. Und der siebente Engel goss seine Schale aus in die Luft; und es kam eine laute Stimme aus dem Tempel vom Thron her, die sprach: Es ist geschehen. Und es geschahen Blitze und Stimmen und Donner; und es geschah ein großes Erdbeben, desgleichen nicht geschehen ist, seitdem ein Mensch auf der Erde war, ein so gewaltiges, ein so großes Erdbeben. Und die große Stadt wurde in drei Teile gespalten, und die Städte der Nationen fielen, und der großen Stadt Babylon wurde vor Gott gedacht, ihr den Kelch des Grimmes des Weines seines Zorns zu geben. Und jede Insel verschwand, und Berge wurden nicht gefunden. Und ein großer Hagel, wie zentnerschwer, fällt aus dem Himmel auf die Menschen nieder; und die Menschen lästerten Gott wegen der Plage des Hagels, denn seine Plage ist sehr groß.‹

Offenbarung des Johannes 16, 16–21.

ARMAGEDDON

(Berlin, nach Sonnenuntergang)

30

Checkpoint Charly, amerikanischer Sektor | *19.48 h*

An sich hätte Pjotr aus Archangelsk Verdacht schöpfen müssen. Die Wachablösung war viel zu früh dran, der Armeejeep, der die Friedrichstraße in südlicher Richtung entlangraste, erheblich zu schnell. Vom Herumstehen war Pjotr jedoch so müde, dass er sich nicht einmal nach ihm umdrehte.

Eine Nachlässigkeit mit Folgen.

Begleitet von Böen, wild zuckenden Blitzen und Sturzregen, hinter dem der amerikanische Checkpoint fast verschwand, blieb der Armeejeep etwa 200 Meter von der Sektorengrenze entfernt stehen. Durch die angrenzenden Häuserschluchten, die meisten davon immer noch Ruinen, hallte der Donner, und was Pjotr betraf, hörte er sich wie ferner Geschützlärm an. Damals, bei der Eroberung von Berlin, war er erst 17 gewesen, dafür aber einer der Ersten, die den Führerbunker gestürmt hatten. Darauf war er mächtig stolz, fast ebenso sehr wie auf den Orden, den man ihm verliehen hatte. ›Held der Sowjetunion‹ – hörte sich verdammt noch mal ziemlich eindrucksvoll an.

Dass Helden mitunter auch Fehler begehen, sollte Pjotr jedoch bald zu spüren bekommen.

Am eigenen Leibe.

Mit Blick auf den amerikanischen Kontrollpunkt, keine 50 Meter von ihm entfernt, hatte sich der Held, dessen Ruhm jäh verblassen sollte, eilends in seinen Unterstand begeben. Nass bis auf die Haut hatte er dem Jeep keine

Beachtung geschenkt, mit sich und seiner tropfnassen Uniform genug zu tun.

Ein Fehler, für den er mit seinem Leben bezahlen sollte. Und die drei übrigen Rotarmisten, die sich in die Baracke hinter dem Schlagbaum geflüchtet hatten, mit dazu.

Kaum war der Armeejeep zum Stehen gekommen, sprangen sechs Männer heraus. Ihrer Uniform nach zu urteilen, handelte es sich um Angehörige der Roten Armee. Hätte Pjotr einen Blick über die Schulter geworfen, wäre er eines Besseren belehrt worden. Da er es jedoch nicht tat, spürte er plötzlich diesen Schmerz in der linken Schulter, dieses Brennen, das nicht nur durch Mark und Bein ging, sondern ihn wie ein Stück trockenes Holz aufzuzehren begann.

Sekunden später war er tot.

Seinen drei Kameraden, noch immer völlig ahnungslos, erging es nicht besser. Um ihren Plan auszuführen, kam den sechs Angreifern das Gewitter wie gerufen, obendrein funktionierten die Schalldämpfer ihrer Pistolen Marke Remington perfekt. Als sie die Baracke stürmten, hatten die mit Strumpfmasken bekleideten Eindringlinge somit leichtes Spiel, und der Tod kam so schnell, dass die drei Rotarmisten nicht einmal mehr zur Waffe greifen konnten.

Kaum war der Letzte von ihnen tot, wurden die drei nach draußen geschleift, auf die Straße gelegt und dort liegen gelassen. Danach war Pjotr an der Reihe. Alles in allem hatte die Aktion knapp zwei Minuten gedauert, und nachdem sie zu Ende war, wurde die Sprengladung, die sich unter dem Rücksitz des Armeejeeps befand, per Fernzündung zur Detonation gebracht.

Erst jetzt, als die Scheiben ihrer Wachstube klirrend zu Bruch gingen und auf der russischen Seite ein riesiger Feuerball in die Höhe schoss, wachten die GIs am Checkpoint Charly auf. Viel Zeit, auf die Geschehnisse zu reagieren, blieb ihnen indes nicht. Im gleichen Moment, als sie hinaus in den Regen stürmten, blitzte unweit von ihnen das Mündungsfeuer mehrerer Kalaschnikows auf, weshalb sie sich schleunigst in Sicherheit brachten.

Was folgte, war eine wilde Schießerei, bei der keine der beiden Parteien die Oberhand gewann. Die Amerikaner feuerten, was ihre M1-Gewehre hergaben, doch ohne Erfolg. Ihre Gegner, die überall gleichzeitig zu sein schienen, bekamen sie kaum zu Gesicht. Kein Wunder, dass sie glaubten, es mit einem Gegner in Bataillonsstärke zu tun zu haben, wobei ihnen der Gedanke, hinter dem Angriff könne jemand anderes stecken, erst gar nicht kam. Die da drüben, also die Russen, die sie mit einer MG-Garbe nach der anderen eindeckten, hatten vor, sie alle ins Jenseits zu befördern, einen groß angelegten Angriff auf die Westsektoren zu unternehmen und ganz Berlin zu okkupieren.

Das stand doch wohl einwandfrei fest, oder?

Etwa fünf Minuten nach dem Auftauchen der sechs ehemaligen Mitglieder der Waffen-SS ebbte das Bellen der Kalaschnikows plötzlich ab. So auch der Sturzregen, von dem die hinter Sandsäcken kauernden US-Boys völlig durchnässt worden waren. Da sie dem Frieden nicht trauten, gaben die GIs ihre Deckung zunächst nicht auf, was den Angreifern Gelegenheit gab, sich aus dem Staub zu machen.

Weit kam das Kommando der ›Gruppe W 45‹ jedoch nicht. Auf dem Weg Richtung Linden, in Höhe der Leipziger Straße, tauchte plötzlich eine MGB-Patrouille auf.

Die SS-Kämpfer eröffneten sofort das Feuer. Die sowjetische Eliteeinheit allerdings auch. Im Gegensatz zu den vier Rotarmisten am Kontrollpunkt hatten es die SS-Leute jedoch beileibe nicht mit Anfängern zu tun. Und so dauerte das Feuergefecht inmitten von Trümmerbergen, Ruinen und Schutthalden auch nicht lange. Keine fünf Minuten waren vergangen, als der Kommandotrupp aufgerieben und nur noch ein einziger Werwolf am Leben war. Dieser wiederum, umringt von den Soldaten des MGB, biss auf eine Giftkapsel und war sofort tot.

Was blieb, waren zehn Tote, zwei Schwerverletzte, ein verdutzter Hauptmann des MGB und jede Menge Fragen. Fragen, auf die der sichtlich mitgenommene Litauer mit dem strohblonden Haar zunächst keine Antwort fand. Worauf er beschloss, seinem Vorgesetzten, Major Kuragin, umgehend Bericht zu erstatten. Sollte der sich doch mit diesem antisowjetischen Gesindel herumschlagen, das sich erdreistet hatte, die Uniform der Roten Armee zu tragen.

Doch sooft der MGB-Offizier auch versuchte, Kuragin zu erreichen, immer hatte er Pech. Die Leitung war besetzt, ausgerechnet jetzt. »Scheiße!«, fluchte der Balte halblaut vor sich hin. Wieder mal typisch. Jedes Mal, wenn man die Obrigkeit braucht, schieben die einen faulen Lenz.

Was Juri Andrejewitsch Kuragin betraf, lag der Kommandeur des MGB-Bataillons jedoch völlig falsch.

Aber das konnte er in diesem Moment noch nicht wissen.

»Und wer sagt mir, dass ich Ihnen trauen kann?«, fragte Sydow, bremste ab und sah Kuragin aus dem Augenwinkel an. Jenseits des Spandauer Kanals, hinter Sandsäcken, Betonsperren und Stacheldraht, begann Stalins Reich, und da er schon genug Ärger am Hals hatte, fuhr er lieber rechts ran. »Wer weiß, ob Sie mich nicht auf eine falsche Fährte locken wollen.«

»In diesem Punkt muss ich Ihnen recht geben, Herr Kommissar«, pflichtete Kuragin seinem Nebenmann bei, ein resigniertes Lächeln im Gesicht. »Auf einen wie mich, noch dazu einen Major des MGB, ist ja wohl kein Verlass.«

»Jetzt nehmen Sie doch nicht gleich alles persönlich«, hielt Sydow dagegen. Das Gewitter war vorüber, und auf dem Straßenpflaster spiegelte sich das Abendrot. »An den Gedanken, mit dem MGB zusammenzuarbeiten, muss ich mich eben erst noch gewöhnen.«

Kuragin lächelte amüsiert. »Möchte wissen, was so schlimm daran ist«, versetzte er. »Verglichen mit dem, was uns blüht, sollten Ihre Bemühungen im Sand verlaufen.«

»Das werden sie nicht, keine Sorge.«

»Sicher?« Kuragin fuhr mit dem Zeigefinger über seinen Oberlippenbart. »Wenn ja, würde ich mich an Ihrer Stelle beeilen.«

Obwohl er sich nichts anmerken ließ, kam Sydow nicht umhin, dem Major des MGB insgeheim beizupflichten. »Und wo werden diese Kerle Ihrer Meinung nach zuschlagen?«

»Das freilich ist die Frage«, wich ihm Kuragin aus. »Eine Frage, auf die ich zu meinem Bedauern noch keine

Antwort gefunden habe. Was ich jedoch weiß, ist, dass alles von langer Hand geplant worden ist.«

»Sieht ganz danach aus, als ob Sie recht haben.« Sydow trommelte nervös auf dem Lenkrad herum. Geklaute Uniformen, jede Menge Waffen und Sprengstoff, nicht zu vergessen eine nagelneue 2M-3, mit der diese Bastarde die Skymaster vom Himmel geholt hatten, alles, aber auch alles passte zusammen. Angefangen mit dem Verschwinden der vier Rotarmisten an der Glienicker Brücke bis hin zu der vermeintlichen Messerstecherei, die mit hoher Wahrscheinlichkeit inszeniert gewesen war. Der Bombenanschlag auf das amerikanische Hauptquartier nicht zu vergessen. Sydow machte ein nachdenkliches Gesicht. Keine Frage, Ewald und Co. hatten nichts dem Zufall überlassen.

»Glauben Sie mir, Herr Kommissar«, erriet Kuragin seine Gedanken. »Das Ganze ist ein abgekartetes Spiel. Und es trägt die Handschrift der SS. Ganz ohne jeden Zweifel. Jede Wette, dass es sich bei den drei Herren, deren Namen Sie mir partout nicht nennen wollen, um die Hauptdrahtzieher handelt. Hand aufs Herz, Herr Kommissar: Haben Sie wirklich geglaubt, beim Absturz der Skymaster und der Explosion vor dem amerikanischen Hauptquartier habe es sich um einen Zufall gehandelt?«

Sydows Kopf fuhr nach rechts. »Wenn Sie schon so schlau sind, Kuragin, warum haben Sie dann alles brühwarm ausgeplaudert?«

»Warum ich Ihnen alles erzählt habe, wollen Sie wissen? Ganz einfach: Weil ich verhindern will, dass sich Truman in einen Krieg hineinziehen lässt. Wann, wie und mit welchen Mitteln auch immer. Wer weiß, dem einen oder anderen Herrn im Pentagon käme ein Hieb mit der

Atomkeule vielleicht nicht ganz ungelegen. Frei nach dem Wahlspruch: Willst du nicht mein Bruder sein, so schlag ich dir den Schädel ein. Wozu uns nicht den Gnadenstoß geben, solange wir noch am Boden liegen. Haben Sie sich schon einmal überlegt, Herr Kommissar, wie lange wir noch an dem, was uns dieser Hitler eingebrockt hat, zu kauen haben werden?«

Sydow wandte den Blick wieder ab. In der Zwischenzeit hatte es aufgehört zu regnen, und das Abendrot, das durch den Außenspiegel seines VW reflektiert wurde, blendete ihn. »Dazu gäbe es freilich eine Menge zu sagen«, flüsterte er. »Vorausgesetzt, wir hätten genug Zeit dazu.«

»Was nicht der Fall ist, ich weiß«, vollendete Kuragin todernst. »Ich weiß zwar nicht, warum ich Ihnen das jetzt erzähle, Herr Kommissar, aber was Stalin betrifft, hat er strikte Weisung erteilt, sich auf keinerlei Konflikte mit den Amerikanern einzulassen.«

Im Begriff, Kuragins Hinweis in Zweifel zu ziehen, behielt Sydow seine Skepsis für sich. »Eine Frage hätte ich allerdings noch«, richtete er das Wort an seinen Nebenmann, auf den die landläufige Vorstellung von einem MGB-Offizier allein schon aufgrund des nagelneuen Anzugs nicht so recht passen wollte. »Von wem haben Sie Ihre Informationen?«

Die fein geschnittenen Züge von Kuragin verformten sich zu einem Lächeln, und noch während sich der MGB-Offizier eine Antwort zurechtlegte, blieb Sydows Blick wie zufällig im Rückspiegel haften. An dem Passanten, der eiligen Schrittes der Sektorengrenze zustrebte, kam ihm irgendetwas bekannt vor, und als sich dieser auf gleicher Höhe mit seinem VW befand, blieb ihm fast die Spucke weg.

Bevor Sydow die Sprache wiederfand, kam ihm Kuragin jedoch zuvor, warf einen Blick auf die Uhr und murmelte: »So ist er eben, der gute Kodak – pünktlich auf die Minute. Und absolut zuverlässig.« Schließlich wandte er sich Sydow zu und sagte: »Falls Sie mit dem Gedanken spielen, Herr Kommissar, Ihren Kollegen von der Spurensicherung an der Ausreise zu hindern, bedenken Sie bitte, mit welcherlei Informationen ich Sie in der vergangenen halben Stunde versorgt habe. Aus uneigennützigen Erwägungen heraus, wie ich wohl nicht extra hinzufügen muss.«

Auge in Auge mit Bechtel, dem Mann mit dem Heinz-Rühmann-Lächeln, wirkte Sydow wie erstarrt, und die Hand, die an das Pistolenhalfter fuhr, sank kraftlos in seinen Schoß.

»Ich sehe, Sie denken mit, Herr Kommissar«, ließ Kuragin mit unverkennbarer Befriedigung verlauten, während sich der Griff um seine Tokarew merklich entspannte. »Wenn Sie erlauben, werde ich mich jetzt um meinen Genossen kümmern.«

»Tun Sie, was Sie nicht lassen können.«

»Mit Ihrer gütigen Erlaubnis, das werde ich«, antwortete Kuragin, zog zwei Passierscheine aus der Innenseite seines Jacketts und öffnete die Beifahrertür. »Für alle Fälle«, fügte er augenzwinkernd hinzu. »Damit uns die Amerikaner da vorne an ihrem Checkpoint die Biedermänner auch abkaufen. Nichts für ungut, Herr Kommissar – und viel Glück.«

»Das werde ich auch brauchen«, flüsterte Sydow mit Blick auf die beiden Männer, die sich im Licht der Abenddämmerung auf die Sektorengrenze zubewegten. »Und das nicht zu knapp.«

Dann wendete er seinen VW, bog in Richtung Humboldthafen ab und beschleunigte auf 80 Sachen. »So, mein Freund, und jetzt geht es dir an den Kragen«, knirschte er und raste in Richtung Tiergarten davon, ohne einen Blick für die untergehende Sonne, in deren Licht die Pfützen wie Blutlachen aussahen.

Amerikanisches Hauptquartier an der Saargemünder Straße | *20.12 h*

»Aber Sir –«, wandte Clays Adjutant, ein 25-jähriger Harvard-Absolvent aus Indiana, konsterniert ein. »Das … das können Sie doch nicht tun.«

»Und ob ich das kann!«, polterte Clay und hieb mit der Faust so heftig auf den Tisch, dass der Hörer beinahe von der Gabel gerutscht wäre. »Oder wollen Sie, dass demnächst der Dritte Weltkrieg ausbricht?«

»Natürlich nicht«, beteuerte der schlaksige, entschieden zu blasse Adjutant, die feingliedrigen Hände an die Hosennaht gepresst. »Ich fürchte nur, wir können die Provokation der Russen nicht einfach auf sich beruhen lassen.«

»Und wer sagt Ihnen, dass es die Russen waren?«

»Bei allem schuldigen Respekt, Sir. Diesbezüglich lässt der Bericht des Wachhabenden am Checkpoint Charly an Deutlichkeit nichts zu wünschen übrig.«

»So, lässt er das«, echote Clay und fläzte sich entnervt in seinen Ledersessel. »Was, wenn es jemand anders war?«

»Jemand anders, Sir?«

Aufs Äußerste erregt, hielt es Clay nicht mehr auf seinem Platz. »Schon gut, schon gut«, spie er die Worte förmlich aus. »Mag sein, dass ich wieder mal auf dem Holzweg bin. Eins sollte uns allen jedoch klar sein, mein Junge: Wenn ich Washington informiere, müssen wir uns warm anziehen.«

»Auf alle Fälle, Sir. Meiner Meinung nach bleibt uns jedoch keine andere Wahl.«

»Hm.« Obwohl es ihm widerstrebte, musste Clay seinem Adjutanten recht geben. Anhand der Indizien, die sich im Verlauf des Tages angehäuft hatten, konnte es bezüglich der Urheberschaft der drei Anschläge keinerlei Zweifel mehr geben. Rein theoretisch betrachtet, wohlgemerkt. Eine sowjetische 2M-3, ein Moskwitsch als Bombendepot, eine Frontalattacke am Checkpoint Charly – Krieg, was begehrst du mehr?

»Ihre Befehle, Sir?«

Die Hände in den Hosentaschen, trat Clay ans Fenster und ließ den Blick über den Innenhof wandern, wo Pioniere immer noch damit beschäftigt waren, die Spuren des Bombenanschlags zu beseitigen. »Irgendwas ist hier faul«, knurrte er. »Ich wüsste nur zu gern, was.«

»Mit Verlaub, Sir: Selbst wenn Sie recht haben, ändert dies nichts an den Fakten«, tat der promovierte Jurist mit dem Brustton der Überzeugung kund. »Allein schon aus diesem Grund wird uns nichts anderes übrig bleiben, als umgehend Verbindung mit dem Präsidenten aufzunehmen.«

»Meinetwegen«, gab sich Clay wider Willen geschlagen. »Sollen sich doch die da drüben in Washington den Kopf darüber zerbrechen.«

Dann griff er zum Hörer und begann zu wählen.

Berlin-Kreuzberg, Polizeipräsidium in der Friesenstraße | 20.12 h

Der Schatten hinter dem Schreibtisch von Kriminalrat Erwin Hattengruber kroch unaufhaltsam nach oben, und es war eine Frage von Minuten, bis er ihn verschluckt haben würde. Der 49-jährige Leiter der Kriminalinspektion I, von seinen Untergebenen liebevoll Onkel Erwin genannt, saß da wie versteinert und rührte sich nicht vom Fleck. Fast schien es, als stecke kaum noch Leben in ihm, wovon sich Tom Sydow freilich nicht täuschen ließ. Der wachsame Blick, stechend wie der eines Habichts, verriet die Anspannung, unter der er stand, und das bedeutete, dass er sich noch nicht geschlagen gab.

»Um es kurz zu machen, Erwin«, kam Sydow ohne Umschweife zur Sache, »wo bist du am 29. September 1941 gewesen?«

»Ich glaube nicht, dass mir dein Ton gefällt, Tom«, zischte Hattengruber, aus dessen Blick ihm der blanke Hass entgegenschlug. »Meiner Ansicht nach muss ich mir das als Kriminalrat nicht gefallen lassen.«

»Wenn ich mit dir fertig bin, Erwin«, raunzte Sydow, während sein Oberkörper ruckartig nach vorn schnellte, »bist du die längste Zeit Kriminalrat gewesen. Darauf kannst du Gift nehmen.«

Aus der von wulstigen Lippen umrahmten Mundöffnung des ehemaligen SS-Sturmführers erscholl ein hämisches Lachen. »Da ich ein neugieriger Mensch bin, *Sydow*, würde ich gerne wissen, woher Sie die Unverschämtheit nehmen, mir zu drohen.«

»Wie praktisch, dass du mich siezt, Erwin – das macht

die Sache leichter«, gab Sydow ungerührt zurück. »Um jedoch zu deiner Frage zurückzukommen – damit!«

Beim Anblick der Fotografie, mit der Sydow ihn konfrontierte, wich die Starre aus Hattengrubers Gesicht, doch war seine Verblüffung nur von kurzer Dauer. »Ein Kriegsfoto – na und?«, erwiderte er in gelangweiltem Ton, mit dem er Sydow umso mehr in Rage brachte. Seine Habichtsaugen, schärfer denn je, sprachen nämlich eine andere Sprache. »Dass ich an der Ostfront war, ist ja wohl hinlänglich bekannt.«

»Stimmt – aber nicht, dass du ein Massenmörder bist«, antwortete Sydow mit schneidender Stimme und bewegte den Oberkörper nach vorn. »Um deine und insbesondere meine Zeit nicht unnötig zu vergeuden, Erwin: Warum hast du das getan?«

»Was denn?«, spielte Hattengruber den Ahnungslosen und schwenkte mit einer geschmeidigen Körperdrehung nach links. Dann stellte er den Reißwolf zur Seite, der sich direkt neben dem Schreibtisch befand, schlug die Beine übereinander und lächelte. »So, das hätten wir«, schob er befriedigt hinterher.

»Eine Frage, Erwin: Auf welchem Bein hinkst du eigentlich?«

Die Habichtsaugen des Kriminalrats verengten sich bis zu einem Grad, wo sie kaum noch sichtbar waren. »Was willst du … was wollen Sie damit sagen, Herr …«

»Schluss mit der Komödie!«, fuhr Sydow seinen Vorgesetzten an. »Für deine Beteiligung am Massaker von Babi-Yar gibt es Zeugen. Doch darüber später mehr.« Sydow erhob sich und trat ans Fenster, aus dem man einen ungestörten Blick nach Westen genießen konnte. Die Sonne war gerade untergegangen, und alles, was von ihr übrig blieb, war ein schwaches Aufglimmen am Horizont. »Drei Morde, die Opfer eurer Anschläge nicht mitgerechnet – höchste Zeit, dir und deinen Kameraden das Handwerk zu legen.«

»Kameraden?«

»Tu nicht so, als wüsstest du von nichts«, zischte Sydow und wirbelte auf dem Absatz herum. »Der Mord an Ewald geht auf dein Konto, und das, mein Lieber, weißt du genau.«

»Ewald? Nie gehört.«

»Dann eben das Ganze von vorn«, sprach Sydow mit rauer Stimme, während sein Blick wie zufällig auf die Ledermappe fiel, die vor Hattengruber auf dem Schreibtisch lag. »Fakt ist, dass du und deine Kameraden zum Abgefeimtesten zählen, was mir in meinem Leben begegnet ist.«

»Worte, Worte, nichts als Worte.«

»Keine Sorge, Erwin, ich mache es kurz«, ließ sich Sydow nicht aus dem Konzept bringen. »Also: Vor nicht allzu langer Zeit, vermutlich erst vor ein paar Tagen, werden aus dem Munitionsdepot der Roten Armee in Wünsdorf jede Menge Uniformen, Handfeuerwaffen, Kalaschnikows und darüber hinaus mehrere Kisten Sprengstoff gestohlen. Nicht zu vergessen ein Flugabwehrgeschütz vom Typ 2M-3.«

»Mein Problem?«

»Die Täter, etwa ein Dutzend ehemalige SS-Angehörige, betreiben indes keine Sabotage, sondern verfolgen ein ganz bestimmtes Ziel, nämlich die Provokation eines bewaffneten Konflikts zwischen den USA und der Sowjetunion. Soweit verständlich, Erwin?«

»Fantasiegebilde, Hirngespinste, Schauermärchen.«

»Sehr zum Ärger der drei Hauptdrahtzieher auf dem Foto vor dir bekommt einer deiner Kameraden jedoch kalte Füße und wird in der Nähe des Jagdschlosses Grunewald per Genickschuss exekutiert. Zu deinem, Ewalds und deiner Kameraden Verdruss stellt sich jedoch alsbald neuer Ärger ein. SS-Obersturmführer Paul Ewald, Vorstandsvorsitzender der Mertens AG, Mäzen und Wohltäter, holt seine Vergangenheit als Massenmörder ein. Und zwar in Form einer groß angelegten Erpressungsaktion. Bei der Erpresserin, einer gewissen Lilian Matuschek, handelt es sich um eine einschlägig bekannte Dame vom Orden der Barmherzigen Schwestern.«

»Ein Fall von Ehebruch – wie aufregend.«

»Spar dir deinen Zynismus, Erwin. Damit kommst du bei mir nicht durch.« Sydow durchmaß das Büro und blieb vor dem Schreibtisch stehen. »Das Brisante daran: Auf nicht näher bekannte Art und Weise scheint besagte Dame in den Besitz hochbrisanter Akten aus dem Führungszirkel um den ehemaligen Reichsführer-SS gelangt zu sein. Von da an, dem Besitz einer Liste mit hundertprozentig verlässlichen Kameraden aus den Reihen sogenannter Werwölfe, bis zum Versuch, SS-Obersturmführer Ewald zu erpressen, ist es kein großer Schritt. Ausgerechnet Ewald, ein alter Bekannter aus Kiewer Tagen. Peinlich, Erwin, was?«

Hattengruber schnitt eine Grimasse und schwieg.

»Keine Antwort ist auch eine Antwort. Machen wir's daher kurz, Herr Kriminalrat: Um seine Existenz als Saubermann nicht aufs Spiel zu setzen, aber auch, um bei den geplanten Anschlägen auf amerikanische Einrichtungen freie Bahn zu haben, kommt euer Mann fürs Grobe ins Spiel. Will heißen, bei der Übergabe des Geheimdossiers kriegen sich Matuschek und besagter Möchtegern-Arier in die Haare, und Letzterer weiß sich nicht anders zu helfen, als die Erpresserin um die Akten zu erleichtern und sie anschließend von der Invalidenbrücke auf die Gleise zu stoßen, wo sie von einer Rangierlok erfasst und mitgeschleift wird. Pech für euch, dass der Lokführer zum unfreiwilligen Zeugen wurde. Weshalb besagter Recke beschließt, die Sache an Ort und Stelle zu erledigen und den unbequemen Beobachter ins Jenseits zu befördern. Was, wie wir beide wissen, fehlgeschlagen ist.«

»Ende der Vorstellung?«

»Im Gegenteil, Erwin – jetzt wird's erst richtig interessant.«

»Oder noch langweiliger.«

»Weil just in diesem Moment ein gewisser Erwin Hattengruber, wie Ewald ehemaliges SS-Mitglied, die Bühne betritt.« Sydow pumpte einen Schwall Luft in die Lungen und fuhr mit wachsender Erbitterung fort: »Erinnerst du dich noch an heute Morgen, Erwin? Als du mich auf halb elf zum Rapport bestellt hast? Erinnerst du dich daran, ja oder nein?«

»Zu Ihrer Information, Herr von Sydow: Ich leide noch nicht unter …«

»Gedächtnisschwund? Anscheinend doch, Erwin. Sonst würde sich der Herr Kriminalrat nämlich an den Namen der Toten erinnern, den er aus dem Mund eines gewissen Tom Sydow erfahren hat.«

»Na und, das beweist noch gar nichts.«

»Irrtum, Erwin. Das beweist alles.«

»Ach ja?«

»Von allen, die an der Aufklärung des Falles beteiligt

waren, warst du außer mir der Einzige, der ihren Namen gekannt hat, Erwin. Das zum Thema Beweis.«

Ins Zwielicht gehüllt, aus dem nur noch sein Kopf hervorragte, war vom Habichtsblick des Kriminalrates nicht mehr viel übriggeblieben. »Wollen Sie etwa behaupten, Herr Kriminal...«

»Um es auf den Punkt zu bringen, Erwin: Der Wunsch der Briten, mir die Aufklärung des Mordes an deinem abtrünnigen Kameraden zu übertragen, kam dir wie gerufen. Nur so hat sich dir nämlich die Gelegenheit eröffnet, Lilian Matuscheks Kellerloch auf den Kopf zu stellen und dir die Liste, hinter der Ewald her war, unter den Nagel zu reißen. Um sicherzugehen, dass euch niemand an den Karren fahren kann, hast du gleichzeitig euren Mann fürs Grobe damit beauftragt, mich mithilfe einer Panzerfaust aus dem Weg zu räumen. Auf gut Deutsch gesagt – Sydow tot, Problem bereinigt. Schade nur, dass ich dem Teufel noch mal von der Schippe gesprungen bin. Ein Schicksal, das Ewald, den du zusammen mit diesem Vorzeigearier aufs Korn genommen hast, leider nicht beschieden war.«

»Ewald ermorden – und weshalb?«

»Bezeichnend, dass du seinen richtigen Namen benutzt. Was mich betrifft, kann ich mir das Ganze nur so erklären: Nachdem die Attacke à la SS fehlgeschlagen war, haben du und der Dritte im Bunde, über den gleich noch zu reden sein wird, schlichtweg kalte Füße bekommen. Früher oder später, so euer Kalkül, würde ich Ewald möglicherweise auf die Spur kommen. Um eure Operation nicht zu gefährden, habt ihr euch entschlossen, Mister Persilschein aus dem Weg zu räumen. Wer weiß, womöglich war er auch ein unsicherer Kantonist. Hauptsache, die

Chose würde wie geplant über die Bühne gehen. Pünktlich zum Jubiläum sozusagen.«

»Jubiläum?«

»Neun Jahre Kriegsbeginn – schon vergessen?« Mit einem Blick, in dem sich seine ganze Verachtung widerspiegelte, fuhr Sydow fort: »Dass ich dir erneut in die Quere kommen würde, konntest weder du noch dein reinrassiger Kamerad, der dabei auf der Strecke geblieben ist, ahnen.«

»Alles schön und gut, Herr von Sydow – aber die Sache hat leider einen Haken.«

»Und der wäre?«

»Dass es Ihnen bislang nicht gelungen ist, die Geheimakten aufzutreiben, von denen Sie unablässig faseln. Wer weiß, vielleicht existieren sie nur in Ihrer Fantasie.«

»Schon wieder falsch«, herrschte Sydow seinen Vorgesetzten an. »Ad eins: Mir liegt eine maschinengeschriebene Abschrift sämtlicher Akten vor, mit deren Hilfe Lilian Matuschek versucht hat, euch aufs Kreuz zu legen. Zu dumm, dass du sie bei der Durchsuchung ihrer Wohnung übersehen hast. Gängigen Vorurteilen zum Trotz handelte es sich bei ihr anscheinend um eine ziemlich ausgeschlafene Frau. Und um eine misstrauische mit dazu.« Das, was Sydow gerade von sich gegeben hatte, war der größte Bluff seit der Erfindung des Pokerspiels, so weit entfernt von den Fakten wie die Erde vom Mond. Aber es war die einzige Möglichkeit, Hattengruber aus der Reserve zu locken. Vorausgesetzt, der Mann, für den er noch gestern die Hand ins Feuer gelegt hätte, würde anbeißen. »Kurz gefasst: Besonders interessant daran erscheint mir eine Liste, auf der unter anderem du, Ewald und der Rottenführer einer sogenannten ›Gruppe W 45‹ auftauchen.« Das war einfach so dahergesagt, aber da Hattengruber sich nicht rührte, wähnte sich Sydow auf dem richtigen Weg. »Der Grund, weshalb besagte Liste auf Geheiß Himmlers zusammengestellt wurde, dürfte dir bekannt sein. Gesucht wurden von ihm besonders verlässliche und verschwiegene Kameraden, mit deren Hilfe die Stellung der Alliierten nach dem Krieg unterminiert, die SS reorganisiert und eine Reihe von Anschlägen auf alliierte Einrichtungen ...«

»Genug, Tom, du hast gewonnen.« Bleich wie ein Leichnam, richtete sich Hattengruber auf, beugte sich nach vorn und klappte die Ledermappe mit dem vergoldeten Schnappverschluss zu, auf deren Vorderseite das Emblem der SS eingraviert war. Dann hob er die linke Hand und sah auf die Uhr. »Du warst schneller als erwartet, leider jedoch nicht schnell genug.«

»Zwölf Uhr, 16 Uhr, 20 Uhr – meinst du etwa, das überrascht mich, Erwin?«

»Kompliment, Tom. Mir scheint, dass du deinem Ruf als unser bester Beamter einmal mehr gerecht geworden bist.«

»Unser?«, schleuderte Sydow dem Kriminalrat entgegen. »Habe ich da eben richtig gehört? Ein Mann, hinter dem sich eine wahre Blutspur herzieht und der sich einbildet, einer von uns zu sein. Das schlägt dem Fass ja wohl den Boden aus. Weißt du, was du bist? Nein, Herr Kriminalrat – nicht etwa nur ein gewöhnlicher Krimineller. So einfach kommst du mir nicht davon. Du bist ein Massenmörder. Eine Bestie. Der Abschaum schlechthin.«

Hattengruber, von dem nur noch die Umrisse erkennbar waren, lachte spöttisch auf. »Der gute alte Tom Sydow«, lästerte er. »Rächer der Witwen und Waisen. Typisch, dass du nicht kapierst, was die Stunde geschlagen hat.« Hattengruber räusperte sich und fuhr mit vor Erregung vibrierender Stimme fort: »Die Zeit ist reif, Tom, reif für einen Neubeginn. Drei Jahre Fron haben gereicht, um unser Vaterland zugrunde zu richten. Ein Jahr mehr, und es würde aufhören zu existieren.« Die Stimme, die aus dem Halbdunkel jenseits des Schreibtisches zu Sydow herüberscholl, hatte nichts Menschliches mehr an sich. Es war die Stimme eines Mannes, von dem ein Dämon Besitz ergriffen hatte. Ein Dämon, gegen den er keine Gegenwehr leistete. »Damit, Tom, dem Niedergang unseres heiß geliebten Vaterlandes, wollen und werden meine Kameraden und ich uns nicht abfinden. Die Herrschaft des Weltjudentums und des Bolschewismus, welche die Amerikaner und Briten für ihre Zwecke missbraucht haben, kann und muss für immer gebrochen werden. Verstehst du nicht, Tom? Haben die Amerikaner das Sowjetimperium erst einmal von der Landkarte getilgt, wird unsere Stunde kommen. Und wir werden endlich emporsteigen, genau so, wie es unser heiß geliebter …«

»Und wenn die Amerikaner sich nicht provozieren lassen – was dann?«

Beim Klang von Hattengrubers Lachen, das wie ein Spuk von den Wänden widerhallte, lief es Sydow eiskalt den Rücken hinunter. »Keine Sorge, Tom«, tönte der Kriminalrat, »was unsere bisherigen Aktionen betrifft, handelte es sich lediglich um Nadelstiche. Der Hauptschlag, Herr Kriminalhauptkommissar, steht nämlich noch bevor. Spätestens dann, wenn er erfolgreich über die Bühne gegangen ist, wird den Amerikanern gar nichts anderes übrig bleiben, als dem Bolschewismus den Todesstoß zu versetzen.«

»Fazit: Um ihnen weiszumachen, dass die Russen dahinterstecken, haben sich deine Kameraden von der SS etwas ganz Besonderes einfallen lassen.« Sydow gab ein verächtliches Schnauben von sich. »So wie damals, beim Überfall auf den Sender Gleiwitz. Will sagen, damit das Ganze authentisch wirkt, bleiben am Tatort einfach ein paar Leichen zurück. Und wer, wenn nicht vier mit amerikanischen Projektilen vollgepumpte Rotarmisten, wäre besser geeignet dafür?«

»Wie ich sehe, bist du erstaunlich gut informiert, Tom.« Der Atem des Kriminalrates beschleunigte sich, und während Hattengruber um Fassung rang, machte Sydow einen Schritt nach vorn. »Komm nicht näher, Tom«, klang ihm die Stimme seines Vorgesetzten im Ohr. »Eine falsche Bewegung, und du bist tot.«

»Was habt ihr vor, Erwin? Raus mit der Sprache, oder ich lasse es darauf ankommen.«

Hattengrubers Antwort war ein hämisches Lachen. »Tu mir den Gefallen und lass deine Waffe stecken, Tom. Nichts für ungut – aber solltest du beabsichtigen, den Helden zu spielen, wirst du unweigerlich den Kürzeren ziehen.«

»Ich gebe dir zehn Sekunden, Erwin. Das ist mein letztes Wort.«

»Nur die Ruhe, Tom«, antwortete der Leiter der Kriminalinspektion I, steckte eine Giftkapsel in den Mund und presste die Walter PPK gegen die Schläfe. »Schließlich hast du ja noch gut drei Stunden Zeit.«

Dann biss der Kriegsverbrecher und Massenmörder, der mit richtigem Namen Erwin Keßler hieß, auf die Zyankali-Kapsel und drückte ab.

60° 18' N, 1° 22' W | *20.56 h Berliner Zeit*

»Die Gurke ist heiß, Pete«, meldete der Bordingenieur, was Flight Captain Nick Sarstedt mit einem knappen Nicken quittierte. Fast gleichzeitig brachen die Gespräche im Cockpit der B-29 Superfortress der US Air Force abrupt ab, und eine bedrückende Stille machte sich breit. Nun wurde es also doch ernst, und wer geglaubt hatte, bei der Spritztour zu den Shetland-Inseln handele es sich um eine Übung, musste der Wahrheit ins Auge sehen.

Nein, dies war keine Übung. Dies war der Ernstfall. Der Fall der Fälle, mit dem die wenigsten der zwölf Besatzungsmitglieder gerechnet hatten.

»Erreichen 30.000 Fuß, Sir«, gab der Navigator bekannt, in der Absicht, die Männer ein wenig abzulenken. Doch keiner, am allerwenigsten Sarstedt, nahm die Ankündigung richtig wahr. Jeder hing seinen Gedanken nach, und was der Bordingenieur mit seiner flapsigen Durchsage bezweckt hatte, schlug ins krasse Gegenteil um. Dass die B-29 mit dem Spitznamen Skinny Minny eine Atombombe an Bord hatte, war bekannt, nicht aber, wohin die Reise ging. Sicher war nur, dass dies keine Übung war, sonst wäre der Captain auf einmal nicht so nachdenklich geworden.

Höchste Zeit, den Männern reinen Wein einzuschenken, dachte sich Nick Sarstedt, als er die fragenden Blicke der Cockpitbesatzung auf sich ruhen fühlte. Dass die Wahl ausgerechnet auf ihn gefallen war, ging ihm gewaltig auf den Keks, und er hätte alles dafür gegeben, um sich vor dieser Mission zu drücken. Da ihm der Einsatzbefehl aus dem Pentagon und die markigen Worte des Geschwaderkommandeurs jedoch keine andere Wahl gelassen hatten, musste er sich notgedrungen fügen.

Und zusehen, dass er sich so gut wie möglich aus der Affäre zog.

Das wiederum war nicht so ohne, und als er ins Bordmikro sprach, konnte man die Anspannung, unter der Nick Sarstedt stand, buchstäblich mit Händen greifen. »Mal herhören, Männer«, verschaffte er sich Gehör, das Geräusch der vier je 2.200 PS starken Motoren im Ohr, auf die hoffentlich Verlass sein würde. Er war nun überall zu hören, unter anderem auch im hinteren Waffenstand, wo der Heckschütze gerade die 20-mm-Maschinenkanone checkte. »Zur Abwechslung haben sich die Jungs im Pentagon mal was ganz Besonderes einfallen lassen. Ich will auch nicht lange um den heißen Brei herumreden, Männer. Es geht um Berlin. Die Russen legen es offenbar darauf an, uns herauszufordern. Dem Vernehmen nach hat es dort mehrere Anschläge gegeben, sogar Tote. Vielleicht alles nur Vorgeplänkel, wer weiß. Das heißt, wir werden ihnen mal kurz auf die Finger klopfen müssen. Und das wiederum bedeutet nichts anderes, als dass der Präsident den Einsatz von Atomwaffen angeordnet hat.« Damit nicht nur die Crew, sondern auch er erst einmal Luft holen konnte, hielt Sarstedt inne und schaltete den Autopiloten ein. Dann fuhr er über die feuchten Lippen und sagte: »Ich weiß genau, was euch jetzt durch den Kopf geht, Männer. Hiroshima, Nagasaki, der Test auf dem Bikini-Atoll vor zwei Jahren. So dürft ihr aber nicht denken. Worauf wir uns in diesem Moment konzentrieren müssen, ist unser Job. Nur auf ihn, auf nichts anderes. Dazu sind wir ausgebildet worden. Wir alle, vor allem der Präsident, haben uns das, was in ein paar Stunden geschehen wird, nicht gewünscht. Erledigen müssen wir den Job aber trotzdem. Befehl ist nun einmal Befehl.« Die Luft im Cockpit, einer Druckkabine mit verglastem Bug, roch nach Schweiß, und Sarsteds Hände klebten regelrecht am Steuer. »Auf den Punkt gebracht, Männer: In knapp dreieinhalb Stunden, also kurz nach Mitternacht Berliner Zeit, werden wir über Moskau eine Atombombe abwerfen, zusehen, dass wir unsere Ärsche retten und hoffentlich wieder heil in England landen. Um zum Einsatzort zu kommen, werden wir dem 60. Breitengrad folgen, Norwegen, Schweden und die Südspitze von Finnland überqueren. Ihr könnt euch denken, dass es womöglich ein bisschen ungemütlich werden kann. Zu unserem Schutz werden kurz vor Leningrad noch ein paar Mustangs aus Ramstein zu uns stoßen. Damit wir nicht ganz allein sind. Apropos allein: Wir werden nicht die Einzigen sein, mit denen sich die Russen herumschlagen müssen. Von Italien und der Türkei aus sind mehrere B-29-Maschinen Richtung Kiew und Minsk unterwegs. Beziehungsweise Richtung Leningrad. Sämtliche US-Streitkräfte auf der Welt, vor allem in Berlin, wurden in erhöhte Alarmbereitschaft versetzt. Das Gleiche gilt für die Briten und Franzosen, deren Flugzeugträger kurz vor dem Auslaufen sind. Ab jetzt, also 21 Uhr Berliner Zeit, herrscht DECON zwei. ›Operation Armageddon‹ kann also beginnen. Kneift die Ärsche zusammen, Jungs, in ein paar Stunden geht es los.« Sarstedt schloss die Augen und lehnte sich zurück. »Noch Fragen?«

Berlin-Kreuzberg, Polizeipräsidium in der Friesenstraße | 21.42 h

»Scheiß Uhr, verdammte!«, fluchte Sydow, schnappte sich den Autoschlüssel und wollte ihn in Richtung Wanduhr schleudern. In seinem derzeitigen Zustand hielt er das

Ticken kaum noch aus. Kein Wunder, wenn einem die Zeit zwischen den Fingern zerrann.

Viertel vor zehn. Gut zwei Stunden, und die Katastrophe, gegen die er sich mit aller Macht stemmte, würde ihren Lauf nehmen.

Unweigerlich.

Das Deprimierende daran: Er hatte keinen blassen Schimmer, wie sie noch abzuwenden sein würde. Der Anschlag am Checkpoint Charly, über den ihn ein Kollege informiert hatte, würde das Fass wahrscheinlich zum Überlaufen bringen. Um diesen Schluss zu ziehen, musste man kein Hellseher sein. Obwohl die Amerikaner auf Geheimhaltung pochten, würden sie das, was sich dort abgespielt hatte, mit Sicherheit nicht auf sich sitzen lassen. Mit dem Resultat, dass, wie von Hattengruber und Co. geplant, die Kacke nach einem weiteren Anschlag so richtig am Dampfen sein würde. Wie stark, daran wagte Sydow gar nicht erst zu denken.

Der Gedanke, er müsse mit Clay, dem Stadtkommandanten oder am besten gleich mit dem Weißen Haus Kontakt aufnehmen, lag natürlich auf der Hand. Die Frage war nur, wie die Amis darauf reagieren würden. Selbst dann, wenn sie die Ergebnisse seiner Ermittlungen für bare Münze nehmen würden, wären alle Beteiligten damit noch keinen Schritt weiter. Nicht einen lumpigen Millimeter. Und das bedeutete, dass er herauskriegen musste, wo diese Dreckskerle das nächste Mal zuschlagen würden. Wo, wann und wie. Sonst wäre die Katastrophe, auf die Berlin zusteuerte, perfekt.

Und die Stadt endgültig ein Trümmerhaufen.

Glück im Unglück, dass ihm der Polizeipräsident seine Version von Hattengrubers Tod abgekauft hatte. Onkel

Erwin als lebensmüder Endvierziger, dreister ging es wirklich nicht. Nicht gerade die feine englische Art, einen auf Grimms Märchen zu machen, obendrein noch ein schwerwiegendes Dienstvergehen. Aufgrund der Erfahrungen mit Hattengruber, dem Henker im Gewand des Biedermannes, jedoch eine nur zu verständliche Reaktion. Solange der Fall nicht abgeschlossen war, würde er hier niemandem mehr über den Weg trauen.

Basta.

Als könne er es immer noch nicht glauben, knipste Sydow die Schreibtischlampe an, setzte sich und zog das vergilbte Konterfei der drei SS-Kameraden aus dem Sakko hervor. Der Mann in der Mitte, möglicherweise der Hauptdrahtzieher, war und blieb verschollen. Sydows Miene verfinsterte sich bis zu einem Punkt, an dem sie wie das Bildnis eines Rachegottes aussah. Hartmuth von der Tann, bekannt wie ein bunter Hund. Wo genau er seine Finger im Spiel hatte, war nicht bekannt. Fest stand allerdings, dass er einer derjenigen war, die im Schöneberger Rathaus den Ton angaben. Einer der Strippenzieher. Und beileibe nicht nur dort. Als gelernter Jurist und Berater des Justizsenators standen ihm die Türen für eine weitere Karriere offen, wer weiß, vielleicht auch die zu den Diensträumen des Regierenden Bürgermeisters. Dass er Reuters Vertrauen genoss, war allgemein bekannt, und es gab nicht wenige, für die nur er als Nachfolger infrage kam.

Ich krieg dich, und wenn ich ganz Berlin auf den Kopf stellen muss!, dachte Sydow und bebte dabei vor Zorn. Gerade war er von von der Tanns Schöneberger Villa zurückgekehrt und befand sich noch völlig in Rage, da ihn dort das Hausmädchen des Justizrats abgewimmelt hatte wie einen Hausierer. Der Herr Abgeordnete sei außer Haus, wo genau, könne sie beim besten Willen nicht sagen. Das zum Thema faule Ausreden, hatte sich Sydow gedacht, grollend in seinen VW verkrümelt und im Eiltempo zurück ins Präsidium begeben.

Weshalb, wusste er allerdings selbst nicht so genau. Er steckte in der Klemme, in einer Sackgasse sowieso. Wenn ihm nicht bald ein Licht aufging, konnte er einpacken.

Er und Berlin und möglicherweise sogar die ganze Welt.

Einem plötzlichen Impuls folgend, den er seit den Tagen seiner Kindheit nicht mehr verspürt hatte, knipste Sydow zuerst die Schreibtischlampe und danach das Licht in seinem Büro aus, trat ans Fenster und öffnete es. Wenn Ärger ins Haus gestanden hatte, zum Beispiel mit Vater, seiner Schwester oder seinen Lehrern, hatte er das früher genauso gemacht. Früher, in der Zeit vor 1933, als die Welt für ihn noch weitgehend in Ordnung gewesen war. Nicht selten war ihm nach einer derartigen Verdunkelungsaktion die Erleuchtung gekommen, und wenn nicht, hatte er sich hinterher wieder einigermaßen im Griff gehabt.

Das Ticken der Wanduhr im Ohr, deren Zeiger unerbittlich vorrückten, stand Sydow am Fenster und sog die vom Gewitter gereinigte Luft in die Lungen. Drunten auf der Straße, wie überhaupt in der ganzen Stadt, war es merkwürdig still, obendrein so gut wie kein Verkehr. Im Zwielicht der Laternen bewegten sich die wenigen Passanten wie Schattenwesen, als sei die bevorstehende Katastrophe schon längst Wirklichkeit geworden.

So weit war es allerdings noch nicht, und als das Telefon schrillte, wandte sich Sydow um und hob ab. »Sydow?«, rief er in den Hörer, in der Hoffnung, es könne sich vielleicht um Gladys McCoy handeln.

»Ich bin's, Herr Kommissar – Krokowski«, meldete sich stattdessen eine ihm wohlbekannte, aber durchaus auch unangenehme Stimme. »Mit Neuigkeiten, für die Sie sich bestimmt …«

»Machen Sie's kurz, Eduard«, antwortete Sydow matt, redlich bemüht, ihn nach Möglichkeit nicht zu brüskieren. »Was gibt's Neues?«

»Wie gewünscht«, näselte es bedrohlich nahe durch die Leitung, »habe ich mich nach getaner Arbeit näher mit der Dame des Hauses befasst.«

Sydow wandte den Blick zur Decke. So geschwollen konnte im Präsidium wirklich nur einer daherreden. »Hoffentlich nicht zu intensiv«, witzelte er, in der Hoffnung, Krokowski werde den Witz kapieren.

»Doch – wo denken Sie hin, Herr Kriminalhauptkommissar«, erwiderte Theo der Zweite todernst. »Raten Sie mal, was ich dabei herausgefunden habe.«

Dass im Keller ein Schatz vergraben ist?, wollte Sydow fragen, aber da dies des Schlechten wahrhaftig zu viel gewesen wäre, behielt er seinen Sarkasmus für sich. »Was denn?«, klang da weitaus moderater, wenngleich nicht übermäßig interessiert.

»Dass sich im Arbeitszimmer des Herrn Gemahls, zu dem ihr Verhältnis nach eigenem Bekunden ein äußerst distanziertes gewesen sein soll, ein mit Unterlagen vollgepfropfter Geheimsafe befunden hat. Respektive noch befindet.«

Krokowskis Redeschwall war noch nicht verklungen, als ein plötzlicher Ruck durch Sydow ging. »Geheimsafe?«, stieß er hervor, mit einem Mal ganz bei der Sache. »Und was war da drin?«

»Dank der Zahlenkombination, welche die Dame des

Hauses mir anzuvertrauen geruhte, war es mir möglich, den Safe innerhalb kürzester Zeit …«

»Was drin war, will ich wissen, aber dalli!«

»Karten, jede Menge Skizzen, Pläne und Karten.«

»Und wovon? Mensch, Eduard, lassen Sie sich doch nicht jedes Wort aus der Nase …«

»Vom Flughafen Tempelhof«, versetzte Krokowski pikiert. »In jeder nur erdenklichen Position.«

Dass Tom Sydow »Sie sind ein Schatz, Eduard« zu ihm gesagt hatte, sollte dieser später vehement bestreiten, doch waren genau das seine Worte gewesen, bevor er den Hörer auf die Gabel knallte, auf die Uhr schaute und in halsbrecherischem Tempo die Treppe hinunter stürmte.

Zwanzig nach zehn, dachte er, in Gedanken bereits zwei Stunden voraus.

Und noch jede Menge zu tun.

Berlin-Schöneberg, Wartenburgstraße | *22.30 h*

Noch 90 Minuten. Dann war es geschafft. Der Plan, mit dessen Hilfe sein Vaterland wieder zu alter Größe und Herrlichkeit emporsteigen würde, ausgeführt. Die Schmach der Niederlage von 1945, dem Tiefpunkt seines Lebens, getilgt.

Hartmuth von der Tann, 43 Jahre, ehemaliger SS-Brigadeführer und Generalmajor der Polizei, war ein Mann, in dessen Vokabular das Wort Selbstzweifel nicht vorkam. Das galt für seine Zeit als stellvertretender Führer der Einsatzgruppe C, für die Verbrechen, an denen er beteiligt gewesen war und insbesondere für das Komplott, dessen Verwirklichung anscheinend nun nichts mehr im

Wege stand. Das galt aber auch für sein Auftreten, und es gab nicht wenige, die ihn als arrogant und überheblich bezeichneten.

Von der Tann war ein Mann in mittleren Jahren, 1,87 Meter groß, schlank und bereits vollkommen grau. Dies traf nicht nur auf sein Haupthaar, sondern auch auf die nimmermüden und stets wachsamen Augen zu. Er war kein Freund großer Worte, kein Aufschneider oder jemand, der gerne im Rampenlicht stand. Gehemmt durch seine Fistelstimme, hatte er gelernt, sich mit der Rolle des Schattenmannes zu begnügen. Er war die personifizierte Zurückhaltung, genau die Eigenschaft, der er seinen kometenhaften Aufstieg verdankte. Er war selbstsicher und von dem, was er tat, zu 100 Prozent überzeugt.

Hätte ihn jemand beobachtet, wie er in seinem schwarz getäfelten Wohnzimmer saß, das Kognakglas in der Linken, die Rechte auf der Rückenlehne des Kanapees aus der Kaiserzeit, wäre er nicht auf den Gedanken gekommen, dass dies ein Mann war, der dabei war, die Welt in Brand zu stecken.

Und doch war dem so. Scheinbar ganz auf die Klänge von Wagners Walkürenritt konzentriert, die das mit dunklen Brokatvorhängen, verglasten Bücherschränken und Möbeln aus schwarz lackierter Eiche ausstaffierte Wohnzimmer durchdrangen, hatte es sich von der Tann neben dem Telefon bequem gemacht und wartete. Nicht ungeduldig, nicht nervös, sondern mit einem Gesicht, in dem sich eine an Abgestumpftheit grenzende Emotionslosigkeit widerspiegelte. Die Vorfreude auf das, worauf er seit Monaten hingearbeitet hatte, blieb in seinem Tiefinnersten verborgen.

Fünf Minuten später als erwartet war es dann so weit. Das Telefon klingelte, und mit einer Handbewegung, welche die Gelassenheit des Spitzenbeamten in der Senatsverwaltung für Justiz einmal mehr unterstrich, griffen die knochigen Finger nach dem Hörer. Es waren nur wenige Worte, die er zu hören bekam, aber kaum hatte von der Tann sie vernommen, hellte sich die unbewegte, von tiefen Falten durchzogene Miene des ehemaligen SS-Brigadeführers auf: »Wotan, wende dich her!«, klang es markig durch das Telefon, untermalt vom Klang des Grammofons, das auf einem Mahagonitisch in der Nähe des Fensters stand. Von der Tann antwortete ohne Zögern: »Weise die schrecklich heilige Schar, hierher zu horchen dem Racheschwur.«* Dann legte er auf und gab sich ganz den Klängen hin, die ihn seit jeher in ihren Bann gezogen hatten.

In nicht ganz 90 Minuten, nach Vollendung seines Plans, würde der Tag anbrechen, auf den er wie ein Besessener hingearbeitet hatte. Um ans Ziel zu gelangen, hatte er sich von niemandem aufhalten lassen. Weder von dieser hergelaufenen Straßennutte, die es fertiggebracht hatte, sich Himmlers Geheimdossier unter den Nagel zu reißen, noch vom Widerstand aus den eigenen Reihen. Schon gar nicht durch diesen Weichling, der durch Kamerad Maschke exekutiert worden war. Leute wie er hatten in der ›Gruppe W 45‹ nichts zu suchen, auch solche nicht, die wie Ewald ins Fadenkreuz der Kripo zu geraten drohten. Den Kopf auf ein Kissen gebettet, huschte ein verstohlenes Lächeln über von der Tanns Gesicht. Hattengruber hatte wirklich ganze Arbeit geleistet, ihn stets auf dem Laufenden gehalten. Vor allem aber hatte er ihn vor

* Auszug aus ›Götterdämmerung‹, 2. Aufzug / 5. Szene

diesem Sydow gewarnt, Berlins angeblich bestem Kommissar. Nun gut, um wen auch immer es sich bei diesem Anfänger handeln mochte, in die Quere würde er ihm nicht mehr kommen. ›Operation Wotan‹ würde über die Bühne gehen, so oder so.

»Noch etwas Tee, gnädiger Herr?«

Wie immer, wenn er den Klängen Wagners lauschte, nahm der Mann, dessen Weg mit Leichen gepflastert war, die Welt um sich herum nicht wahr. So auch nicht seine Haushälterin, die abwartend auf der Türschwelle seines Wohnzimmers stand. »Nein danke, Hermine«, erwiderte von der Tann knapp, um mit vielsagendem Lächeln hinzuzufügen: »Für heute wäre es das gewesen.«

»Wie Sie wünschen, Herr Justizrat«, beeilte sich die Haushälterin zu antworten, deren verhärmte Miene sich daraufhin entspannte. »Gute Nacht.«

»Gute Nacht«, erwiderte der Herr des Hauses, setzte sich jedoch plötzlich auf und fragte: »Was ist eigentlich mit diesem Kripobeamten von vorhin?«

Die Matrone undefinierbaren Alters zupfte nervös an ihrer Schürze herum. »Mit dem Kripobeamten?«, wiederholte sie. »Den habe ich wieder weggeschickt.«

»Hat er eigentlich gesagt, wie er heißt?«, wollte von der Tann wissen, um dessen Ruhe und Selbstsicherheit es bei Weitem nicht mehr so gut bestellt zu sein schien.

»Sydow, glaube ich.«

»Danke, Hermine, Sie können gehen.«

Ohne dass er den Grund dafür hätte nennen können, war die Gelassenheit des Henkers im Juristentalar plötzlich verflogen. Das ging so weit, dass er sich erhob, das Grammofon abschaltete und einen Blick auf seine goldene Taschenuhr warf.

»Zehn vor elf«, hauchte der Brandstifter mit der Fistelstimme, ließ die Taschenuhr in seiner Westentasche verschwinden und begann auf dem knarrenden Parkett hin und her zu gehen. »Höchste Zeit, dass ›Operation Wotan‹ über die Bühne geht.«

Dann öffnete er die gläserne Vitrine, nahm die Kognakflasche heraus, füllte sein Glas bis zum Rand.

Und trank es auf einen Zug leer.

Berlin-Wilmersdorf, britisches Hauptquartier am Fehrbelliner Platz | 23.25 h

»Also dann – auf Wiedersehen, Herr Kommissar«, sagte Nikolai Borodin, reichte Sydow die Hand und nickte Gladys McCoy, die ihnen auf dem Fuße folgte, freundlich zu. »Und danke.«

Im Begriff, in den Jeep zu steigen, der unweit des britischen Hauptquartiers am Fehrbelliner Platz 4 geparkt war, hielt Sydow abrupt inne. Die Posten vor dem Lancaster House, bis Kriegsende Sitz der DAF* und des OKH, warfen ihm neugierige Blicke zu. »Und was soll das heißen?«, fragte er, eine, wie er sich insgeheim eingestehen musste, den Umständen nicht unbedingt angepasste Frage.

»Das soll heißen, dass ich mich jetzt nach Hause zu meiner Mutter begeben werde«, gab der Ukrainer zur Antwort, während sich seine Lippen zu einem wehmütigen Lächeln kräuselten. Es schien, als sei er eine zentnerschwere Last losgeworden, nur noch von einem Gedanken beherrscht: zu vergessen. »Auf schnellstem Wege,

---

* Deutsche Arbeitsfront, Oberkommando des Heeres

falls Sie oder Miss McCoy nichts dagegen einzuwenden haben. Meine Adresse haben Sie ja.«

»Aber warum denn?«, entfuhr es Sydow, dem die Verblüffung deutlich ins Gesicht geschrieben stand. »Wollen Sie denn nicht miterleben, wie wir diesen Dreckskerlen das Handwerk …«

»Bitte verstehen Sie mich nicht falsch, Herr Kommissar. *Wie* dieser ›Gruppe W 45‹ das Handwerk gelegt wird, interessiert mich nicht. Hauptsache, *dass* es überhaupt geschieht. Oder dass man es zumindest versucht. Was immer ich zur Aufklärung dieses Komplotts beitragen konnte, habe ich ja wohl getan. Damit wäre meine Mission beendet. Und darum: Viel Glück, Herr Kommissar – und bleiben Sie so, wie Sie sind. Ein paar Hundert mehr von Ihrer Sorte, und meinem Volk wäre das Schlimmste erspart geblieben.«

Sydow wollte einen Einwand erheben, ließ es jedoch mit einem Nicken bewenden. »Und von der Tann?«, insistierte er, während er aus dem Augenwinkel beobachtete, wie die MI6-Agentin ein Magazin in ihre Lancaster 9 mm Parabellum schob. »Interessiert es Sie denn gar nicht, was mit ihm passiert?«

»Auf die Gefahr, mir Ihren Zorn zuzuziehen«, scherzte Borodin, »was den Herrn Brigadeführer betrifft, handelt es sich um den Schreibtischtäter schlechthin. Zumindest, was meine Recherchen betrifft. Angenommen, Sie bekämen ihn zu fassen, er würde unter Eid beteuern, von nichts gewusst zu haben. An so etwas haben Sie sich im Verlauf der letzten drei Jahre ja wohl gewöhnen müssen, oder?«

»So schwer es mir fällt, ich kann Ihnen da nicht widersprechen«, stimmte Sydow seinem Gegenüber zu, der trotz seiner Gelöstheit immer noch ein wenig linkisch wirkte. »Na, wenigstens ist Ihnen durch den Tod von

Ewald und Hattengruber ein wenig Gerechtigkeit widerfahren.«

Borodin rieb sich nachdenklich das Kinn. »Ein wenig schon, aber ob das reicht, um den Tod von über 31.000 Unschuldigen zu sühnen, mag ich nicht entscheiden. Darüber zu befinden steht allein Gott zu, denke ich.«

Sydow nickte zustimmend. »Was nichts daran ändert, dass wir uns diese Bastarde vorknöpfen werden«, erwiderte er mit entschlossener Miene, den Blick auf Gladys McCoy gerichtet, die soeben auf dem Beifahrersitz Platz genommen hatte. »Damit es mit diesem Spuk ein Ende hat«, fügte er an, doch als er sich wieder zu Borodin umdrehte, war dieser bereits zum Bahnhof der Linie U3 unterwegs, wo seine hagere Gestalt, im Licht des nur spärlich beleuchteten Fehrbelliner Platzes kaum auszumachen, mit den Schatten der Nacht verschmolz und sich wenige Sekunden später scheinbar in Nichts auflöste.

»Dann nichts wie los«, drängte Gladys McCoy, einen faustdicken Kloß im Hals. »Damit uns diese Bastarde nicht durch die Lappen gehen.«

»Wo du recht hast«, begann Sydow, nachdem er sich auf den Fahrersitz geschwungen hatte, »hast du …«

»Keine schlechte Idee, das mit dem Du«, schmunzelte die MI6-Agentin mit Blick auf ihre Uhr, »vor allem jetzt, wo es allmählich ernst zu werden beginnt.«

»Glaubst … glaubst du, eure amerikanischen Cousins werden unseren Vorschlag akzeptieren?«, fragte Sydow, dem das Du noch nicht so recht über die Lippen wollte.

»Stillhalten, bis wir diesen Kerlen das Handwerk gelegt haben?«, präzisierte seine Helferin in der Not, gegenüber der Miss Pin-up vom Vormittag nicht mehr wiederzuerkennen. »Schon möglich. Laut Generalmajor Herbert, der ihn aus dem Bett geklingelt hat, scheint es Clay jedenfalls sehr eilig gehabt zu haben. Ganz gleich, was unsere Cousins ausgeheckt haben – ich kann nur hoffen, dass er Truman rechtzeitig an die Strippe kriegt«, erklärte Gladys McCoy, während Sydow den Jeep startete und mit quietschenden Reifen auf den Hohenzollerndamm einbog. »Bevor am Ende noch der Dritte Weltkrieg ausbricht.«

56° 59' 00" N, 35° 55' 00" O | 23.55 h Berliner Zeit

»Charly Echo Zulu Tango«, dröhnte es Captain Nick Sarsted im Ohr, so laut, als säße das für die Air Force zuständige Mitglied der Joint Chiefs* direkt neben ihm. »Sie sind autorisiert, Nuklearwaffen einzusetzen. Ich wiederhole: Sie sind autorisiert, Nuklearwaffen einzusetzen.«

»Nuklearwaffen einsetzen, Roger«, wiederholte Nick Sarstedt, setzte den Kopfhörer ab und sah den Kopiloten fragend an. »Frage: Zeit bis Primärziel?«

»15 Minuten.«

»Entfernung?«

»Etwas mehr als 100 Meilen«, lautete die Antwort des bulligen Texaners, der, so schien es, durch nichts aus der Ruhe zu bringen war. »Vorausgesetzt, es kommen uns keine MiGs mehr in die Quere.«

Sarstedt schnappte nach Luft, unterließ es jedoch, den Gleichmut seines Nebenmannes zu kommentieren. In einer Situation, die seine ganze Konzentration erforderte, konnte er keine Diskussionen brauchen.

---

* Gremium, in dem die Befehlshaber der US-Teilstreitkräfte zusammengefasst sind

Ende der Durchsage.

»Sauerstoffmasken aufsetzen!«, befahl Sarstedt in dem vergeblichen Bemühen, wie die Ruhe selbst zu wirken. Sein Herz hämmerte gegen die Rippen, und beim Anblick des Schweißflecks unter seiner Achsel erübrigte sich jeglicher Kommentar. »Vordere und hintere Druckkabine schließen.«

»Vordere und hintere Druckkabine sind geschlossen«, ließ der Bordingenieur zackig verlauten. »Sauerstoffmasken ausgeklinkt.«

»Alle Mann auf Gefechtsstation«, wies Sarstedt die Crew mit unbewegter Miene an. Danach setzte er den Kopfhörer wieder auf. Binnen weniger Minuten war der einstige Sonnyboy zum Wunschbild seiner Vorgesetzten geworden, konzentriert, beherrscht und vom Erfolg seiner Mission überzeugt.

»Erreichen Primärziel in zehn Minuten«, gab der Kopilot bekannt, bevor er sich die Sauerstoffmaske überstülpte. »Erhöhen Geschwindigkeit auf 300 Meilen. Gegenwind normal.«

»Waffensysteme überprüfen«, befahl Sarstedt, dessen Atem sich allmählich zu beschleunigen begann. Weshalb während des gesamten Fluges noch keine einzige MiG aufgekreuzt war, blieb ihm ein Rätsel, und beim Gedanken an die sowjetische Luftabwehr breitete sich sein Schweißfleck weiter aus. Eine B-29 verfügte zwar über sage und schreibe 12 MGs Kaliber 12,7 mm und eine 20-mm-Maschinenkanone, das war es dann aber schon. Bei einem Angriff einer oder mehrerer Maschinen vom Typ MiG-19, knapp 200 Meilen schneller als er, hätte er trotz Begleitschutz verdammt alt ausgesehen.

Oder zusehen müssen, dass er die Fliege machte.

»Noch fünf Minuten bis Primärziel«, meldete der Kopilot, keine Spur aufgeregter als zuvor. Für die Tatsache, dass die Sprengkraft der A-Bombe an Bord der Skinny Minny mindestens doppelt so groß sein würde als die von Little Boy*, schien er sich nicht im Mindesten zu interessieren. »Gute Sicht.«

»Übergebe an Bombenschütze«, konstatierte Nick Sarstedt und stieß einen Schwall heiße Atemluft aus. »Alles klar da unten, Pete?«

»Alles klar, Nick«, antwortete der am Boden des Cockpits kauernde Lieutenant, das Gesicht auf das Okular der Zieloptik gepresst. »Gerät funktioniert einwandfrei. Erreichen Moskauer Innenstadt.«

Und immer noch keine Flugabwehr, schoss es Sarstedt durch den Kopf. Fast nicht zu begreifen.

Noch drei Minuten.

»Bombenschacht öffnen!«, gab Sarstedt an den Bordingenieur durch, mittlerweile total nass geschwitzt.

»Bombenschacht ist offen, Sir«, erklang es wie aus der Pistole geschossen, während der Bombenschütze, der die Skinny Minny steuerte, eine minimale Kurskorrektur vornahm. »Bombe bereit zum Abwurf.«

Was jetzt folgen würde, hatten er und die Crew bereits hundertmal geübt. Bombe ausklinken, 180-Grad-Kurve und ab durch die Mitte. Sarstedt schnappte nach Luft. So leicht, wie sich das Ganze anhörte, war die Sache leider nicht. Die Bombe wog mehrere Tonnen, und das bedeutete, dass die Skinny Minny nach dem Ausklinken wie ein Korken in die Höhe schießen würde. Wem es da noch nicht hochgekommen war, würde es spätestens bei der Kurve erwischen. Oder

---

* Spitzname für die Hiroshima-Bombe

dem anschließenden Beschleunigen auf Höchstgeschwindigkeit. So magenaufwühlend die Nummer auch war, der Crew blieb keine andere Wahl. Je näher am Explosionsherd, umso größer die Wahrscheinlichkeit, dass die Maschine von der vom Boden aufsteigenden Druckwelle in Stücke gerissen werden würde. Runter mit der Bombe und dann ab durch die Mitte, lautete folglich die Devise.

Und das in weniger als einer Minute.

»Noch eine Minute«, verkündete der Bombenschütze mit tonloser Stimme, während sich die B-29 dem Innenstadtring von Moskau näherte. »Geschwindigkeit 280 Meilen.«

»Schnallt euch an, Männer«, keuchte Sarstedt, eine Bemerkung, die kaum jemand registrierte. »Gleich reißen die da unten uns den Arsch …«

»Beginne Countdown«, rief der Bombenschütze, den Kreml bereits im Visier. »Zehn, neun, acht …«

»Charly Echo Zulu Tango – können Sie mich hören?«, dröhnte es plötzlich durch Sarstedts Kopfhörer, der die Stimme seines Stabschefs in der Hektik beinahe nicht erkannt hätte. »Operation umgehend abbrechen.«

»… fünf, vier …«

»Ich wiederhole, Nick – Operation umgehend abbrechen!«

»… drei, zwei …«

»Stopp, Pete!«, schrie Sarstedt, die schweißverklebte Sauerstoffmaske in der Hand. »Um Himmels Willen – stooo…«

»Roger, Nick«, erklang es vom Boden des Cockpits, während der letzte Buchstabe von Sarstedts Befehl im Dröhnen der auf Höchstgeschwindigkeit beschleunigenden Motoren unterging. »Operation cancelled.«

31

Flughafen Berlin-Tempelhof, amerikanischer Sektor
| 23.58 h

Der Plan war ebenso simpel wie genial, ein Scheitern undenkbar. Alles, was man zu seiner Durchführung benötigte, war ein LKW der Marke Studebaker US6, ordentlich Mumm in den Knochen und eine gewisse Abgebrühtheit. Gerade letztere war bei den vier als Rotarmisten verkleideten Mitgliedern der ›Gruppe W 45‹ im Übermaß vorhanden, und so waren sie überzeugt, dass bei ihrem Kommandounternehmen nichts schief gehen könne.

Was den LKW betraf, mit dem sie sich dem Flughafen Tempelhof näherten, lagen die vier ehemaligen Mitglieder der ›Leibstandarte Adolf Hitler‹ richtig. In der allgemeinen Hektik, die hier draußen auch nachts herrschte, fielen sie niemandem auf. Schließlich mussten die Rosinenbomber, die im Zweiminutentakt landeten, möglichst schnell entladen und die Hilfslieferungen danach verteilt werden. Dass hierfür Dutzende von Trucks benötigt wurden, lag auf der Hand, ebenso wie die Tatsache, dass das Wachpersonal der Tempelhof Air Base nicht jeden Einzelnen davon unter die Lupe nehmen würde. Mit ein wenig Glück und der nötigen Kaltschnäuzigkeit würden sie das Ding schon schaukeln, ihren Plan ausführen und binnen weniger Minuten wieder verschwunden sein.

Ganz ohne jeden Zweifel.

Als der Studebaker US6 von der Yorkstraße in den Mehringdamm einbog, deutete zunächst alles darauf hin, dass ihre Rechnung aufgehen würde. Der Sechszylinder lief wie geschmiert, und die 94 PS taten wie gewohnt ihren Dienst. Auf die Idee, dass sich die Leichen von vier getöteten Sowjets an Bord befanden, wäre so schnell niemand gekommen, was die Zuversicht der vier Männer, auf deren Gesichtern sich grimmige Entschlossenheit abzeichnete, ins Unermessliche wachsen ließ. Wie gesagt: ein Studebaker, Schneid und die nötige Kaltblütigkeit. Mehr war zum Gelingen ihres Plans nicht nötig.

Oder etwa doch?

Was die vier in der gegenwärtigen Situation nicht besaßen, war ein an sich unverzichtbares Requisit: Instinkt. Weshalb er ihnen gerade jetzt, in den alles entscheidenden Minuten, abhandengekommen war, lag an der Geringschätzung, mit der sie ihren Gegnern gegenübertraten. Mit ihnen, des Führers einstiger Elite, würde es niemand aufnehmen können, erst recht nicht die Amerikaner. Bis die aufgewacht waren, wäre ihre Mission längst beendet, der Sturmtrupp bereits über alle Berge.

Und so kam es, dass die vermeintlichen Rotarmisten die Scharfschützen auf dem Dach des Terminals am Platz der Luftbrücke nicht bemerkten. Diese jedoch den Studebaker, der mit hoher Geschwindigkeit den Tempelhofer Damm entlangbrauste. Womit die Chance, unbehelligt zu entkommen, auf ein Minimum gesunken war.

Doch davon, und schon gar nicht von den längs des Wegs postierten Desert Rats, bekamen die siegesgewissen Werwölfe nichts mit. Blind für die Falle, die man ihnen gestellt hatte, wurden sie allesamt vom Jagdfieber gepackt. Dies war ihr Tag, die Nacht der Nächte, in deren Schutz sie mit den Gegnern von einst abrechnen würden. Stand doch eines von vornherein fest: War ihr Plan ausgeführt, würde den Amerikanern nichts anderes übrig bleiben, als in ihrem Sinne zu handeln. Die Folge wäre ein Kreuzzug gegen den verhassten Bolschewismus, ohne sie, die ehemaligen Gegner, nahezu aussichtslos. Und genau zu dem Zeitpunkt, wenn genug Amerikaner in den Weiten Russlands zugrunde gegangen waren, würde ihre große Stunde schlagen. Auf den Trümmern des Sowjetreiches würde Deutschland wieder zu alter Macht und Größe emporsteigen und die Mission des Führers zu Ende führen. Nicht erst in ferner Zukunft, sondern dann, solange sie, die Treuesten der Treuen, noch am Leben waren.

Etwa einen halben Kilometer vom Platz der Luftbrücke entfernt, wurde es für die vier ehemaligen SS-Männer schließlich ernst. In Höhe der Paradestraße, ohne Blick für den Lieferwagen auf der gegenüberliegenden Seite, bog der Fahrer des Studebaker nach links auf das Flughafengelände. Dass sich im Inneren des Lieferwagens ein Browning MG vom Typ M2 verbarg, konnte er nicht ahnen, dass das Gefährt ihm den Rückweg abschneiden würde, dagegen schon.

Zumindest in der Theorie.

Der Fahrer, ein blonder Hüne mit rußgeschwärztem Gesicht, achtete jedoch nicht darauf. In Gedanken längst bei dem Feuergefecht, das jede Sekunde losgehen musste, konnte er es immer noch nicht glauben. Weit und breit nichts zu sehen, von Wachpersonal keine Spur. Das Tor, durch das man auf das Flughafengelände gelangte, war zwar geschlossen, die GIs, die hier gewöhnlich Dienst schoben, jedoch wie vom Erdboden verschluckt. Der Fahrer des Studebaker schaute ungläubig, brachte seinen Wagen zum Stehen und sah den Kameraden auf dem Beifahrersitz verdutzt an. So problemlos, so absolut kinderleicht hatten er und die bis an die Zähne bewaffneten SS-Männer sich die Sache nun wirklich nicht vorgestellt. Der Checkpoint in unmittelbarer Nähe von Turm eins war verwaist. Gähnende Leere, wohin man auch sah.

Der Gedanke, auf den der Fahrer in diesem Moment kam, war so absurd, dass es ihm die Sprache verschlug. Ihn auszusprechen blieb ihm jedoch versagt. Im Gegensatz zu ihm, der wie festgewurzelt auf seinem Sitz klebte, hatte der Rest des Kommandotrupps die vermeintliche Stunde nämlich bereits genutzt und war von der Ladefläche des LKW gesprungen. Bis das Tor aufgeknackt war, vergingen knapp zwei Minuten, bis zum Entladen der Leichen, unter ihnen die eines gewissen Sascha Kirilenko, nicht einmal halb so viel Zeit. Da jeder Quadratmeter ausspioniert, jeder Handgriff abgesprochen und der Plan bis ins Detail ausgeklügelt war, lief scheinbar alles wie am Schnürchen, so perfekt, dass sich die sechs Mitglieder des Kommandotrupps schon beinahe am Ziel wähnten. Von hier aus bis zum Tower, dem Ziel ihrer Attacke, war es nicht mehr weit, ein Katzensprung. Wer, wenn nicht sie selbst, wäre jetzt noch in der Lage, ihnen die Tour zu vermasseln?

Kein Mensch.

Mit ein wenig Instinkt freilich hätten die Werwölfe bemerken müssen, dass sie Gefahr liefen, in eine Falle zu tappen. Überheblich bis zum Äußersten, schöpften sie jedoch keinen Verdacht. Auch in dem Moment nicht, als drei von ihnen hinauf in den Tower stürmten, jeder mit einer Sprengladung unter dem Arm. Je näher sie dem Kontrollraum kamen, umso durchdringender der Klang ihrer Stiefel, umso lauter ihr Keuchen, das sich wie das Hecheln beutegieriger Wölfe anhörte.

Selbst dann, als sie die Tür zum Kontrollraum aufbrachen, bemerkten die SS-Leute ihren Irrtum noch nicht. Radar, Peilgeräte, Instrumententafeln, Monitore. Und draußen, in unmittelbarer Nähe, die Positionslichter der Rosinenbomber im Landeanflug. Das Dröhnen, das ihnen auf einmal wie Hohn vorkam.

Kaum hatten die drei den Raum betreten, war es mit ihrer Siegeszuversicht jedoch vorbei. Alles ging so schnell, dass ihnen nicht einmal Zeit blieb, ihre Tokarews zu ziehen, geschweige denn die mitgeführten Sprengladungen zu aktivieren. Die anwesenden FBI-Beamten, verstärkt durch Agenten des Secret Service, waren schneller, und bevor die drei ihre Giftkapseln schlucken konnten, lagen sie gefesselt am Boden.

Sehr zur Freude des Mannes, der bislang vor dem Radargerät gesessen, ihnen den Rücken zugedreht und beim Handgemenge, das sich nach ihrem Eindringen entspann, mit regungsloser Miene auf das Rollfeld geblickt hatte. Wie im Übrigen auch die Frau rechts neben ihm, brünett, attraktiv und eine Lancaster 9 mm Parabellum in der Hand. Und ein Lächeln im Gesicht, von dem man nicht wusste, wie es zu deuten war.

»Sydow«, sprach der Mann im abgetragenen Jackett, der so gar nichts von dem Kripobeamten an sich hatte, als der er sich im Folgenden zu erkennen gab. »Und das, meine Herren, ist meine Partnerin, Miss Gladys McCoy. Freut mich sehr, Ihre Bekanntschaft zu machen. Beziehungsweise Ihnen einen Strich durch die Rechnung gemacht zu haben.«

Bevor es jedoch ans Eingemachte ging, sprich an die Befragung der drei Männer, hallte eine Gewehrsalve durch die Nacht. Mehrere Sekunden lang herrschte Stille, begleitet vom Dröhnen der Flugzeuge, die im Begriff waren, auf dem Tempelhofer Feld zu landen. »Die Freude ist ganz auf meiner Seite«, ertönte es plötzlich vom Eingang her, im gleichen Moment, als Sydow seinen Platz wieder für den Fluglotsen geräumt hatte. »Verdammt knappe Angelegenheit, würde ich sagen.« Auf Augenhöhe mit Sydow, den eigentlich nichts mehr überraschen konnte, drückte ihm Clay die Hand. »Gut gemacht, Herr …«

»Kriminalhauptkommissar«, vollendete Sydow rasch, nur um kurz darauf auf Gladys McCoy zu deuten. »Und das hier ist meine neue Assistentin.«

Die MI6-Agentin nahm es mit einem Lächeln hin, und nachdem Clay und Sydow in Gelächter ausgebrochen waren, stimmte sie nach Kräften mit ein.

»Und was ist jetzt mit den drei Herren da?«, fragte Sydow, die Augen auf Clay gerichtet, der mit Gladys McCoy einen fragenden Blick austauschte. »Höchste Zeit, ihnen ein paar Fragen zu stellen, finden Sie nicht auch?«

Clay nickte. »Auf jeden Fall«, stimmte er Sydow mit Blick auf die anwesenden FBI-Beamten zu. »Wobei ich der Meinung bin, dass diese Herren davon wesentlich mehr verstehen als wir beide, oder?«

32

Berlin-Mitte, Brandenburger Tor | *11.55 h*

»Macht eine Tapetenmark, Herr Kommissar«, witzelte Fluppen-Kalle und überreichte Sydow zwei Bouletten, bei deren Geruch ihn ein nie gekannter Heißhunger überkam. »Falls Sie momentan knapp bei Kasse sind – bei mir hamse immer Kredit.«

»Besten Dank für das Angebot, Kalle«, gab Sydow an die Adresse des Imbissbudenbesitzers zurück. »Aber ich will dich nicht in den Ruin treiben.«

»Doch nicht jetzt, wo es wieder aufwärtsgeht!«, rief der Ex-Schwarzhändler hinterher, während sich Sydow an den Tisch begab, der in unmittelbarer Nähe der Imbissbude stand. Beim Anblick der Bouletten lief Gladys das Wasser im Mund zusammen, was Sydow mit einem verschmitzten Lächeln quittierte.

»Warum so schweigsam?«, fragte die MI6-Agentin nach Beendigung des wahrhaft fürstlichen Banketts, dessen eigentlicher Höhepunkt im Konsum einer Flasche Coca-Cola bestand. »Ist doch alles noch mal gut gegangen, oder?«

»Sieht man davon ab, dass eure amerikanischen Cousins den Fall übernommen haben, muss ich dir recht geben«, gab Sydow zurück und nippte an seiner Colaflasche. »An diese Ami-Jauche muss ich mich erst noch gewöhnen«, stellte er mit säuerlicher Miene fest. »Ein Bier wäre mir gerade lieber. Als Britin müsstest du eigentlich Verständnis für mich haben.«

Ein Lächeln im Gesicht, strich Gladys eine Haarsträhne hinters Ohr und sagte: »Erst dann, wenn du mir gesagt hast, was dir im Kopf rumgeht. Ein Bier trinken, und das auch noch im Dienst – ich muss doch sehr bitten, Herr Kommissar.«

Sydow erwiderte ihr Lächeln, und während er dies tat, wurde er auf einmal knallrot. Gegenüber Rebecca, deren Bild ihm urplötzlich vor Augen stand, kam er sich wie ein Verräter vor, wenngleich er versuchte, den leicht unterkühlten britischen Gentleman zu mimen.

»Von der Tann?«

Heilfroh, von seinen Gedanken abgelenkt zu werden, nickte Sydow zerstreut. »Erraten«, gab er anstandslos zu, das Geräusch einer sich nähernden Limousine im Ohr. »Wenn ich wüsste, wohin sich dieser Verbrecher verkrochen hat, wäre mir um einiges …«

»Leichter, Herr Kommissar, kann ich verstehen«, vollendete die weiche, mit einem Schuss Ironie durchsetzte Stimme, in der er diejenige des einstigen Rivalen erkannte. »Wo Sie doch alles getan haben, den vermeintlichen Kopf dieser Werwölfe zur Strecke zu bringen.« Kuragin gab ein verlegenes Räuspern von sich. »Wie ungehobelt von mir«, fügte er eilfertig hinzu, kaum imstande, sich vom Anblick der attraktiven, mit hautengem Kostüm und weißer Bluse bekleideten MI6-Agentin zu lösen. »Kuragin ist mein Name – Juri Andrejewitsch Kuragin.«

»Und meiner Tom«, fuhr ihm Sydow in die Parade, nachdem er sich zu dem MGB-Major umgedreht hatte, der auf dem Beifahrersitz eines schwarz lackierten Moskwitsch saß. Doch dann besann er sich und sagte: »Zunächst einmal danke, dass Sie meiner Einladung zu einem Plausch unter Freunden Folge geleistet haben, Herr *Major*.«

»Warum denn so förmlich, Herr Kollege?«, stichelte Kuragin, dem Sydows Eifersuchtsattacke nicht verborgen geblieben war. »Jetzt, wo sich alles wieder einigermaßen im Lot zu befinden scheint.«

»Finden Sie?«

»Falls Sie auf von der Tann anspielen, Herr von ...«

»Sydow, wenn es keine allzu großen Umstände macht«, erstickte der Kripo-Beamte den Redefluss des MGB-Majors im Keim. »Um es kurz zu machen: Woher kennen Sie diesen Kerl?«

»Kennen wäre zu viel gesagt, Herr Kommissar«, antwortete Kuragin, dem es sichtlich Freude bereitete, seinen Gesprächspartner auf die Folter zu spannen. »Einen Mann wie ihn *nicht* zu kennen, würde allerdings bedeuten, dass ich beim MGB nichts zu suchen habe.«

»Ohne Umschweife, Kuragin: Woher ...«

»Erinnern Sie sich an das Foto, das Sie mir während der Fahrt gezeigt haben, Herr Kommissar? Ohne mir die Namen der drei Herren zu nennen?«

»Ach, daher weht der Wind.«

»Genau. Über einen Mann wie von der Tann sind wir natürlich bestens im Bilde. Und dass ich eins und eins zusammenzählen kann, dürfen Sie mir getrost zutrauen.«

»Das bedeutet, Sie haben ihn hopsgenommen.«

»Scharfsinnig wie immer, unser Herr Kommissar«, spottete Kuragin und ließ seinen Genießerblick über Sydows überaus anziehende Begleiterin schweifen. »Aber keine Sorge, für sein Wohlergehen ist bestens gesorgt. Das heißt, falls der Herr Brigadeführer kooperiert.«

»Und wenn nicht?«

Kuragins Gesicht verzog sich zu einem zynischen Grinsen, und bevor Sydow nachhaken konnte, war das Flair des Salonlöwen, mit dem sich Kuragin umgab, der eisigen Miene eines Vernehmungsoffiziers gewichen. »Dann werden wir ihn gleich erschießen«, verkündete er mit tonloser Stimme. »Verdient hat er es ja wohl.«

»Finden Sie nicht, Sie gehen ein wenig zu weit?«

»Gegenfrage: Finden Sie nicht, über 31.000 Tote sind Grund genug?«, hielt Kuragin dagegen und atmete tief durch. »Nichts für ungut, Herr Kommissar«, leitete er einen abrupten Themenwechsel ein, »hat mich jedenfalls gefreut, Ihre Bekanntschaft zu machen. Ein paar Hundert mehr von Ihrer Sorte, und der Krieg wäre uns vermutlich erspart geblieben.«

Sydow, den die Reminiszenz an Borodins Worte erneut rot werden ließ, nickte und hob die Hand zum Gruß. »Die Freude ist ganz auf meiner Seite«, erwiderte er mit einem Hauch Wehmut im Ton. »Und machen Sie's gut.«

Doch da hatte Kuragin bereits das Fenster hochgekurbelt und dem Fahrer der gepanzerten Limousine das Zeichen zum Aufbruch gegeben. Gefolgt von Sydows Blick, rollte der Moskwitsch auf den Kontrollpunkt zu, der sich unmittelbar vor dem Brandenburger Tor befand. Als sei es Stalin persönlich, der in ihm saß, standen die Posten umgehend stramm.

Auch dann noch, als die dunkle Limousine den Kontrollpunkt längst passiert hatte und hinter den Schutthaufen, die einem von Westen aus die Sicht versperrten, verschwunden war.

»Zeit für einen Bummel über den Kudamm, findest du nicht auch?«, hörte Sydow, der sich vom Anblick der bewaffneten Grenzposten, Sandsäcke und Stacheldrahtverhaue nicht losreißen konnte, die MI6-Agentin sagen. »Oder willst du etwa hier Wurzeln schlagen?«

»Lieber nicht«, antwortete Sydow, dem auf einmal wehmütig ums Herz geworden war. »Bis das Gerümpel da drüben verschwindet, wird es bestimmt noch eine Weile dauern.«

»Sieht ganz danach aus«, flüsterte Gladys betrübt und hakte sich bei Sydow unter, bemüht, ihn in die entgegengesetzte Richtung zu dirigieren. »Wovon wir beide uns nicht die Laune verderben lassen dürfen.«

»Ganz deiner Meinung«, stimmte Sydow ihr zu, der gegen die Gänsehaut, die er in diesem Moment bekam, völlig machtlos war. Dann machte er kehrt, lächelte und schlenderte mit seiner Begleiterin, um die ihn sämtliche Kunden der Imbissbude beneideten, im Schein der Mittagssonne auf die Siegessäule zu.

Es war der erste Tag im September, die Luft deutlich kühler als noch einen Tag zuvor. Der Tiergarten erstrahlte in herbstlichem Licht, und der Himmel über Berlin, der mit einer schier endlosen Kette silbrig glänzender Punkte besprenkelt war, zeigte sich in einem Blau, wie man es nur selten zu sehen bekam.

Doch davon bekam Tom Sydow, Hauptkommissar der Kripo Berlin, nicht allzu viel mit.

EPILOG

(Kiew/Ukraine, Mai 1965)

33

Babi-Yar, knapp 15 Jahre später | *Samstag, 12. Mai 1956*

Es war Vaters Geburtstag, und deshalb war er hier. Nicht etwa, weil noch irgendetwas an den Tag, der sein Leben wie kaum ein anderer geprägt hatte, erinnerte. Die Toten waren längst exhumiert und vor dem Einmarsch der Roten Armee verbrannt, die Wände der Schlucht gesprengt und sämtliche Spuren des Grauens, das dereinst hier seinen Lauf genommen hatte, beseitigt worden. Was die Täter jedoch nicht fertiggebracht hatten, war, die Spuren des Massakers aus dem Gedächtnis der Menschen zu tilgen. In diesem Punkt hatten sie sich getäuscht, und je mehr Zeit seit jenen verhängnisvollen Septembertagen verstrichen war, umso klarer tauchten sie vor dem geistigen Auge der Davongekommenen auf.

Einer von ihnen, ein knapp 30-jähriger, hochgewachsener und kurzsichtiger Mann, dessen ergraute Schläfen ihn wesentlich älter erscheinen ließen, war seit der Rückkehr in seine Heimat sehr häufig hier. Kaum eine Woche verging, da er diesen Ort nicht aufsuchte, ein Ort, mit dem sein Schicksal untrennbar verbunden war. Gerade heute, wo der Frühling Einzug hielt, brachte er es nicht fertig, sich von ihm zu lösen. Und so verharrte er in tiefem Schweigen, umgeben von Maiglöckchen, Krokussen und Schlüsselblumen, die ihn mit ihrem Duft betörten, überwölbt von der Weite des Himmels, aus dem ihm eine nimmermüde Sonne zulächelte.

Tief in Gedanken, hätte Nikolai Borodin vermutlich noch geraume Zeit am Rande der ehemaligen Schlucht verbracht. Die helle, wie für das Frühlingswetter geschaffene Stimme, riss ihn jedoch plötzlich aus den Gedanken. »Kommst du, Papa?«, rief ihm seine Tochter von Weitem zu, an der Hand ihrer Mutter, die sich scheute, diesem Ort zu nahe zu kommen. »Mama und ich wollen nach Hause.«

Von seinen Erinnerungen überwältigt, bekam Nikolai Borodin feuchte Augen. »Nach Hause«, murmelte er mit tränenerstickter Stimme, drehte sich um und winkte den beiden zu. »Nach Hause.«

ENDE

Kommissar Tom Sydow ermittelt:

1. Fall: Walhalla-Code
ISBN 978-3-89977-808-3

2. Fall: Odessa-Komplott
ISBN 978-3-8392-1053-6

3. Fall: Bernstein-Connection
ISBN 978-3-8392-1113-7

4. Fall: Kennedy-Syndrom
ISBN 978-3-8392-1185-4

5. Fall: Eichmann-Syndikat
ISBN 978-3-8392-1300-1

6. Fall: Stasi-Konzern
ISBN 978-3-8392-1548-7

7. Fall: Walküre-Alarm
ISBN 978-3-8392-1622-4

8. Fall: Führerbefehl
ISBN 978-3-8392-1800-6

9. Fall: Blumenkinder
ISBN 978-3-8392-1977-5

10. Fall: Staatskomplott
ISBN 978-3-8392-2132-7

11. Fall: Stadtguerilla – Tage der Entscheidung
ISBN 978-3-8392-2496-0

12. Fall: Operation Werwolf – Blutweihe
ISBN 978-3-8392-2745-9

13. Fall: Operation Werwolf – Ehrensold
ISBN 978-3-8392-2848-7

14. Fall: Operation Werwolf – Fememord
ISBN 978-3-8392-0067-4

15. Fall: Operation Werwolf – Teufelspakt
ISBN 978-3-8392-0183-1

16. Fall: Operation Werwolf – Gnadenmord
ISBN 978-3-8392-0221-0

Bruder Hilpert und Berengar von Gamburg ermitteln:

1. Fall: Die Pforten der Hölle
ISBN 978-3-89977-729-1

2. Fall: Die Kilians-verschwörung
ISBN 978-3-89977-768-0

3. Fall: Pilger des Zorns
ISBN 978-3-8392-1019-2

4. Fall: Die Bräute des Satans
ISBN 978-3-8392-1072-7

5. Fall: Engel der Rache
ISBN 978-3-8392-1267-7

6. Fall: Die Fährte der Wölfe
ISBN 978-3-8392-1649-1

7. Fall: Die Krypta des Satans
ISBN 978-3-8392-2555-4

Clayton Percival ermittelt:

1. Fall: Pseudonym – das Shakespeare-Komplott
ISBN 978-3-8392-1817-4

2. Fall: Der Sturz des Ikarus
ISBN 978-3-8392-2013-9

weitere Histos:

Aurelius Varro:

1. Fall: Die Stunde der Gladiatoren
ISBN 978-3-8392-1464-0

2. Fall: Die Ehre der Prätorianer
ISBN 978-3-8392-2299-7

Clayton Percival:

1. Fall: Pseudonym – das Shakespeare-Komplott
ISBN 978-3-8392-1817-4

2. Fall: Der Sturz des Ikarus
ISBN 978-3-8392-2013-9

Sisis letzte Reise
ISBN 978-3-8392-2261-4

GMEINER SPANNUNG

WWW.GMEINER-VERLAG.DE
Wir machen's spannend